地势坤，君子以厚德载物。

长命女

童亮 著

四川文艺出版社

图书在版编目（CIP）数据

长命女 / 童亮著 . —成都：四川文艺出版社，2017.10

ISBN 978-7-5411-4807-1

Ⅰ . ①长… Ⅱ . ①童… Ⅲ . ①长篇小说—中国—当代 Ⅳ . ① I247.5

中国版本图书馆 CIP 数据核字（2017）第 228392 号

CHANGMINGNÜ

长命女

童 亮 著

策划出品 磨铁图书
责任编辑 邓 敏 周 铁
责任校对 汪 平
装帧设计 果 丹

出版发行 四川文艺出版社（成都市槐树街 2 号）
网 址 www.scwys.com
电 话 028-86259287（发行部） 028-86259303（编辑部）
传 真 028-86259306

邮购地址 成都市槐树街 2 号四川文艺出版社邮购部 610031
印 刷 三河市冀华印务有限公司
成品尺寸 146mm × 210mm 1/32
印 张 10 字 数 210 千
版 次 2017 年 11 月第一版 印 次 2017 年 11 月第一次印刷
书 号 ISBN 978-7-5411-4807-1
定 价 39.80 元

目录

第一章
雪与酒

新历十八年，正月二十五，已是立春后的第十九天，去年一整个冬天未见的雪，忽然降临人间，纷纷扬扬，如同漫天飘着鹅毛。

就在下雪之前的半个时辰，陆姝给自己温了半壶酒，一小杯一小杯地独酌，喝得微醺，脸上微红，然后伸了一个懒腰，念道："看花要看半开，饮酒要饮半醉，余生足矣。"

此话刚好被从门口经过的老奶奶听到。老奶奶停下来说道："年纪轻轻的，怎么就余生了？"

微醺的陆姝摇摇晃晃走到门口，扶着门框说道："奶奶，我是一条鱼，说的是'鱼生'，不是'余生'。"

老奶奶连连摇头，颤颤巍巍离去，边走边说："喝多了酒就说酒话。我年轻的时候喝多了还以为自己是小仙女下凡呢。"

陆姝知道这位老奶奶不是小仙女下凡，而是小狐狸变成的。她模模糊糊看到老奶奶身后长着一条扫帚那么大的尾巴，它努力地蜷缩着，生怕被人看到。

清醒的时候，陆姝是看不到她的尾巴的，唯有微醺的时候能看到她的破绽。

难怪镇上那个书生说“活在人间，最好的状态，大概就是半醉半醒。太清醒会凄凉，太沉醉会迷惘”。

半醉半醒，才能看清人间世相。

陆姝心中轻叹，做一只山林间自在的狐狸有什么不好，非得做一个夹紧尾巴做人的人。

老奶奶就住在这座无名山的半山腰，陆姝住在山脚下。老奶奶每天都要从陆姝门前过去，然后过来。

老奶奶自称姓白。陆姝一听就要发笑。

天下修炼成人的狐狸都自称姓白。狐狸都说得煞有介事，听的人早已心知肚明。

因此，陆姝还是一条鱼的时候，就想着以后该姓什么。后来，她决定姓陆。自己本是鱼，离不开水的，偏偏姓了陆，这种反差应该能掩饰身份。

认识老奶奶之后，她回想自己取名的缘由，忽然心有余悸。

不会天下修炼成人的鱼都自称姓陆吧？

可惜她还没有遇到过其他修炼成人的鱼，无法验证这一猜想。

也可能遇到过，但人人都有防备之心，不会轻易表明身份，或许就因此错过了。

晕晕乎乎的陆姝看着老奶奶的背影，想了许多。

老奶奶消失之后，陆姝回到房中，背对香床，然后往后一倒，仰躺在床上。虽然后脑勺磕得响亮，但惬意极了。

蒙眬之中，她听到一个笑声，像是看了她的笑话，却又立即噤了声。

她立即朝门口和窗口看去。空空荡荡。

该是幻觉吧。她心想。

一阵睡意袭来，她想就此睡去，忽然想起鱼死之后才肚皮朝天的，顿时心中一慌，连忙翻了一个身，趴在床上进入了梦乡。

在梦里，她又回到了鱼游水中的时候。她跟着其他鱼儿在激流中穿梭争渡，无比畅快。

渡过激流之后，水缓了许多。她在水中抬头一看，看到了一棵开满梨花的树，树下坐着一位持卷阅读的书生。书生眉头紧锁，像是遇到了解不开的谜。

书生的襟带一端落在水中，随着水流游来游去，仿佛有了生命。

她忍不住去啄那襟带。

她是羡慕人的，爱屋及乌也羡慕人身上的衣服。如果自己有人身，一定要有很多很多漂亮的衣服。

没想到她的动作打扰了那位书生。

书生将目光从字里行间挪开，转而低头看着这条啄他衣襟的有趣的鱼。

她感觉书生正在看她，从水中抬头一看，刚好撞上了书生的目光。她忽然心慌意乱，往水深处钻。

这时，她听到岸上的书生惋惜地说道：“我又不会捉你，你跑什么呢？”

她并不怕人捉，如果能被人轻易捉住的话，她也修不到人身。可是她也不明白怎么忽然间就慌乱了。

过了一会儿，她又从水深处往上浮。到了刚才的地方，她发现书生已经不见了。一阵风起，树上的梨花纷纷落下，如同冬天的雪。

她感到有些冷，哆嗦了一下，就从睡梦中醒来了。

往外面一看，大雪纷纷扬扬，有的雪花已经从门口窗口飘进来了。

“白雪却嫌春色晚，故穿庭树作飞花。”陆姝拢了拢衣服，走到屋檐下，伸手去接落下的雪花。

接在手心的雪花还没来得及看，她就发现庭院里的雪地有些不正常。

从窗外到院门口居然有一串人的脚印！

显然有人趁她醉酒睡着的时候来过这里！

那串脚印只有鞋尖朝外的，没有朝内的。想必那人来的时候也没曾想今天这个时候会下雪，又因什么事在这里耽搁了一会儿，走的时候便留下了这么醒目的痕迹。

而她喝得晕晕乎乎，全然不知！

陆姝赶紧顺着庭院里的脚印走到了院门口，看到那串脚印一直延伸到了院前的大路上。

大路上的行人多，路上的雪早已被人踏化，变得泥泞。而从她院子里出来的脚印就如一条跃入水中的鱼，消失得无影无踪。

从这条大路一直往北，走两天一夜，便能抵达皇城，皇城名为落阳城。当然，这条路不是通往落阳城的主干道，路不够宽也不够平坦，驿站几乎没有。但是有些人为了走捷径，会从这里去落阳城。

皇上的八百里加急常常从这里经过。陆姝常在夜里听到“嗒嗒嗒”的急促的马蹄声。

偶尔也会有押解地方官员的囚车从这里经过，那必定是皇上有意交代的。囚车上的人必定是皇上痛恨的人，走这条路的话，囚车非常颠簸，又没有什么补给，到了晚上只能以天为被以地为床，受的苦要比走那条主干道多得多。官员大多过惯了舒适生活，经路上这么一折腾，很多没来得及面圣就死了或者一病不起，再也没有翻身的机会。

陆姝见脚印找不到了，只好反身回来。

她又温了半壶酒，却没了心思喝。

这脚印到底是什么人留下的?

若不是今日忽然下了雪，都没有办法知道有人趁她睡着的时候来过。

那人是今日恰巧来的，还是往日里也来过，但是她没有发现?

她起身去各个房间仔细检查了一遍，东西未丢一件。她仔细想了想，以前也不曾丢失过什么。

思来想去，想不出个所以然来。

在她斟了一小杯酒要喝的时候，外面响起了脚踏雪地发出的“嘎吱嘎吱”声。

她心想，莫非那个人知道行踪暴露了，于是回来自首了？

她放下小酒杯，欠身往门外探看。

一个一袭黑衣、头戴斗笠的人已经进了院门，走到庭院了。

那是她认识了两三年的老相识。虽然她还不知道这位老相识的名字。

这位老相识是只猫，在人间已经有三百多年了，尚未修得人身。目前寄居在无名山另一边的一户王姓人家里。

是的。用老相识自己的话来说，这是“寄居”。它还没有人身，不能自立门户，免得被人识破。而且混迹人群之中，多多少少能沾染些人的灵气，有助于修炼人身。

而陆姝觉得，这样多多少少也会沾染些人的习气，损耗修为，反而不利。

她跟它说过这样的话。

它不以为然。

“我不是依靠他们，是他们离不开我。我不是他们的附属，我是他们的主人。他们供我吃，供我住，还要讨我开心。若不是看在他们诚心实意伺候我的分儿上，我早离家出走了。”它说。

陆姝便不再相劝，毕竟世间万物各有各的活法。

老相识的脚步奇轻，要不是今天有雪，陆姝是听不到脚步声的。

“又喝酒呢？”老相识看到陆姝正欠身看它，便主动打招呼说道。

陆姝点点头。

老相识走到门口，将斗笠脱下，拍了拍上面的雪，然后放在了门口，接着抖了抖身子，将身上的雪抖下来。

陆姝见它抖身子的时候跟落水的猫抖身上的水一模一样，忍不住“扑哧”一笑。

它的脸初具人形，但眼睛的瞳孔还是一条缝，鼻子还是湿润冒热气，胡须还是往两边撇开的猫胡须。一笑还是猫脸模样。

它的修为还是太浅，处处都是破绽。

它不以为然，走到桌前，将她斟好的温酒先喝了。

“真是好酒！”它赞叹道。

“能不能用你的杯子？”陆姝从旁边又拿出一只小酒杯来。那是她给它备着的。

“呵，王家的人都用他们吃饭的碗给我装猫食的！”它得意而又不满地说。

“在这里就得听我的。”陆姝将拿出的小酒杯塞给它，然后给它斟满。

它摆摆毛茸茸的手，说道：“不能喝了。回去让王家人闻到酒味，我可就穿帮了。”

说完，它又问：“你这里还有莲子吧，给我吃两颗。我只吃莲子心，莲子米你还能留着煮粥喝。”

夏秋季的时候，它每次来这里都找她要苦瓜吃；没有苦瓜的季节，它每次来都要莲子心吃。

陆姝喜欢喝莲子粥，附近池塘里的荷花结出莲子之后，她便采莲回来，将莲子储存。

陆姝起身去取了几颗莲子来，放在它面前。

它高兴地剥开莲子，取了中间一点儿绿色的莲子心，放入嘴里，顿时苦得它龇牙咧嘴。可它毫不犹豫地又剥开一个，将莲子心又扔进嘴里。

“哎，你就这么喜欢苦味？”陆姝问道。她早就想问了，今天才说出来。

它摇摇头。

“不喜欢？不喜欢你还吃？”陆姝迷惑地问。

莫非这猫有受虐倾向？这么一想，她暗自打了一个哆嗦。

“还不是为了尽快修得人身。”它像是受刑一般面目痛苦地将两个莲子心一起吞下。

“吃莲子心跟修人身有什么关系？”陆姝茫然问道。

吞下莲子心之后，它如同刚刚受完刑的犯人一样稍微放松而又萎靡地说道：“三年前我听到一句在人间流传颇广的话——吃得苦中苦，方为人上人。我茅塞顿开！前几百年的修行都是走了歪路。原来吃苦中苦，能成人上人！我多吃些苦，不求成为人上人，只要成为人就行了。”

陆姝一愣。这句话的本意好像不是这样的。可是见它刚刚吞下两颗奇苦无比的莲子心，她不忍心立即戳破，犹豫片刻后点头说：“也许是的吧……”

可能是嘴里还有残留的苦味，它将陆姝给它斟好的酒倒入口中，像漱口一样在嘴里咕嘟了几下，然后咽入肚子里。

放下酒杯，它已然有些醉意了，捋了捋胡须，挥舞着爪子说道："你可知道，最近皇城里出了大事？"

陆姝漫不经心地问道："什么大事？"

"皇上心爱的宝物失窃了。"它说道。

陆姝心想，我最心爱的是柜子里的衣服，倘若屋里进了小偷，其他东西被偷走也就罢了，再买就是，要是衣服少了一件，那是必定要去县衙申冤捉贼的。

虽然衣服也可以再买再做，但衣服跟其他东西是不一样的。

"那皇上一定很伤心。"陆姝同情地说道。

"嗯。皇上已经下旨，无论如何要将盗走宝物的人捉拿归案，要将宝物完好无损地找回来。"

陆姝觉得皇上对待宝物跟她对待衣服是一样的。

"可是你知道吗，据说那个盗贼逃到我们这里来了。官兵已经到了山那边，挨家挨户搜查呢。你要小心一点儿，说不定那盗贼会躲到你这里来。睡觉的时候可要把门窗关紧喽！"

陆姝顿时心中一慌。刚才醉酒睡觉的时候她没有关门窗。

莫非外面那些脚印是盗贼留下的？

老相识醉眼迷离，脑袋一歪，趴在了桌子上，紧接着鼾声响亮。

"酒量真是太小了。"陆姝摇摇头。

它的修为本来就浅，酒劲一上来，法力便全无。它很快变回了一团猫，蜷缩在桌子上。

陆姝将剩下的酒喝完，然后一边看外面的雪，一边等它醒来。

等到傍晚时分，它还没有醒过来。

陆姝扯了扯它的尾巴，它没有一点儿要醒过来的意思。

陆姝心想，它在王家人的眼里那么重要，如果天黑了还不回，王家人应该会着急到处找的。

于是，她加了件衣裳，抱起它，想要绕过这座无名山，将它送到那户养它的人家去。

她本想翻山过去的，但是落了雪的山路湿滑，容易摔跤。再说了，翻山的话必须经过老奶奶住的地方，免不了又要听老奶奶絮絮叨叨一番。

更何况她听老相识说过，老奶奶每年都要带一个年轻男子到半山腰去，只见有上去的，没见过下来的。

她还听人说，有人见老奶奶嘴里咬得嘎嘣响，便问老奶奶吃的什么。老奶奶说她吃的豌豆，豌豆没炒裂，只能放在嘴里慢慢磨。那人见老奶奶掉了两颗豌豆在地上，等老奶奶走后，那人过去捡起来一看，哪里是豌豆，分明是一块块碎骨头。

那人大概没见过老奶奶往山上带年轻男子，所以认为老奶奶有啃骨头的嗜好。

而陆姝先听了老相识的话，再听那人的话，便浑身起了一层鸡皮疙瘩。

因此，她能避开老奶奶的时候就避开，老奶奶经过她这里的时候能不搭话就不搭话，除了刚喝完酒的时候。

对她来说，偶尔说些平时不敢说的话，就像鱼儿偶尔需要吐泡泡一样，不吐就会憋得难受。

镇上那个书生酒后喜欢吟诗，她认为那也是说话，也是吐泡泡。

陆姝抱着老相识出了庭院，踏着雪绕着山，往姓王的那户人家走。

走了不远，她听见前面响起了轻快的马蹄声。

转了一个弯，她就看到了三四匹马，马背上有穿着锦衣绸缎的人，那些人的腰间挂着雕花牌。她知道，这些人是朝廷派来捉拿盗贼的。

领头的那个人长得英俊，脸上却冷冷的，像被大雪天冻住了一样面无表情。他身后的披风被吹得猎猎作响。

几个人中就他有披风，表明了他身份不同。

“喂！小姑娘，站住！”他凶巴巴地喝道。

陆姝吓了一跳，随即不服地暗自心中嘀咕道，小姑娘？老娘修炼了六百多年，你叫奶奶叫小祖宗都不为过，居然敢叫我小姑娘？要不是你身后还有几个人，我非把你扁成武昌鱼不可！

心里虽然这么说，她还是乖乖地站住了。

“你是这里的人吧？”他居高临下地问道。

陆姝微微欠身，施礼道：“是。”她心里却大骂他是笨蛋，这都什么时候了，在这里行走的难道不是这里的人吗？

“那我问你，此山叫什么名？”他问道。

“回大人的话，无名。”她回答道。

"没有名字？"他问道。

"此为无名山。"她说道。

"哦，没有名字的山。"他点头说道。

"它就是无名山。"她耐着性子说道。

好气呀，可是还要面带微笑。

"好吧。没有名字也别有一番意境。既然如此，我就给它取个名字吧。"他抬头往山顶上看了看山上的风景。

陆姝一头雾水。既然没有名字也是一番意境，你又何必多事取个名字呢？这么笨，又自相矛盾的人，是如何做官带兵的？想来必是纨绔子弟。

"从今以后，它就叫无名山吧！"他大手一挥，兴致勃勃地喊道。

陆姝再也忍受不了了，对着他直翻白眼。

他低头一看，恰好看到她的白眼珠子，惊讶不已，俯身道："哟？这小姑娘眼神不好？"

说完，他将马鞭插在腰间，将手伸到她的额头前上下挥舞。

"没瞎呢！"陆姝没好气地说道。

"那你翻什么死鱼眼？"他问道。

陆姝心里"咯噔"一下。

"呸呸呸！不吉利！鱼眼就鱼眼！什么死鱼眼！"陆姝愤愤道。

其他几人哈哈大笑。

他那冷若冰霜的脸也终于有了一丝笑意。

“死鱼眼有什么不吉利的？”

“是眼！不是鱼眼！更不是死鱼眼！”陆姝急忙补充道。

“好了，好了，小姑娘，我问你，你要说实话。今天你可曾见到什么可疑的人物来过这里？”他又板起了脸。

他身后一位士兵大声道：“皇上心爱的宝物被盗贼偷了，我们一路追到了这里。如果你说谎，那可是欺君的大罪！”

陆姝连忙摇头说：“没有！”

“真是奇了怪了，应该就在附近的，怎么没有了呢？”他眉头皱起，然后将手一挥，“那就走吧，我们去别的地方找找。”

说完，他扬起马鞭，鞭子尚未落下，马儿就撒开蹄子飞奔起来。

其他几人急忙驱马跟上。

陆姝这才想起中午时分在雪地里看到的可疑脚印，想要喊他停下。可是他们已经不见了踪影。

路走了大半，老相识却醒了过来。

它的瞳孔大了许多，不再是一条细细的缝。

“哎？这是哪里？你要把我弄到哪里去？”它问道。

陆姝吓了一跳，差点儿撒手将猫扔掉。

“天哪，猫怎么会说话？”陆姝神色慌张地看着手里的猫。

很快她就反应过来了，这是只修炼了数百年的猫妖，自然会说话。平时她与它相见，它都是半人半兽的样子，会说话也就不奇怪了。乍一见猫的模样且发出人的声音来，她不禁大惊小怪。

她干咽了一口，转而说道："哦，哦，那个……你喝得有点儿多，刚才睡着了，我看时辰不早了，这不，想送你回去，已经走了一半路了。"

猫扭头看了看两边，发现是在回去的路上，顿时放下心来。

它从陆姝的手里跳了下来，然后说道："谢谢你啦，我自己可以回去。你就别送了。"

"都已经走到这里了，就送你到了再回吧。"陆姝说道。

反正闲来无事，她倒想打发无聊的时间，沿着山路走一走。

"别了，别了。我自己回去。你送我回去不太好。"它坚持说道。

"怎么不好了？"

它吞吞吐吐地说："我……我……我还没有做好把你带回家的准备。"

"什……什么？"陆姝气得朝它踢了一脚。

它一闪，然后撒开四脚往前面跑了，身后留下一串梅花脚印。

陆姝无奈地摇摇头，看着它逃窜的背影，叹息道："这猫是废了。看来真不能混在人群中太久，灵气没有吸到半分，俗气倒是越来越多。还吃什么苦瓜莲子心，唉，这样再修炼三百年恐怕也没有什么作用。"

"哪还用三百年？过不了一百年，它就灰飞烟灭了。"

一个声音在陆姝的身后响起。

陆姝吃了一惊，回头一看，住在半山腰的老奶奶不知何时站在了她身后。

老奶奶慈祥地笑了笑，说道："没吓到你吧？我听说从皇城逃出来了一个盗贼，好多官兵在这里寻找他。我就出来看看，别让那盗贼到我们这座山上来了。我家里钱财没有，但是有好多好吃的豌豆，我得防着点儿。"

陆姝想起"豌豆"的传闻，打了一个寒战。

"它活不过一百年了？"陆姝虽然有点儿怕她，但好奇心战胜了恐惧。

老奶奶望着猫的方向，说道："嗯。它有九条命，已经用掉八条了。还剩一条命，在这一百年中必会用掉。"

"您是怎么知道的？"陆姝知道她是狐狸变化而成，她比老相识要大很多岁，比老相识在这里住得久，自然知道一些老相识的秘密。但是陆姝要假装认为老奶奶是七八十岁的老奶奶。

"有些事情就是命中注定。活的年岁久了，就会知道很多原本不知道的秘密。"老奶奶回答说。此时她好像没有刻意要在陆姝面前掩饰太多，但也没有将话说得太明朗。

"猫真的有九条命？"陆姝问道。

"要看它已经用了多少条。"老奶奶巧妙地回答道。

"您还知道什么秘密？"陆姝问道。

老奶奶笑着说："修得大成的鱼，遇到命中注定的人之后，记忆只能保持七年。七年之后，就什么都忘却了。"

陆姝暗暗吃惊。莫非老奶奶已经知道我的身份了？还是早就知道了？

但她不能露出破绽。

她假装平静地问道："为什么只能保持七年？"

老奶奶说："有些事情就是命中注定，比如说桃花春天开，梅花冬天开，比如说猫有九条命。"

她紧接着问道："那您说，是猫的命比较好，还是鱼的命比较好？"

老奶奶似是而非地回答说："猫的命有九条，九条之后，便是死亡。鱼的记忆有七年，七年之后，便是重生。你说谁的命好？"

陆姝思忖片刻，说道："猫的命好。"

老奶奶说："哦？我以为一般人都会说鱼的命好。"说完，老奶奶掏出一把什么东西，扔进了嘴里，咬得嘎嘣作响，让人担心她的牙齿受不了。

陆姝心想那就是她害怕盗贼偷走的"豌豆"，老奶奶担心的应该不是"豌豆"被偷走，而是盗贼发现"豌豆"的秘密。

每个修炼成人的妖怪都怕人发现自己不是常人。那样会让自己暴露在非常危险的境地。

陆姝听着那嘎嘣的声音，心仿佛被人抓挠，非常不舒服，于是说道："奶奶，天色不早了，您早些回去歇息吧，我也要回去休息了。"

老奶奶一边嚼着"豌豆"一边说道："我还没有说完呢，明天你就会遇见命中注定的那个人。"

陆姝顿时心中小鹿乱撞，又有些害怕。

这么说来，我的七年就要开始了？她心想。

她不能问老奶奶她的七年是不是开始了，即使被看破，在不得已的情况下，也得假装若无其事。

“您是怎么知道的？”陆姝问道。

老奶奶说：“四月的风一吹，我就知道桃花要落了；月亮长了毛，我就知道雨水要来了。你说我是怎么知道的？”

陆姝不知道该不该信她。

“我不该多说的，免得你今晚睡不着觉。”老奶奶笑道，然后摆摆手，往半山腰去了。

陆姝才不会睡不着觉。她回去之后，照例又温了半壶酒，喝畅快了，往床上一躺，和衣而睡，鼾声微微。

等到醒来的时候，已经是日上三竿了。

她起来往外一看，大部分的雪已经融化消失了，只有角角落落里还有一些残余。

她还是一条鱼的时候，就很喜欢化雪的时节。冰冻了一个冬天的水面重新活络起来，整个世界从沉睡中苏醒，就如酒后初醒，虽然还有那么一些昏沉，但意识已经渐渐清晰了。

眼睛看到院门口的时候，她想起了昨天的那串脚印，又想起那个给无名山取名的纨绔子弟。

那串脚印应该就是盗走皇上心爱之物的盗贼留下的。盗贼来这里，就是为了躲避官兵搜查。就在这时，或者稍晚一些，外面下起了雪。等到她从醉酒中醒来，那盗贼为了避免暴露，不得不走，于是在雪地上留下了痕迹。

一定是这样的。陆姝心想。

这样一想，她心中就不安起来。

她决定去一趟县衙。

到了县衙，她被门口的衙役拦住。

她忙说她发现了盗贼的行踪。

衙役将信将疑，问道：“盗贼飞檐走壁，武功高强，若是被你碰到，你还能活到现在？”

陆姝心中愤愤地想，无论盗贼有多厉害，他能活过几个一百年？老娘要不是贪了点儿酒，早就把盗贼拎来县衙领赏了！哎呀，以后可不能贪酒了，要是碰到心狠手辣的盗贼，那可就人为刀俎我为鱼肉了！哎？不对，我本来就是鱼肉啊！再说了，我是鱼，本就离不开水，酒水也是水嘛。情有可原，情有可原！该喝还是要喝。

衙役见她两眼放空，以为她被盗贼吓坏了，转而相信了她的话，急忙回里面禀告。

不一会儿，衙役回来了，说：“县太爷有请。进来跟着我走。”

陆姝“哦”了一声，心慌慌地跟着他往县衙大堂走，左顾右盼。

衙役见她到处看，说道：“这里可是县衙！别没规没矩的！眼睛看着脚面！进了大堂就跪着。县太爷叫你抬头你再抬头。”

陆姝连忙低下头，看着地上行走的脚。

她跟着上了一个台阶，就听到衙役说道：“跪在这里吧。”

陆姝正要跪下，又听到前方一个声音说：“原来是女儿家，你拿个垫子给她。”

衙役丢了一个草蒲团给她。她跪在了草蒲团上。

她觉得这声音有几分熟悉，但听了衙役的话，不敢抬头去看。

“你是什么人？住哪里？叫什么名字？”前方一个威严的声音传来，跟刚才的声音有天壤之别。

陆姝回答道：“民女姓陆名姝，住在无名山脚下。”

“无名山？我命名的那座山？”先前熟悉的声音又响起。

陆姝忍不住抬起头来。只见大堂之上坐着留着长须板着脸的县太爷，县太爷旁边还站了一个人。那人不是别人，正是头一天把无名山命名为“无名山”的呆子！

“原来是你！”陆姝忍不住大声说道。

那个呆子几乎在同时说：“原来是你这个小姑娘！”

陆姝又差点儿翻白眼，但想起他说的“死鱼眼”，急忙闭上了眼睛。她怕控制不住自己，闭上眼睛的话，既可以翻白眼，又可以不让他看到。

“我昨天问你的时候，你不是说没有看到吗？”那个呆子气得两眼瞪圆了。

长须县太爷将惊堂木往案子上一砸，厉声道：“大胆民女！你可知道你犯了欺君之罪？”

陆姝吓了一跳，心想：糟了糟了，难怪人人都说“生不入公门，死不下地狱”，这公门真是来不得呀，一来就犯了欺君之罪，要杀要剐。

她依稀记得另一条修炼多年但未成功的鱼同伴说过，他们鱼类很多生来就是被杀被剐的命，多少伙伴最后在砧板上被杀，跟犯了欺君之罪的犯人一样遭受酷刑。她那时听了，吓得哆嗦，更加坚定了要修炼成人的念头。

没想到修炼这么多年，最后自投罗网，将自己送到别人的砧板上来了！

她急中生智，大声喊道："冤枉啊！这位大人昨天确实问过民女，但问的是民女看见过盗贼没有。民女确实没有看见盗贼！"

县太爷怒道："大胆刁民！你来这里是报告盗贼行踪的，现在又说没有看见过盗贼！"

陆姝回道："青天大老爷！民女确实未曾见过盗贼，只在庭院中看到了盗贼的脚印。要不是前天下雪，民女连盗贼的脚印都看不到。"然后，她将那天酒后醒来看到的一幕说了出来。

"民女后来才听说有盗贼从落阳城逃了出来，所以今天才来说明，希望夺人之爱的盗贼早日落网！"陆姝惶恐地说道。

"原来是这样！"那个呆子似乎暗暗松了一口气。

这时，两旁手持杀威棒的衙役中有一人说道："大人，小的前天跟随李将军去无名山附近搜查的时候，发现明德学堂本该当值的先生不在。小的问了镇上的人，说是往无名山方向去了。"

明德学堂是紧挨无名山的小镇上的学堂。学堂里除了二三十个读书的小孩之外，只有一个教书先生。教书的先生便是说出“太清醒会凄凉，太沉醉会迷惘”的书生。

陆姝偶尔去镇上逛的时候，会顺便去那学堂边上听一听里面念书和讲课的声音。那句话便是她听来的。

虽然听过很多回，但她从未与那书生打过照面，不知道他是一个什么样的人。

在她心里，那书生与她已经是熟人了，从未见过面的熟人。

恰才听那人说了那话，陆姝大为惊讶。

莫非那天中午来到我窗前的人就是他？看到她的后脑勺磕在床上忍不住发出一声笑的人也是他？

可是，他怎么会偷皇上的东西呢？

县太爷问那衙役：“此事你前天为什么不报？”

衙役说道：“小的以为学堂的先生偶尔出去不足为奇，刚才听她说起雪地上的脚印，小的联想到此事，才觉得有些蹊跷。”

“这么说来，这个教书的先生就是那盗贼？”县太爷像是在问那衙役，又像是在问自己。

那呆子说道：“一个教书先生哪有从皇宫盗出宝物的通天本领？巧合而已吧。我看躲到她庭院里的人不一定就是那位教书先生。”

县太爷恭敬回道：“将军，兹事体大，不可含糊。躲起来的到底是不是那位教书先生，我们唤过来问一问就知道了。”

县太爷对那衙役说道：“你速去明德学堂传那教书先生过来。”

衙役领命而去。

陆姝心里惶惶不已。若那天到窗外的真是他，岂不是我牵连了他？

那县太爷和呆子坐得无聊，便找话说。

县太爷问那呆子：“将军，冒昧问一句，皇上丢的宝物是什么宝物？等盗贼找到了，我也好将宝物追回来。”

陆姝也心生好奇。

那呆子摇头说道：“我只领了捉人的旨意，不曾知道盗走的是什么宝物。我托宫里的人问了，说是皇上似乎不愿说明。总管太监细细盘查了宫中物件，却未发现有何重要宝物丢失。不过既然皇上下了旨意，下面的人只能照办。”

陆姝一边听着他们说话，一边想起了半山腰老奶奶昨天说的话。老奶奶说今天她会遇到命中注定的人，难道说的是那个呆子？

这么一想，她不禁脸上一热。

呸呸呸，如果命中注定的人是这个呆子，那鱼生还有什么意思？不不不，一定不是他！老奶奶说的话不一定可信！

这世间的人也是奇怪得很，为什么要期盼遇见命中注定的人呢？遇不到的大多最后也跟另一个人过了一辈子。为什么人非得这样？是春天不够暖，还是酒不好喝？

就在她思考人生的时候，那呆子突然喊她：“哎，小姑娘，年纪小小的，以后少饮些酒。刚才你说到雪地脚印的时候多危险，如果那盗贼意图不轨，你可就……”

陆姝心中暴怒。年纪小小？我说出来怕吓死你！盗贼亏得没有意图不轨，我发起疯来连自己都怕！

这呆子也太瞧不起人了！

呆子将后面的话咽了回去，转而问道：“你家中没有其他人吗？”

陆姝回答道：“民女自幼父母双亡，只给我留下了这座孤家独宅。”

修炼成人的妖怪基本都是无亲无故的。修炼的过程中困难重重，道道阻隔。且不说其他，光是历劫这一关，便能将无数生灵打回原形，甚至灰飞烟灭。

有道是“人身难得，如盲龟穿木”。其大意是，大海的水面上漂着一块木板，木板中间开了一个小孔，木板随着波浪四处漂荡；海底有一只瞎眼的乌龟，每一百年浮到水面一次，而得人身的概率就如这乌龟浮出水面时，脑袋刚好从木板的小孔里伸出来。

由此足可见人身多难得。

造成这么大困难的最重要原因，便是“历劫”。

“真是可怜！难怪要借酒消愁。”呆子自以为是地说道。

陆姝又一次差点儿要翻白眼。老娘喝酒喝得惬意极了！怎么是借酒消愁呢？我有什么愁？

好在县太爷又拉着他说其他的话去了。陆姝是一万个不愿意搭他的话茬儿。

县衙离明德学堂不算太远。过了大约半个时辰，衙役就回来禀报了，说是已将明德学堂的教书先生带到了大堂外。

陆姝回头朝大堂外望去，看到一个白白净净、文质彬彬的书生，他不同于本朝常见的文弱书生，他身材修长挺拔，略有一丝孤傲之气。

陆姝以为自己从未与这位书生打过照面，但仅仅瞥了一眼，就有种莫名其妙的面熟的感觉，甚至有难以言喻的亲近感，好像在哪里见过。

那书生原本非常镇定。他恰巧此时也朝陆姝这边看过来，一见陆姝，顿时露出惊慌的神情。

陆姝抬起手摸了摸自己的脸，心想，我长得吓人吗？

这一幕被案桌后的县太爷看在眼里。

“带嫌犯上来！”县太爷命令道。

那书生便被衙役推了进来，却未下跪。本朝有功名在身的人，即使上了公堂，也是不用下跪的。

“大人所言有误，本人章卷，是学堂的教书先生，不是什么嫌犯。”他铿锵有力地回应道。

陆姝顿时觉得惭愧，自己来这里就跪下了，问什么答什么，完全是上了砧板待宰的鱼一样，相形之下太没有气魄了！

不过她很快就忘记了自己的窘样。她的注意力转移到了书生的名字上。

章卷？这个名字不错！简直天生就是书生的名字。

县太爷将惊堂木一拍，呵斥道：“大胆！你若不是嫌犯，何故在正月二十五那天逃离学堂，躲到一个姑娘家的庭院里去？我看你是做贼心虚！怕在问询时露出马脚！可是苍天有眼，去年一整年没有下雪，偏偏那天下雪，你还是在雪地里露出了马脚，被这位陆姝姑娘看到！”

章卷刚要说话，县太爷又厉声道：“刚才你到大堂外的时候还镇定自若，一见陆姝姑娘就方寸大乱，可见你已然清楚传唤你来是所为何事了，为此突然恐慌！你还有什么可狡辩的？”

“那天……我确实进了陆姝姑娘的庭院……”书生的语气忽然虚弱了许多。

虽然不是没有想过这种可能，但陆姝听到这话从章卷嘴里说出来时，还是颇为意外，大吃一惊。

“真的是你啊？”陆姝轻声说道。

那呆子见状自鸣得意地说道：“我就说盗贼到了这里吧！你还不信。”

县太爷尴尬道：“还是将军高明！”

“什么高明不高明？我还不知道，你是怕麻烦。盗贼没抓到吧，怕领责；盗贼抓到了吧，怕追不回宝物，还是要领责。”那呆子说道。

陆姝心想，这呆子还不算呆啊！

县太爷听了那呆子的话，精神为之一振，两眼都发出光来，抚掌大喜道：“对哦，多谢将军点醒我！那我就不审了！来人啊，把这个盗走宫中宝物的盗贼押到大牢！择日送到皇城去！”

那呆子惊呆了。

虎狼一样的衙役架起章卷，将他往外面拖。

“大人！大……”章卷的话还没有说出来，就被衙役用一团破布塞住了嘴。

那呆子见此情形，起身问县太爷道：“大人您这是……”

县太爷笑眯眯地对那呆子拱手道：“多谢将军提点！将军的话真是一阵春风，扫走了我头上这几天一直散不了的愁云啊。您说得对，盗贼没抓到，自然要领责；盗贼抓到了，宝物追不回来或者坏了，还是要领责。既然这样，我就都不管了，将这个章卷押解送去落阳城。让落阳城的那帮人头疼去！”

陆姝早就听说本朝官员大多懒政，事事不求有功，但求无过。但这县太爷撂挑子也撂得太快太利索了！

陆姝不得不怀疑这位县太爷是只老狐狸变化而来的。不，他比老狐狸还要狡猾精明！

那呆子还想阻止县太爷，可是他哪里是县太爷这种久混官场的人的对手？

县太爷不仅自己不审案子，还将此事说成是那呆子指点，让那呆子有话难言，有苦说不出。

果然，那呆子舌头开始打结了，急急地说：“可是……可是……”

县太爷高兴地挽住那呆子的袖子，拉着他往后堂走，说道：“将军，我们这个地方的酒可好了，我有一壶藏了十多年的好酒，我们一起去喝酒庆祝一下。”

那呆子就像木头人一样被县太爷推着走。

走了几步，县太爷忽然想起陆姝还跪在地上，回头看了陆姝一眼，说道：“捉拿盗贼你陆姝有功劳，等皇宫里的人审完了，我再赏你。回去吧。”

陆姝连忙说道：“大人，我是看到了雪地的脚印，但那脚印未必就是盗贼的。不，我的意思是……”

县太爷懒得听，朝衙役使了个眼色。

衙役不由分说地将她拉起来，然后推了出去。

县太爷一走，其他衙役也出来了。

陆姝抓住那个带她进来的衙役，说道：“大哥，这位大哥，那个教书先生不一定是盗贼啊！我们不能冤枉好人哪！”

衙役摇头道：“姑娘，我们找盗贼找了好几天了，一无所获。皇上早就大发雷霆了。现在好不容易逮住一个，是就是，不是也得是啊！你要怪别怪我们，更别怪我们老爷，是你自己跑到这里来报案的，我不让你进来，你还非得进来。”

陆姝后悔不已，早知道是这样的情况，就不来县衙了。

她回到了家里，心里很不踏实，温了半壶酒也没心思喝，等到想喝的时候，酒已经凉了。

老奶奶又从她门口经过，见她两眼无神，酒也没喝，便问道：“今天怎么不喝酒？”

陆姝的院子没有围墙，只是随意插了一些篱笆，高的地方有一人高，矮的地方抬脚便能跨过。老奶奶便是从那边矮的地方过来，从另一边矮的地方过去的。

陆姝瞥了一眼老奶奶，有气无力地说：“于心不安。”

老奶奶想了想，问道：“这次我不上你的当了，你说的是哪个‘于’字？”

陆姝道："哪个'于'字都不安心。"

老奶奶说："说来听听。"

陆姝道："奶奶进来坐吧。"

老奶奶第一次走进了她的房间，坐在她的对面。

"要吃豆子吗？豆子下酒。"老奶奶对陆姝说道。

陆姝连忙惊慌摆手道："不了，不了。"然后，她将今日在县衙经历的事情说给老奶奶听了。

说完，她先问了一个问题："奶奶，你说我今天会遇到命中注定的人，到底哪个才是命中注定的人？"

回来的时候，她一直在想这个问题。

没想到老奶奶说："这个我也不知道。"

陆姝觉得非常意外，问道："您不是说，风一吹，您就知道桃花要落了吗？怎么现在又不知道了？"

老奶奶不紧不慢地说："我知道桃花要落了，但是不知道哪一朵先落。"

陆姝叹了一口气。

"年纪轻轻，叹什么气呢？"老奶奶说道。

"我都……"

她转念一想，虽然自己已经六百多岁，可是在这只狐狸面前，或许还是太年轻了。另外，她还不想主动表明自己的身份。

"我都不知道该怎么办了。"她说道。

"你喜欢他？"

"我是第一次见他。"

“那就随他去吧！”

“可是这样的话我心里不安。奶奶，您没有心不安的时候吗？”

“没有豆子吃的时候我会心里不安。”说到这里，老奶奶忍不住喉咙里咕嘟了一下。

“不行，我得抓住真正的盗贼。如果不是他，那就让皇上放了他，如果是他，我也能安心。”陆姝说道。

“他们都抓不到盗贼，你怎么抓？”老奶奶问道。

“奶奶，我刚才都讲给您听了，抓盗贼的那些人怕麻烦，根本就没有用心抓，当然抓不到。”

老奶奶说：“他们都怕麻烦，你就不怕麻烦？外面的世界人心复杂，像网一样，你还是别自投罗网了，好好过你的鱼生吧。”

“像网一样？”陆姝听了有些害怕，毕竟网对鱼来说是一件非常可怕的东西。对修炼的鱼来说，网本身就是劫。

“可不是吗？我原以为人间有多好玩，现在宁愿住在这偏僻无人的山上。人间有句流行的话——见的人多了，你会发现还不如养条狗。”老奶奶摆出一副过来人的姿态。

陆姝心想，老奶奶真是可怜，人灰心了还能养条狗，可是老奶奶连狗都养不了。

就像她不敢养鱼。

别说养鱼了，睡觉的时候她连肚皮都不敢朝上。

见了那个呆子之后，她连眼睛都不敢随便翻了。

“可是我于心不安啊，奶奶。”陆姝想到章卷，还是觉得过意不去。

“于心不安不是因为你做错了，而是因为你错事做得不够多。等你做了足够多的错事，你做什么都会很安心。”老奶奶说道。

“啊？”陆姝瞠目结舌。

“或者喝酒。但是酒醒后会失效。”老奶奶看了看桌上的酒壶和酒杯。

“我可不是为了这个才喝酒的。”陆姝连忙解释道。

“我知道，借酒消愁的话，容易喝醉。你只是小酌。”

陆姝这才知道老奶奶原来用心观察过她，顿时心里一片温暖。

“你要是执意要找到那个盗贼，我倒是建议你去山那边问一个人，如果盗贼确实来过这里，他一定见过。”老奶奶说道。

“真的？那人叫什么名字？”陆姝大喜过望。

老奶奶说：“那个人没有名字。”

“没有名字？”

“是。”

“那我怎么找他？”

“找他并不难。你最好天黑了去，山那边只有一棵石榴树，从石榴树下往南走，走过七块稻田，你就能找到他了。”

陆姝心想，那人在稻田旁边，莫非是天黑之后等着她的？

于是她问道：“他是在那里等我吗？”

老奶奶笑了笑，说：“他一直在那里，可以说是在等你，也可以说你在等他。”

“这怎么说？”陆姝迷惑了。

“比如说我，是我在这座山上等你吗？还是你在这里等我？没有这回事的。相见的人，你等了我，我也等了你。不等的人，就不会相见。”

第二章
情与劫

陆姝对老奶奶的话将信将疑。首先，这世上好像没有人会没有名字，她还是一条鱼的时候，就想着给自己取名字了。其次，那人在稻田旁边，并且老奶奶只说最好天黑了去，没说哪天去，似乎那人每天天黑了都会在那里。难道那人住在稻田里不成?

她有一些相信，是因为她想不到老奶奶骗她干什么。

老奶奶一走，她就盼着天黑。

时间平时流逝飞快，可是等待起来就变得无比漫长。陆姝从来没有觉得时间这么难熬，天黑来得这么晚。或许当初就不应该修炼，不应该贪图获得更多的时光甚至长生，只要心里有所期待，时间就变长了。

好不容易挨到了天黑，她立即提了一个灯笼，赶往山的那一边。

到了山的那边，她先找到了那棵石榴树，然后往南走，一边走一边数，数到第七块稻田的时候，停了下来。

她往四周看了看，并没有什么人等着她。倒是田埂边上插了一个戴着草帽披着蓑衣的稻草人。一般的稻草人的“脸”上会贴一张纸，纸上简单画上眼睛鼻子。可是这个稻草人连一张像样的脸都没有。

她在那里等了一会儿，不见有人来。

她回想老奶奶说的那些话，盯着稻草人看了半天，心想，莫非老奶奶说的没有名字的人就是稻草人？

稻草人自然是没有名字的。

可是问稻草人见没见过盗贼，那还不如问家里的墙壁呢。

她提起灯笼，照了照稻草人身上的蓑衣，嘴里小声嘟囔道：“奶奶要我来找稻草人应该有她的理由，莫非是告诉我要像稻草人一样不闻不问不说，置身于事外？”

“是那住在半山腰爱吃豌豆的奶奶让你来找我的？”忽然一个声音响起。

陆姝吓了一跳，差点儿把手里的灯笼扔了。

好在她及时想起来自己好歹也是修炼了六百多年见过大世面的妖怪，怎么能被区区一个稻草人吓到？

她定住心神，说道：“你是什么妖魔鬼怪？快快现出原形来！”

稻草人说道：“我现在就是原形。方圆百里就那位奶奶知道我有神通，必定是她叫你来的吧？”

陆姝点头道：“是。不过你能有什么神通？一个稻草人，不能走不能动。”

“我的神通就在于我不能走不能动。”稻草人说道。

陆姝不满地说："这算什么神通？一动不动就是神通的话，天下人都有神通。"

"天下人只能保持片刻一动不动，我却可以一直这样。"稻草人辩解道。它似乎很在意陆姝对它的评价，"你没听说过吗？人生在世，如身处荆棘中，不动则不刺，不刺则不伤，不伤则不苦。"

"这句话好像听过。"

"你看，所以我就一动不动，不动就不会受伤，不会痛苦。世间有无数痛苦，其实只要不动，就不会有痛苦。我做到了，你说这是不是神通？"稻草人说道。

陆姝皱了皱眉头。

"好吧，看来你不太理解。既然奶奶让你来找我，一定是有什么事吧？"稻草人问道。

这时候月亮从云的遮挡中挣脱了出来，淡淡的月光落在稻草人身上，草帽挡住了月光，在它的脸上留下一片阴影。

"这几日有个盗贼从落阳城逃了出来，到了这里。奶奶说你或许见过那个盗贼。"陆姝说道。

稻草人说："是啊。盗贼能避开所有人，但是不能避开我。"

"为什么？这也是你的神通吗？"陆姝问道。

"因为盗贼不需要避开我。"稻草人说道。

那倒也是。谁会刻意避开一个不能动的稻草人？难怪老奶奶说盗贼来过这里的话，它一定见过。

"那就是说，你见过咯？"陆姝高兴地扭动屁股。她还是一条鱼的时候，遇到高兴的事情喜欢摆动尾巴。

“当然。在官兵来这里搜查的头一天晚上，我看到了那个人慌慌张张从这里经过。”

“你看清楚了吗？”

“看清楚了，是一位姑娘。”

“是姑娘？”陆姝大为诧异。

“那姑娘长得像你。”

“像我？”陆姝惊得往后退了两步。

“贼喊捉贼，不过你不用担心，我不会告诉别人的，世事都与我无关。”稻草人说道。

“怎么可能是我？我从来没有去过落阳城，没见过皇上，更别提偷他什么宝物了！对我来说，有好看的衣服穿，有酒可以喝，就满足了。谁要他的宝物？”陆姝嘴上辩解，心里莫名一阵慌。她自己都不知道为什么会慌。

稻草人说道：“我也没有去过落阳城，没见过皇上，对宝物没有兴趣。”

陆姝激动得几乎要抱住这个一动不动的稻草人：“是吧，是吧，你我都是这样的人。你明白的！”

所谓相识满天下，知心能几人。此刻她感觉这个稻草人就是她的知心人。

“可是至于为什么你要偷走皇上的宝物，我就不清楚了。”稻草人说道。

这句话仿佛是一支出其不意的冷箭，将陆姝穿了个透心凉。

“你会不会聊天？”陆姝恨不能用双手将面前的稻草人撕成一根一根的稻草，撒在这稻田里。

稻草人淡淡地说：“我们不是在聊天吗？我对你都推心置腹了。”

“如果我有的话。”稻草人补充道。

陆姝无言以对。

沉默了一会儿，陆姝问道：“你确定没有看错吗？”

稻草人说道：“怎么会看错，当时我以为就是你呢。”

“不是我，只是跟我长得像的人而已。”陆姝说道。

“也许只是你忘了。”稻草人说道。

“忘了？怎么可能？你以为是多久远的事情，才几天我就忘了？”

“有的很久远的事情，就像发生在昨天；有的昨天发生的事情，感觉很久远。几天不一定近，几年不一定远。对我来说，几个时辰，几天，几年，都是一样的。”

“为什么？”

“因为没有事情在我身上发生。没有事情可记，时间就没有意义。”稻草人说道。

陆姝似乎从它的口气里听到了一丝落寞和叹息。

“你和奶奶一样，都喜欢讲一些我听不太懂的东西。”陆姝说道。

“我跟她可大不一样。她是在荆棘中受了伤而隐居此地的，我是在荆棘中从未受过伤从未动过。不过也算是殊途同归吧，所以听你说是她让你来的，我才跟你说这些。不然我是不会轻易暴露自己的。”稻草人说道。

“你就不怕我把你的秘密告诉别人？毕竟你看到那个盗贼像我，我很可能这么做。”

“怕呀。当然怕。”

“那你为什么还是要说？”

“不仅仅你们要历劫，我也要历劫。你就是我的劫。我信任你，信任对了，就是度劫；信任错了，就是遇劫。最后到底对了还是错了，都是应该发生的。人们常说，尽人事，听天命。我想大概就是这样吧！”稻草人说道。

“如果我算人的话。”稻草人补充道。

“你别担心，我不会告诉别人的。”陆姝说道。

“我连心都没有，有什么好担心的！”

陆姝与稻草人作别，在月光下回家。走到院门口的时候，一个问题冒了出来。

既然那个盗贼不是章卷，那章卷为什么悄悄来到这里，在窗边到院门口留下脚印呢？

走到门口时，忽然脚下绊到了一个软绵绵的东西，她差点儿撞在了门框上。与此同时，一声尖锐的猫叫传来。

原来是老相识躺在门槛下。

“你差点儿踩死我。”老相识从地上爬了起来，揉着腰。

“你怎么来了？”陆姝问道。

“我听人说你今天被抓去了县衙，放心不下，所以过来看看你。没想到你不在，我就在这里打个盹，等你回来。”

陆姝没想到消息传得这么快，这么离谱。

“我不是被抓去的，我是去报案的，可是他们好像抓错了人。”

老相识胡子一翘，问道：“你怎么知道他们抓错了？”

陆姝不敢把真相说出来，何况那个真相她自己都不太相信。

“那个县太爷怕麻烦，不想抓。皇城来的将军傻里傻气，没有主见。这样的人怎么可能抓到真的盗贼！”陆姝只好这样说。

“瞎猫还能碰到死耗子。抓对了也说不定。”老相识说道。

“可万一抓错了呢？”

“那也不关你的事。你就别狗拿耗子，多管闲事啦。”

陆姝斜了老相识一眼：“你能不能不总拿耗子做比方？唉，算了，谁让你是猫呢。”

她摇摇头，推门而入。

老相识却站在门口不进去。

“进来喝酒。”陆姝回头看了一下它，说道。

“人们都说，夜猫子进屋，准没好事。我就不进去了。你没事我就安心回去睡觉了。”

陆姝心里一阵感动，说道：“你这是猫哭耗子。”

“你错咯，这是猫哭鱼。”

陆姝忍不住“扑哧”笑了。

老相识走后，陆姝宽衣睡觉。

这天晚上，她做了一个从来没有做过的梦。她梦见自己是一只鸟，栖息在一棵梨花树上。梨花白似雪，重重叠叠，仿佛时间凝固了，雪花落到半空中便停住了。

她有些犹豫，有些惊慌。她以前只会在水里游，在地上走，还从来没有在空中飞过。

虽然是在梦中，但是她记得自己以前是条鱼，后来修炼成人。至于现在为什么变成了鸟，她不清楚。

她都不敢往下看。

她左看右看，看到一个离自己很近的梨树枝，于是试着张开了翅膀，往前一跃。

没想到翅膀一拍，就自然而然地飞了起来，仿佛飞翔的能力与生俱来。

她非常高兴，在梨花间飞来飞去。

“海阔凭鱼跃，天高任鸟飞……”

正高兴的她忽然听到下面传来念诵的声音。

低头一看，她看到梨树下坐着一个持着书的书生，他的襟带掉入了旁边的小河里却浑然不知。

她心中慌乱，那书生不就是以前在梦中见过的那位吗？

再往水里看去，她看到一条背上有红纹的鱼在啄食掉在水里的襟带。那红纹她记忆太深了，那是她还是一条鱼时身上的印记。

读书的书生似乎感觉到襟带被扯动，低头一看，恰好看到了那条鱼。

那鱼见岸上的人看到了它，急忙往水底潜了下去。

书生叹息道：“我又不会捉你，你跑什么呢？”

听到这话，她吓得双脚一软，从梨树枝上滑落下来。她急忙使出最大的劲儿挥动翅膀，往上面飞。由于用力过度，她一下撞在了梨树枝上。

梨树枝被她撞得一抖，树枝上的梨花便纷纷飘落。

这一惊一乍一撞，她就从梦中醒了过来。摸摸额头，似乎还有残留的疼痛。

往外一看，阳光晃眼，鸟声喳喳。

陆姝心想，在梦中的时候是鱼便可以游，是鸟便可以飞，是人便可以走，并且非常自如，可见这躯壳里的魂魄以前做过鸟，做过鱼，也做过人，所以驾轻就熟，自然而然。

可她想不通，在同一棵梨花树下，在同一个书生旁边，怎么自己一会儿是鱼，一会儿是鸟？

想来想去，她想不明白。

想这么明白干什么呢，半醉半醒才是活在人间最好的状态。这样一想，她便从床上起来，照常先温了半壶酒。

酒温好了，她倒了一小杯，抿了一口。

令她意外的是，这酒居然没有什么味道，淡得像水。

她赶紧又喝了一口，还是无味得很。

难道是酒坏了？她拿起酒杯仔细端详。

闻了闻，酒味还在。

这时候，老奶奶又从半山腰下来了，经过她这里。

“奶奶，奶奶，您过来。”陆姝喊道。

老奶奶走了过来。

“您喝一口我的酒。”陆姝倒了一杯，递给老奶奶。

老奶奶摆手道：“大早上的，喝什么酒？你自己喝吧！”

“奶奶帮帮忙，我感觉我的酒坏了，您帮我尝一尝看。”陆姝道。

老奶奶这才接了酒杯，小小地抿了一口，咂嘴道：“酒是好的呀，跟你以前喝的没什么两样。”

“为什么我觉得酒味淡了？”陆姝疑惑道。她又尝了一口，还是感觉淡淡的。

“食之无味？”老奶奶问道。

“是啊。”

“完了，完了。你这小妮子动了情。”老奶奶怜惜地看着她。

“动了情？”陆姝听不懂她说什么。

“人一旦动了情，喝茶茶无味，喝酒酒无味。你得了人身，也该有人的七情六欲了。这也是劫，情劫。”老奶奶说道。

“情劫？”

“是啊。看来你命中注定的人一出现，这劫难就来了。”

“可是我还不知道谁是命中注定的人。”

“既然是命中注定，知道或者不知道，都是躲不过逃不脱的。你又何必知道。”

“那……那我该怎么办？”每次天劫来临之前，她会像其他修炼者一样找个避身之所。可是这个情劫该往哪里躲呢？

老奶奶想了想，说道：“离开这里，去落阳城吧。”

“去落阳城？”

“是啊。那天你见到的人，无论那位将军，还是那位教书先生，都去了落阳城。我想你命中注定的人就在他们两者之间。你的情劫因他们而起，自然要找他们了结。”

“在他们两人之间？天哪，一个呆，一个迂，我能都不选吗？”陆姝问道。

在那位将军把无名山取名为无名山的时候，她就对他没了任何好感。

而那位教书先生，原本是有点儿好感的，可是他承认下雪那天是他偷偷摸摸溜进她的庭院后，那点儿好感便荡然无存。要不是她去报的案，倘若是别人错把他抓了起来，她才不会管这糊涂官判的糊涂案。

老奶奶温和地说道：“姑娘，人世间呀，其他东西都可由你选或者不选，走不走这条路，理不理这个人，进不进这座山，你都可以选择。唯独这情啊，由不得你，明明是你不喜欢的人，渐渐却喜欢了起来，明明是你不该喜欢的人，偏偏就鬼迷心窍。你在心里千万遍告诉自己，千万不要与他有任何牵连啊，可是有什么办法呢，你的心已经不在你这里了。你挨着他，不论幸福还是痛苦，你感觉自己还是一个完整的人。你若离了他，不论海角还是天涯，你感觉心的地方已经空了，你还活着，但是就像一棵树，春绿冬枯，就像一条河，雨涨旱退。你还活着，但生活已经与你无关。”

“奶奶，你说得太吓人了。可是我在见到他们俩之前过得自由自在啊，从未觉得自己就像一棵树一条河。”陆姝将信将疑。

老奶奶道：“你是鱼身，经历天劫，脱胎换骨，终于得了人身；你是人身，经历情劫，脱胎换骨，变成另一个人。”

“那我躲还不行吗？”

“命中注定，躲是躲不掉的。四月的风一吹，桃花就要落了。你说，桃花能一直不落吗？”

“这么说来，我非得去落阳城不可了？”陆姝瞪着眼睛问道。

“不是非去不可，是时机已到，你该去了。你不问我，你也会去落阳城。”老奶奶说道。

陆姝觉得老奶奶说得对。其实在从稻草人那里回来的路上，她就决定要去落阳城，要将章卷救出来。

她要救他，不是为了别的，只是为了让自己安心而已。

陆姝对老奶奶佩服不已，觉得她已经看穿了世间万物的规律。

“奶奶，您可真厉害！看得好通透！”陆姝由衷地赞叹道。

老奶奶微笑道：“姑娘，你这话可就说错了，奶奶我一点儿也不通透。我只是过来人而已。”

“过来人？您的意思是您已经经历过同样的劫难？”陆姝问道。

“借一句唱戏人常说的话：演悲欢离合，当代岂无前代事；观抑扬褒贬，座中常有剧中人。你所经历的和即将经历的悲欢离合，以前都有人经历过，以后还有人要经历。我只是在你之前而已。”老奶奶脸上的笑容淡了。她主动提起桌上的酒壶，倒了一小杯，一饮而尽。

“您也去过落阳城？”陆姝问道。

“我有我的落阳城。现在它已经不存在了。”老奶奶放下酒杯。她的眼睛里似乎点亮了一盏灯，随即又被吹灭。

陆姝伸出手，按在了老奶奶那双苍老的手上。

“我现在就是这无名山的一棵树，山脚下的一条河。我是离不开这里了，但是我不放心你一个人去落阳城，你需要一个伴儿。”老奶奶说。

陆姝的眼眶一热。她以前对老奶奶不冷不热，仿佛一个陌生人。老奶奶却对她如此关爱，仿佛一个亲人。

“不，我一个人就可以，我自由自在惯了。”陆姝抚摸老奶奶手背上的皱纹，仿佛抚摸的是一棵树。

“外面的世界可没有这里安宁。你在这里懒散惯了，有人进了庭院你都不知不觉。如果你到了落阳城还这样，很快就会被人识破身份。”

陆姝自知警惕意识不够，去落阳城确实有些风险。

“可是……谁会跟我一起去呢？”陆姝问道。

“那只修炼的猫啊。它可以陪你一起去。它在山那边的人家里住了那么多年，从未暴露过。如果有它陪你，我就放心了。”

原来老奶奶清清楚楚地知道她的一切。她却因为微醺时看到了老奶奶的尾巴而暗自得意。想到这里，她心里愧疚不已。

“它潜伏这么多年，一心想早日修炼成人，怎么会陪我去落阳城？”

老奶奶道："等它来了，我自然有办法让它答应。"

陆姝道："奶奶，我知道您是为我好，但您千万别为难它。它愿意去就去，不愿意去就不去。"

老奶奶道："它自然是不愿意去的，但是我能让它愿意去。"

"它常来找我讨莲子心吃。可是我不知道它什么时候会来，不知道今天会不会来。"

老奶奶忽然离开座位，趴在了地上。

"奶奶，您这是怎么了？"陆姝惊讶地问道。

老奶奶趴在地上说道："它待会儿就会来，我看看它走到哪里了。"

陆姝这才明白，她是狐狸，能用耳朵贴在地面听到远处的脚步声。

"它快来了。对了，你说它常找你讨莲子心吃？它上火了吗？"老奶奶问道。

陆姝忍俊不禁，将"吃得苦中苦，方为人上人"的说法讲给老奶奶听了。

老奶奶听了笑得浑身乱颤。

不一会儿，果然老相识从院门口进来了。它机灵得很，见陆姝屋里还有一位老奶奶，便没有化身成人，而是以猫的形态走进来的。

等它进了屋，陆姝对它说道："你就别装了，这位老奶奶早就知道你和我了。"

老相识便从地上站了起来。

陆姝将要去落阳城的想法说给老相识听了，然后问它愿不愿意一起去。

老相识果然不愿意去。

老奶奶道："如果你去的话，我可以跟你做个交换，让你少修炼五百年，一下子就得人身。"

老相识好歹也是活了三百多年的怪物，虽然没有像陆姝那样见过老奶奶的狐狸尾巴，但能感觉到老奶奶非同寻常。它听了老奶奶的话，顿时两眼一亮，问道："五百年修为？我得吃多少苦瓜和莲子心哪！"

陆姝忍不住"扑哧"一笑。

"那就是愿意交换喽？"老奶奶笑着问道。

老相识连忙先向陆姝解释说："不是我不仗义，你想想，落阳城是什么地方？皇城啊！皇城是什么地方？真龙天子住的地方！还有各路高人！我这三百年修为的小妖怪，哪敢贸然前往？那就是耗子逗猫玩——找死啊。但是如果我有八百年修为，那就不一样了。"然后它问老奶奶，"可是……怎么交换？"

老奶奶道："我把我的尾巴给你，你把你的尾巴给我。这样，你就能得到我五百年的修为。"

陆姝没有任何责怪老相识的意思。她明白，一个还没有修得人身的妖怪去鱼龙混杂的落阳城的话，确实有些贸然。别说互相照应了，恐怕她还得处处照应它。而她自己都如泥菩萨过江，自身难保。

"可是我是猫呀，接一条狐狸尾巴，似乎不太雅观。"

它犹豫地回头看了看自己的身后。

老奶奶道："狐狸还是猫，都是外在皮相，一副空皮囊。有了足够的修为，想变化成什么就变化成什么，何必拘泥于虚幻模样？"

老相识听了大喜，捋了捋胡须说道："您说的极是！有了八百年修为，想变什么样就变什么样，我把狐狸尾巴变成猫尾巴就是了！"

老奶奶又警告它："变化是要靠法力维持的。你到了落阳城，还是要时时小心，万一法力受了限制，被人看到你是猫身狐狸尾巴，那就糟糕了！"

老相识道："您的教诲我会铭记在心。"

于是，老奶奶与它去了屏风后面，换了尾巴。

从屏风后面出来，老奶奶又说道："你还得取个名字。就叫观月吧。"

"观月？"老相识愣了愣。

陆姝有些担忧，说道："民间传说只要看见猫拜月，就立即杀掉，不然会变成妖魔。取这个名字太冒险了吧？"

老奶奶道："正是因为别人都这么想，才要取这个名字。人间有句话叫作'欲盖弥彰'，越是掩饰，越引起怀疑。我们干脆这么叫了，他们反而觉得不可能。"

老相识小声道："真是比狐狸还狡猾……"

陆姝听得心惊胆战。我生在水中，才故意取了"陆"字，这算不算欲盖弥彰呢？会不会一去落阳城就被发现？

老相识欣喜道："我终于有名字了！为了庆祝我有了名

字，一起喝一杯吧！”

陆姝见有三人喝酒，便温了一壶，分而饮之。

酒至半酣，院门口忽然传来一个凶巴巴的声音：“请问，这是陆小姐家吗？”

陆姝眼睛迷迷瞪瞪地往院门口看去，只见那呆子身披铠甲，腰间仗剑，挺拔地站在那里，如同民间贴在门口的门神一般威风凛凛。他腰间那把剑被团团黑气缠绕，诡异得很。

即使酒意未消，陆姝也能认出那把黑气缠绕的剑，那是一把斩妖剑。

缠绕剑身的黑气是被斩杀的妖怪留下的怨念。那些被斩于此剑下的妖怪怨念极深，它们费尽千辛万苦，终于有所修为，游离于六道轮回，却被此剑夺去所有，前功尽弃。因此，它们不肯从剑身上离去，永远缠绕着，愤怒着。

陆姝见了那斩妖剑，吓了一跳，忘了回应他。

他见没有人回答，便从院门口直闯了过来。

陆姝心想，莫非那日在县衙上我露出了什么破绽，让他看出我是异类来了？而今他要用腰间的剑斩杀我吗？

是福不是祸，是祸躲不过。她稍作镇定，起身往门口迎了过去。

那呆子已经走到了门口，见陆姝迎了过来，作揖道：“原来陆小姐在家！冒失了！”

听呆子这么说，陆姝心中稍安。他应该还没有发现破绽。

呆子吸了吸鼻子，闻到了她身上的酒气，问道：“喝酒呢？”

陆姝忙回答道：“和两位老友小聚。”

呆子探头往屋里看了看，笑道：“两位？我怎么只看到一位？”

陆姝回头一看，老奶奶还端坐在那里，镇定自若，观月却已化作原形，变成了猫蜷缩在桌子上。老奶奶毕竟是老狐狸，能做到临危不惧。而观月刚刚获得老奶奶的五百年修为，大概还没有适应过来，它害怕这呆子的剑，为了不露出破绽，就干脆变成原形了。

这下倒好，陆姝一下就说漏嘴了。

她紧张得不行。

观月似乎意识到了错误，却来不及重新变成人身，只好对着陆姝“喵呜”地叫了一声。

呆子脸上露出一丝笑意，略为欣赏地看着陆姝，说道：“原来它也是你的老友！我听说以前有位隐士隐居在杭州孤山，以梅为妻，以鹤为子，终身不娶。我颇为羡慕。没想到这无名山的你以猫为友。”

真难看到他笑一次。陆姝心想。

老奶奶站了起来，给呆子施礼，接话说道：“不想驰骋沙场的军爷竟然羡慕隐居孤山的恬淡之人。”

呆子脸上的笑容消失了，一板一眼道：“沙场斩杀，是为皇上尽忠，嫁娶媒妁，是为父母尽孝。万般皆是命，半点不由人。我是无比羡慕你们这般自在的日子啊，无亲无故，也无牵无挂。”

陆姝知道，呆子之所以说“无亲无故”，不只是说那孤山隐士梅妻鹤子无亲无故，也是说她那日在县衙大堂上说自己无亲无故。

她没想到呆子居然会羡慕“无亲无故”的人。

老奶奶说道：“军爷那可就说错了。孤山的那位隐士死后，有盗墓贼挖开了他的坟墓，只找到一个端砚和一支玉簪。端砚自然是隐士生前写诗作画的物品，可那玉簪显然不是隐士自己的。可见无亲无故的人，不一定无牵无挂。”

陆姝明白，老奶奶顺着呆子的话往下说，纯粹是为了转移他在观月身上的注意力。可是老奶奶对一个孤山上的隐士了解这么多，她很意外。因此，她从心底里更加钦佩这位老奶奶。

“是吗？”呆子不知道他羡慕的隐士身后还有这样的故事。

陆姝早就听说过“梅妻鹤子”的典故，知道那位隐士遗世独立，终身未娶，清高自适，却也是头一回听说他去世时只带走了一个生前常用的端砚和一支来历不明的玉簪。

老奶奶点点头，邀请道：“要不要进来坐坐？”

呆子道：“多谢，不用了。我来不是小坐的，是来告诉陆小姐，请即刻收拾行李，跟我一起去皇城面圣。陆小姐不用惊慌，此次面圣，是因为宝物失窃一案尚未查明。等案件水落石出，我再护送陆小姐回来。”

“即刻？面圣？”陆姝有点儿反应不过来。

呆子有些生气地看着陆姝，说道：“我听下人说，县令大人抓了教书先生之后，你央求衙役重审，说是怕抓错了人。

现在嫌犯要押送去皇城了，你作为证人如果不一起面圣，他说不定很快就人头落地！”

陆姝这才明白，原来这呆子见她找过衙役，想如她的意，让她在皇上面前陈述缘由，或许可以救章卷一命。

这本是她求之不得的。可是她不能表现出来，免得他怀疑。

“可是……可是我没做好准备……”陆姝看了看老奶奶，又看了看桌上的猫。

“要做什么准备？不就几件换洗衣裳吗？随便带两身不就好了？”呆子不耐烦地说道。

不就几件换洗衣裳？你可知道要去的地方是皇城啊！人家去赶集还得选一身好看的衣裳呢。去皇城的话，每件不都得穿上身试一试？这款式，这颜色，这搭配，可都是要费脑力费心思的！这是可以随便的吗？陆姝内心里朝他呐喊不已。

呆子见她站着不动，问道：“怎么了？还有什么不放心的？”

这句话倒是提醒了陆姝。

“还有我的猫没人照顾。”陆姝说道。

“那就一起带上吧。”呆子一面说着，一面走了进来，抓住猫的脖颈，将猫从桌上拎了起来。

他腰间黑气腾腾的斩妖剑就在观月眼前晃动。观月吓得瑟瑟发抖，任由他拎着，就像拎着一串肉。

“喂喂喂，放开它！它可是我的朋友！”陆姝朝那呆子大喊。

这一喊，从院门口那里一下子拥进来十多位将士，个个手持长矛短剑，神情紧张，以为陆姝把他们的将军怎么了。

令人奇怪的是，将士当中却还有一个身披袈裟的和尚。

和尚白白净净，可是脸上有一条红色胎记。

陆姝见了那胎记，大吃一惊。那胎记的形状跟她梦中见到的鱼背上的红色印记一模一样！

莫非这和尚也是红鲤鱼变化而来？陆姝立即否定了这种猜测。他若是妖，怎入得了佛门？怎会成为和尚？且不说妖能不能迷惑那些高僧的法眼，历经千劫万难好不容易修得人身，就是因为羡慕人世种种，最后却抛弃尘根遁入空门，之前成百上千年的修炼岂不是白费了？岂不是与修炼的目的大相径庭？

可他脸上的红色胎记怎么会是这般模样？陆姝想不明白。

这红色胎记在他脸上，竟然不觉得丑陋，反而多了几分凶煞之气，让人望而生畏。

呆子见大群人冲了进来，两眼一瞪，气势汹汹地喝道："我捉一只猫而已，你们都进来干什么！还怕猫把我挠伤了不成？"

将士们立即收起兵器，灰溜溜地出去。

那和尚出去时，频频回头来看陆姝，看得陆姝心里发虚。

这和尚不会看出些端倪了吧？陆姝心中忐忑。

呆子看出陆姝有些忧虑，将猫交还给她，宽慰道："这些人不是来抓你的，是押解嫌犯的。你不用害怕。”

陆姝将猫放回桌上，然后收拾了几件衣服，再抱起猫，跟着呆子走出了院门口。

老奶奶跟着出来了。

“你不在的时候，我会帮你看着宅院的。”老奶奶说道。

然后，老奶奶小声道：“路上尤其小心那和尚！”

在前面的大道上，那和尚骑了一匹黑得发亮的骏马，似乎比普通将士的身份地位要高许多。

和尚后面是一辆囚车，章卷手链脚铐地被关在里面。囚车后面还有一辆马车，不知里面坐的是什么人。

陆姝不敢看章卷，毕竟是因为她去衙门报案，他才被抓起来的。这倒是其次，更重要的是，稻草人说那个盗贼跟她长得一模一样。就算不是她，如果要抓嫌犯的话，也应该抓她才是。

但她还是忍不住朝囚车里多看了一眼。

这一看，便跟章卷的目光遇上了。

章卷朝她微微颔首一笑。

这让陆姝很是意外。

“上车吧！”呆子在她身旁说道。

陆姝向囚车走了过去。她心里顿时委屈得不行。

“你往哪儿走呢？”呆子喊道。

陆姝在囚车旁站住了，问那呆子：“你不是叫我上车吗？”

呆子气得长嘘了一口气，大声斥道：“你怎么这么笨！你喜欢坐囚车吗？我让你坐后面那辆马车！”

随行的将士们忍不住笑了起来。

陆姝既感到温暖，又觉得尴尬，低了头赶紧往马车走去。

上了马车才知道，这马车是呆子专门给她准备的，因为马车里面是空的。

鞭子一响，马车就起程了。

陆姝拨开帘子，看着院子前的老奶奶离自己越来越远。

她伤感了起来。这宅院她住了将近一百年，其间为了避免山那边的居民怀疑，她离开过一段时间，但很快又以另外的身份回来了。她舍不得离开这里。虽然她知道这次去皇城是给章卷做证人，过几天就会回来，但她有种将要离开很久的感觉。

她想起了一首乐府诗，诗中的话是："枯鱼过河泣，何时悔复及！作书与鲂鱮，相教慎出入。"大意是，一条枯鱼过河时，不禁伤心痛哭，悲叹现在后悔已来不及了。来不及也想写封书信给那鳊鱼和鲢鱼伙伴们，你们相互告诫无论外出还是归来都要谨慎小心，千万不可粗心大意，不然就会像我这样回不来了。

第一次看到这首乐府诗的时候，她就泪流满面。她本就是鱼，对这首乐府诗感触尤其深。在还没有修成人身的时候，好多伙伴离开之后再没有回来。

而这次自己要去皇城，也不知道能不能回来。

正在她伤感担忧的时候，外面的呆子正在和身边几位将士说话，她一听就差点儿笑出声来。

一位将士问："将军，这是什么山？"

呆子回答说："无名山。"

"哦，原来没有名字。"几位将士领悟地点头。

"这就是无名山。"

"我知道了，将军。这就是没有名字的山。"

"你们……"将军举起手，又无奈放下。

"不如将军给它取个名吧。"

"我说了，它就叫无名山！"

"好！以后就叫它无名山！"

呆子似乎感觉到陆姝在看他，侧过头来，果然看见她正捂着嘴笑得花枝乱颤。

一报还一报，看来这话不假。陆姝开心地想。

呆子瞪了她一眼，冷冰冰道："你笑什么？"话刚说完，他就似乎想起了那天傍晚跟她的对话，凶狠的眼神瞬间收了回去。

陆姝终于忍不住伏在窗上笑出声来。

走在前面的几位将士也忍不住笑了起来。那几位将士应该就是那晚跟呆子一起抓捕盗贼的。他们碍于将军的威严，先前不敢笑，此时听到陆姝的笑声，被引得憋不住了。

呆子驱马到马车前来，咬牙威胁道："你再笑的话，我就让你去前面的车上坐到皇城。"

陆姝立即止住笑，将帘子放了下来，然后在车内笑得合不拢嘴。

那猫不懂她为什么要笑，斜了她一眼，表示无趣得很，然后从她身边走开，到另一个角落里蜷着了，摆出一副"离你这种无聊的人远一点儿”的姿态。

“喂，观月，你什么意思？”陆姝对那只猫喊道。

猫理都不理她。

“那好吧，这样的话，你就别跟我坐马车上了，你下去，跟着马车走到落阳城。”陆姝没好气地说道。

那猫立即起身，回到陆姝身边躺下，脑袋拼命往她脚上蹭。

“势利鬼！”她用脚轻轻将它推开。

它立即又挨过来。

路不是很平，马车摇摇晃晃，摇得她和猫都想睡觉了。

不一会儿，她就睡着了。

一睡着，她又做梦了，梦见自己是一条鱼，在水里游来游去，又看到了在梨花树下的书生。这一次，她有意往树上看，竟然果真看到了一只鸟栖息在树枝上！

她努力摆动尾巴，想引起那只鸟的注意，却引起了那书生的注意。

那书生低下头来，说了一句让她丈二和尚摸不着头脑的话：“你醒醒！”

她在水里盯着书生，水面的波纹让他的影子变得梦幻一般。

“你醒醒！你醒醒！”书生喊道。

我不就是醒着的吗？她心想。

书生的手朝水里伸了过来。

她下意识地要逃，可是尾巴摆得再快，似乎都游不动。

书生的手一碰到她，她就惊醒过来了。

作为一条鱼，最怕的是被人捉住。

眼前的书生变成了那个呆子。她的胳膊被他抓住，就像梦里一样。

“你干什么？”陆姝急忙一扭身，甩开他的手。

四周比她睡着之前暗了许多。

呆子收回了手，说道：“你刚才一甩，好像一条鱼从我手里溜走了似的。”

陆姝心中暗惊。

“你……你……你进来干什么？”陆姝问道。

“我来叫你下车吃点儿东西。你不饿吗？”呆子问道。

“不饿。”刚说完，她的肚子就咕咕地叫了。

“真的不饿？”呆子冷冰冰地问道。

“我饿不饿我自己还不知道啊？”她犟嘴道。

“好吧。那我们先吃了。”呆子转身往外走。

陆姝捂着肚子看了一圈，看到那只猫正蹲在一只小碗旁边欢快地吃猫食。那猫食应该是呆子上车的时候带来的。

你这个叛徒！我还没吃你倒先吃上了！陆姝在心里狠狠地骂这只饕餮不已的猫。

呆子跳下了车，忽然回过头来，对陆姝淡淡地说道：“你睡觉的样子还蛮可爱的。”

“啊？”

“你睡着的时候眼睛还是张开的。”

“是……是……是吗？”她从来不知道自己睡着的时候

是什么样子。没人告诉过她，她也不可能看到睡着的自己。

不过，绝大部分鱼睡觉的时候确实是不会闭上眼睛的。糟糕，他不会发现了我的破绽吧？陆姝心里没有底。

“你不知道吗？”呆子问道。

“我……怎么会知道？”陆姝说道。

呆子说道：“跟条死鱼一样。”

陆姝急了：“鱼就鱼，什么叫死鱼一样！”

“活鱼会动啊，一动不动，又睁着眼睛的，不就是死鱼吗？”呆子很认真地跟她解释说。

第三章
肉与刺

呆子走后，观月从碗中抬起头来，小声对陆姝说道："你还是去吃一点儿吧，今晚不说，明天至少还得赶一天路呢。路上没什么驿站，想吃都没有。"

陆姝揉了揉肚子，点点头，走到观月身边，小声问道："奶奶说,将军和那教书先生之中有一个是我命中注定的人。你说会是他们中的哪一个？"

"奶奶怎么知道你命中注定的人就非得是他们两个中的一个？"

她听出观月的语气跟刚才有点儿不一样，但是观月还是猫的模样，她看不到它说这话的时候是什么表情。

"这你就别问了。如果是他们俩的话，你觉得会是谁？"她问道。

观月道："命中注定的人嘛，以后你跟了谁就是谁。"

"问你真是白问！"她斜了观月一眼，然后起身下车。

下了车她才知道，这旁边有一个亭子，应该是为赶路人落脚歇息而建起来的。那呆子和将士在亭子里聊着什么。亭子另一边便是章卷的囚车。章卷背靠栅栏，似乎是睡着了。还有几位将士在离亭子较远的地方埋锅做饭，那边已经冒起了一缕青烟。

唯独那红纹和尚不见踪影。

呆子见她出来了，便从亭子里走了出来，朝她走来。

走到近前，他问道："是不是饿了？"

她不再犟嘴，点点头。

他也没笑话她，指着冒烟的地方，说道："还得等一等，他们还没有做好。"

她说道："饭都还没有做好，你就把我叫醒了？"

"你是不知道，这些跟我驰骋沙场的兄弟们吃饭就跟打仗一样，你稍微晚来一点儿就什么都吃不着了。因此我早点儿叫醒你。"

"哦，原来是这样。"陆姝知道自己错怪了他，但又不好意思道歉，"那个……那个和尚怎么不在了？"

呆子道："哦，你说仐憙大师啊？他吃素，不跟我们一起吃，所以化缘去了。"

"伞戏大师？"

"那两个字比较生涩。仐是雨伞的伞字少了两点。憙是喜欢的喜字下面加一个心字。"

"哦……"陆姝脑海里浮现出那两个少见的字。

"他是皇家寺院的人，是皇城里出了名的捉妖高手。我这斩妖剑就是他送给我的。这次宝物失盗的情况比较怪异，所以我邀请了他来帮忙。”呆子拍了一下腰间的剑说道。

陆姝心里“咯噔”一下。难怪第一眼看到那和尚和斩妖剑的时候都能感觉到浓烈的煞气。更让她感到担心的是，这去皇城的一路上还要与他同行。刚才睡觉就被这呆子发现是睁着眼睛的，简直破绽百出了，若是一路跟那个什么大师走下来，岂不是不等到达皇城就会死于和尚之手？

妖怪修炼成人之所以难上加难，除了天劫阻拦之外，还有这些捉妖师。

不过陆姝想得明白，身为鱼，就要面对渔人，捉妖师对她来说是另外一种渔人罢了。

“他脸上红色的东西是怎么回事？”陆姝问道。

“是不是有点儿吓人？据他自己说，那是一次捉妖的时候被妖火所伤留下的。他对付妖的手段太狠，难免有些妖宁可灰飞烟灭，也得让他尝尝厉害。有的捉妖师，捉到妖怪之后最多去掉它的修为，然后放归山林水中，让它重归六道轮回。他却将妖镇压封禁，永世难以翻身。我劝过他多少回，他也不听。”

陆姝更加害怕了，问道：“他为什么这么恨妖？”

呆子摇了摇头：“我也不知道。应该跟妖有过什么过节吧！不过他也不是一直这样顽固。有一次他就动了恻隐之心。”

“是吗？”陆姝心想，再顽固的人也有心软的时候吧？

呆子道：“嗯。有一次他在洞庭湖捉到一个水妖，要把水妖镇压在洞庭湖底。水妖哭着向他求情。一般来说，在他面前求情是没有用的。但那次他见水妖哭得伤心，居然心一软，答应水妖，下一次路过洞庭湖就放她出来。”

陆姝立即心想，万一路上被和尚觉察，也一定要苦苦求情，说不定尚有一线生机。

“可是……他说话算话吗？”陆姝还是有点儿担忧。

呆子接着说：“当然说话算话。自那之后，他再也不去洞庭湖了。”

“那还真是说话算话。”陆姝叹气道。

呆子哪里知道她的心思：“当然了！出家人不打诳语！”呆子信誓旦旦，似乎要为仐悥和尚辩护。

“哦。”陆姝回应道。

“说来他跟你有缘呢。”呆子说道。

“跟我有缘？”陆姝问道。

“出家之前，他的俗姓也是陆。”

“他以前姓陆？”陆姝头皮一阵阵发麻。

看到和尚脸上印记的第一眼，她就猜想过他是不是由鱼变化而来，她用“陆”字为姓的时候，也担心过别的鱼都用这个字。

没想到他居然真的姓陆！

可是这姓陆又有红色印记的他竟然是个和尚！还是捉妖的和尚！

“对啊，是不是很有缘？”呆子根本不知道陆姝在想什么。

说曹操，曹操就到了。

那和尚从远处走了过来，面有喜色。

呆子见了他，侧头低声对陆姝说道：“看他欣喜的模样，就知道他又捉到妖怪了。”

陆姝左看右看，只见和尚一人，不见被捉的妖怪。

“妖怪在哪里？”陆姝低声问道。

呆子道：“待会儿他会给你看的。”

和尚走近了，见将军和陆姝在一起，有些意外。他看了看陆姝，然后从腰间掏出一个巴掌大小的红色布袋，朝将军扔了过来。

将军轻易接住。

看来他们两人关系确实亲近，居然用这种方式传递东西。

将军在陆姝面前伸开手掌。陆姝看到红色布袋里似乎有个活物被困在里面，钻来钻去。接着，她听到里面传来咩咩咩如山羊叫的急促不安的声音。

和尚瞥了一眼布袋，得意地问将军：“将军，你猜猜我捉到的是什么东西？”

将军一笑，反问道：“不会捉了一只羊吧？”

陆姝很惊讶。平常脸像是被冻住了一样的将军，在这个和尚面前居然笑了。虽然只是微微一笑，但也是难得一见的。

将军说完，用另一只手往布袋上一按。

布袋里仿佛是空的一般瘪了下去。他的两只手居然不留缝隙地合在了一起。但咩咩咩的声音还在。

“你打仗的时候料事如神，运筹帷幄。怎么猜这些妖怪没有猜中过一次？”和尚摇摇头说道。

那呆子说道：“我是人，只能猜到人心。妖千奇百怪，我哪里能猜到！何况你捉到妖怪之后夺取精魄，封印在乾坤袋中。我看不到模样，摸不到形状，怎么猜？”

和尚笑道：“得了得了。不让你猜了。告诉你吧，这是蝹。常人很难见到。以前猜不到不说，这次猜不到确实不怪你。”

“蝹？是什么东西？”呆子问道。

和尚说道：“这种怪物第一次被发现，还是在秦穆公的时候。有人在地下挖到一个活物，长得跟羊几乎一模一样。那人觉得新鲜，地底下怎么还有像羊一样的动物呢？于是，他想将这稀奇之物进献给秦穆公。在送去的路上，他遇到了两个童子。童子告诉他，这是蝹，常在地中食死人脑。要杀这种怪物，可以用柏树东南方向的枝叶抽打它的脑袋。自那之后，亡者墓前常植柏树，以驱赶这种怪物。”

呆子恍然大悟，说道：“原来墓前植柏树是这个来由！”

这时，一位将士走了过来，颇有拍马屁的意思说道：“大师真是菩萨心肠。为天下人清理这种恐怖的怪物。”

憋了许久的陆姝终于忍不住了。她反驳道：“什么叫恐怖？人比这种怪物还要恐怖好不好？你只知道这个长得像羊的东西吃死人脑恐怖，却不知道人喜欢吃鱼头也很恐怖！这样的人是不是也应该取了他的魂魄封印在乾坤袋里？”

那位将士挠着后脑勺，迷惑地问道：“吃鱼头……恐怖吗？”

被那位将士这么一问，陆姝这才感觉到自己又不经意露出了破绽。从她的角度来看，每次见人吃鱼，尤其是鱼头的时候，她都浑身战栗，惊恐万分。但是从人的角度来看，吃鱼似乎并无不妥。

和尚两眼盯着她，目光凛冽，等她回话，似乎倘若她回答得不好，他就要用装了蝠的乾坤袋将她装起来。

陆姝被和尚盯着，内心更加焦急，可是越着急，她的思绪越混乱，一时之间根本想不到用什么话来掩饰刚刚露出的破绽。

她愈加后悔做了去皇城的决定。

枯鱼过河泣，何时悔复及！

后悔也来不及了。

陆姝往马车方向一看，观月已经爬到了窗户上，同样焦急地望着她。看来它也听到陆姝说的话了。但它身为一只猫，是没有办法帮她掩饰身份的。

就在这时，那呆子轻咳了一声，手扶着腰间的斩妖剑，缓缓说道："吃鱼当然恐怖了！"

和尚和将士都没想到将军会在此时接话，诧异地转过头来看将军。

就连陆姝自己都感到非常意外。

将军一如既往地面无表情，见大家都在看他，皱了皱眉说道："你们不觉得恐怖吗？我从小就害怕吃鱼，鱼身多刺，一不小心就会卡住喉咙，吐不出来咽不下去。所以我不吃鱼的。"

呆子看了一眼陆姝，接着说道："鱼头就更恐怖了，什么肉都没有，还要冒着这个险去吃，真是难以理解。"

那将士本来是拍马屁的，见马屁没拍着，反而拍在了马蹄子上，立刻赔笑道："原来将军不吃鱼的呀！是是是，吃鱼太冒风险了。"

呆子问道："晚饭不会是做的鱼吧？"

将士连忙说道："没有，做的是从县太爷那里带来的牛肉。"

"那就好。"呆子点头，"你去看看做好了没有，我看陆小姐也饿了，没做好的话你催着点儿。"

将士领命而去。

话题便从鱼头上转开了。

"这个蝠你要怎么处理？"呆子掂了掂手里的红色布袋。

"带到寺里去，埋在柏树的东南面。这样它就再也不敢出来了。"和尚见将军问起蝠，便也不好揪着前面的话题不放。

呆子将红色布袋扔给和尚，说道："捉起来就行了，何必埋在柏树下面？狗急了还会跳墙呢，赶尽杀绝未必是好事。"

和尚接了布袋，塞回腰间，打趣道："一将功成万骨枯。将军是在刀刃上舔血的人，怎么说出这样不硬气的话来？"

呆子道："我何尝愿意杀人？还不是皇命在身？不过皇上也懂得恩威并施才能天下归心，并不是一味杀戮。"

"你搬出皇上来，让我怎么回话？难道我要说皇上的不是？"和尚笑道。

这时，刚才说话的将士过来了，向呆子禀报晚饭已经备好了。

和尚道："那你和陆小姐去用膳吧。我化缘吃过斋饭了。"

说完，他席地而坐，闭目养神。

陆姝赶紧跟着呆子离开。

吃过晚饭，陆姝回马车上休息，将士们各自靠树坐下。

那呆子走到马车旁边，抱臂站立。

陆姝想跟观月说话解闷，可是见呆子在马车旁边，只好保持缄默。

那猫倒是喜欢了寄人篱下的生活，兀自盘成一团，又呼呼地睡去了。

陆姝想喝点儿酒，可是没有带酒，于是趴在窗户上不停地咂巴嘴，想着嘴唇上应该还留着一点儿酒味的。

站得像一棵树一样的呆子看了她几次，忍不住说道："你干吗鼓捣嘴巴？像下雨前游到水面来透气的鱼嘴一样！"

陆姝急忙咬住了双唇。

天哪，这呆子怎么一会儿说我翻死鱼眼，一会儿说我睡觉像死鱼，一会儿又说我的嘴巴像透气的鱼嘴？

"那你干吗站在这里一动不动？你以为你是树吗？"陆姝不高兴地说道。

"天要黑了，我站在这里，免得夜晚出来的不干净的东西吓到你。我告诉你，这一路妖魔鬼怪和坏人多得数不清。你看那和尚出去讨个斋饭都能捉一个妖怪！"呆子说道。

陆姝心中暗笑，我还需要你守护？我就是修炼了六百年的妖魔鬼怪！真是个无可救药的呆子！

有了这呆子在外面守护，陆姝反而一夜没有睡好。倒不是马车上睡得不舒服，而是担心那呆子又偷偷上了马车，然后看到她像一条死鱼一样躺着。

虽然呆子已经看到一次了，再多看一次似乎没有什么，但是她就是不想再让他看到。

她翻来覆去，渐渐听到外面有蝈蝈和其他不知名的小虫的叫声响起。

她爬起来，掀起帘子往外看，看到那个呆子仍然挺拔地站在那里。

“喂，你不困的吗？”陆姝揉揉眼睛问道。

呆子的眉毛上已经有了凝聚的夜露，加上他那冷冰冰的表情，不知道的人或许还会以为这是一尊雕像。

“这算什么。我在北方行军打仗的时候，好几天不睡觉。你安心睡吧。等你到了皇上那里，我就可以照常睡觉了。”呆子瞥了她一眼，说道。

陆姝又看了看章卷那边，见他蜷缩在囚车的角落里，已经入睡。已经睡着的他面色平静。

她在无名山前的大道上看到过很多关在囚车里去往皇城的人，个个惶恐不安，如关在笼子里的麻雀。麻雀被关进笼子里之后大多是活不了几天的。有人说它是活活气死的，有人说它是绝食，总之凶多吉少。囚车里的人也是凶多吉少，往往心绪难平。

而章卷平静得很。

呆子见她往囚车那边看，问道：“嫌犯倒是睡得很好，你这个做证人的反而睡不着，这是为什么呢？”

“他问心无愧，自然睡得好。”陆姝说道。

“那你呢？难道……”

“我认床。除了自己家里，其他的地方我都睡不好。”陆姝抢先说道。

其实她的心里何尝不是惴惴不安？那稻草人说了，逃走的嫌犯几乎跟她长得一模一样。若是皇上曾经见过盗贼一面，那岂不是放了章卷，却要把她抓起来？

不过她猜想皇上没有见过盗贼，即使见过，也应该没看清盗贼的脸。不然，皇上会画出嫌犯的模样，好让下面的人明确要抓什么人，而不会让呆子带着人到处询问。

据陆姝所闻，皇上的绘画技能可是天下公认地好，尤其是画鱼。

据说有一次皇上画了一条鱼，将画赏赐给一位大臣。第二天，大臣惊慌奏报，说是画变成了一张白纸，画上的鱼不见了。皇上细问缘由。大臣说，当天领了皇上的赏赐回去，便平摊在案桌上，待装裱之后悬挂起来。可是第二天一看，案桌上只有白纸一张，镇尺压着两边，纸上的画却没有了。因此，这位大臣由于未能好好保管皇上的赏赐而获得大不敬的罪名，被抓了起来。

第三天，大臣的幼子求见皇上，说是头一天早上去了父亲的书房，看到案桌上有一张纸，纸上有一条鱼，便将鱼捉起来放了生。

皇上身边的大太监立即说，古言云“画龙点睛”，因为龙画得太真，便留下眼睛处不画，怕点了眼睛便会飞走。皇上画鱼也已经达到“破画欲来”的境界，所以鱼脱离了画纸，成了活的了。

皇上听大太监这么说，转怒为喜，下旨放掉了大臣。

陆姝听了这个传闻之后不以为然。她觉得那位大臣应该是弄丢了皇上赏赐的画，害怕遭受惩罚，便联合儿子和大太监演了这么一出“画龙点睛”的戏，使得皇上不但不生气，反而龙心大悦。

大臣虽然狡诈，但不可否认皇上的绘画也确实出神入化。要是皇上知道盗贼长什么模样，作一幅画，盗贼便插翅难逃。

因此，陆姝认为皇上极有可能没有看到盗贼，或者说，没有看清盗贼。

“那个……有谁见过真正的盗贼吗？”陆姝假装心不在焉地问那呆子。

“有啊。”呆子回答得干脆。

“谁见过？”

“皇上。”

“啊？听说皇上书画了得……”

呆子点头道：“你的意思我明白。皇上身边的总管太监首先奏请皇上画下来，却被皇上大骂一顿。”

“这……不是合乎情理吗？皇上为什么要责骂他？”陆姝强装镇定。

“皇上说，你不是说我达到了‘破画欲来’的境界吗？万一世间又多了一个这样的人，那该怎么办！总管太监吓得战战兢兢，其他人也不敢再提这种请求。”

陆姝心想，那可糟了！

“这皇上也真是的，画个大概模样，不全画出来，不就可以了？画龙不点睛嘛。”陆姝说道。

呆子思忖良久，说道：“都说伴君如伴虎，谁知道皇上是什么心思！”

“皇上到底是个什么样的人？”陆姝问道。

“你到了皇城就知道了。”呆子说道。

但是到了皇城之后，陆姝并没有立即见到皇上。

呆子给她安排了住处之后也消失了。住处是一个小宅院，闭门闭户的话倒也安静。

皇城特别大，特别热闹，可是陆姝不想出去，也不敢出去，安安稳稳等着皇上召见。

章卷自然是没有住处安排的，他被关进了监狱。实际上一进皇城，陆姝就跟他失去了联系。

过了几日，有人送了一罐酒来。陆姝问是谁送的，送酒的人也不说，放下酒就走了。

陆姝心想，除了那呆子，恐怕不会有别人。

于是她就收下了。再说了，她这几日馋酒馋得要命。离开无名山之后，她已经好几日滴酒不沾了。她就跟上了岸的鱼渴望水一样渴望酒来解救。

送酒的人走了之后，观月绕着半人高的酒罐走了一圈，幽幽地说道：“怎么没人给我送点苦瓜或者莲子心？”

陆姝看着一大罐酒，发愁地说：“送这么多，要喝到猴年马月才能喝完啊！”

这呆子真是呆，送酒哪有一送就送这么多的！

晚上开了封，取了半壶温上，喝了第一口，陆姝就觉得一罐也不多了。

这酒比她以前喝的所有酒都要好喝。

“皇城果然是好地方，连酒都比其他地方的好。”陆姝闭上眼睛，享受地说道。

“有好的地方就有不好的地方。”观月化为人形，也分了一杯温好的酒。他确实比之前模样好了许多，白白净净的，跟养尊处优的地主一样。他握酒杯的手指微微跷起，看起来有些娘气，可能是因为尾巴是老奶奶给的。

“是啊。太不自由了，活像被人养在鱼缸里的鱼。”陆姝略为幽怨地说道。

观月道：“皇上不会把我们忘了吧？他宫里宝物那么多，丢一两件当时可能生气，过一段时间或许觉得没什么大不了的，就不管了！”

他们俩边喝边聊，酒意稍多，便将担忧和不快暂且放在了一边。

不多久，月亮出来了，月光洒进院子里。

“跟雪一样啊。”半醉的陆姝看着月光感叹道。

陆姝话音刚落，外面的街道上便传来了犬吠声。又莫名其妙起了一阵风，吹得院子里的树叶沙沙作响。

观月略慌，说道：“柴门闻犬吠，风雪夜归人。”

陆姝问道：“什么意思？”

观月道：“月光如雪，又起了风，外面有犬吠。我感觉有什么人正在朝我们这边走来。”

“这风马牛不相及。”陆姝不以为然。

观月还是慌张，说道：“我这么多年没有被王家人发现，就是依靠我的直觉。”

说完，他往地上一趴，变回猫的模样，又打了一个酒嗝。

陆姝不太相信观月的话，但还是侧耳倾听外面的声音。很快，她就听到了叩门环的声音。

她坐在原地，不去开门，心想或许外面的人叩一会儿就会走。

可是门环一直在叩。

她又担心是皇宫里的人来传她问话，或是那呆子差来的人。

犹豫了一会儿，她起身出去，到了院门后面，靠近门缝向外面问道：“什么人？”

外面一个仿佛被捏住了脖子一般的声音沙哑地回答道：“路过的。”

陆姝听那声音便十分不舒服。

“有什么事吗？”

外面的声音回答：“借点儿东西。”

陆姝觉得奇怪，这么晚了还借什么东西？

于是她问道：“借什么？”

外面的声音回答：“我吃东西塞了牙缝，找你借根鱼刺挑牙。”

陆姝大吃一惊，看来外面的人知道她的身份了。

皇城果然水深，一来就被识破了身份。对于陆姝来说，人世间跟水底里没有什么区别，无非是深水区和浅水区而已。水深则鱼龙混杂，处处有难以预料的危险；水浅则避凶趋吉，远离江湖过安稳恬静的日子。当初选择居住在无名山，就是出于这个考虑。

诚如观月所说，有好的地方就有不好。水深处如人间官场，尔虞我诈，钩心斗角，却人人趋之若鹜，十年寒窗。水浅处如世外桃源，日出而作，日落而息，却人间罕见。

人间有误传，说是荒山僻野人气少，故而多鬼怪；街头闹市人气多，故而少鬼怪。

实则不然。越是人多的地方，鬼怪越多。不过它们藏得更深而已。这也是学了人世间的哲学——大隐隐于市。

人大多自以为是，不管事实是怎样的，只相信自己愿意相信的。这样的人陆姝也见多了。

老奶奶正是因为知道皇城水深，才给观月尾巴，让他来给陆姝做伴。

老奶奶在人世间已不知多少年，深知皇城里的鬼怪比其他地方多得多，厉害得多。就如皇城里的官员比其他地方多得多，精得多。

陆姝知道，来者不善，善者不来。这大半夜来敲门的，必定不是普通人，而是修为比她高出很多的怪物。只有修为比她高出很多的怪物，才能在短时间里识破她。

不仅仅是识破，门外的怪物还知道她是由鱼修炼而来，不然就不会说出“借根鱼刺挑牙”的话。

而她还不知道门外的怪物到底是什么来历。

为了探探虚实，她将门闩扣紧，然后问道：“请问你吃的什么塞了牙？”

外面回答：“吃的人脑。”

陆姝记得在来皇城的路上那和尚捉过一种叫作“蝹”的怪物，说这种怪物专食人脑。莫非门外的就是蝹？

于是，她对着外面说道：“我这里没有鱼刺。院子里倒是有棵柏树，我从东南边摘一根枝给你剔牙？”

外面没有回答。

陆姝将耳朵贴在门后仔细聆听，只听到阵阵风声。

“要的话，我现在去摘一枝给你。”陆姝对着外面喊道。

外面还是没有声音。

陆姝打开门来，外面空空荡荡。

陆姝关上门，回到屋里。

观月问道：“走了？”

“走了。”陆姝坐了下来，拿起酒杯要喝，可是酒杯凉了，于是放了下来，“真是奇怪。”

观月问道：“奇怪什么？”

“刚才敲门的居然是蝹。”陆姝说道。

“蝹？在来皇城的路上，那和尚不是捉过一个吗？”观月想了想，说道，“难道是他放出来的？”

陆姝道：“蝹是在地下吃死人脑的怪物，皇城虽大，但皇城内没有坟墓，它不会跑到皇城里来找东西吃。”

“那就是他放出来的了！他已经怀疑到我们了！放出蝹来试探我们。”观月惊恐地说。

“都怪我，来的路上露出太多破绽。”陆姝自责不已。

“也亏得你聪明，院子里没有柏树，你用柏树吓走了它。不用担心，只要教书先生的案子一审完，我们就立即离开这里。”观月宽慰道。

第二天一大早，便有人来传唤陆姝进宫面圣。

陆姝窃喜，皇上终于想起要办这个案子了！

前来传唤的人再三交代，进了皇宫之后切记不可乱看，更不能看皇上一眼，除非皇上叫抬起头。

陆姝心想，这不跟县衙一个规矩吗？

可是到了皇宫门口，有个人拿了一条丝巾，将她的眼睛蒙了起来。

“皇上有旨意，不让她看见圣驾。”蒙她眼睛的人向领她进来的人解释道。

领她进来的人嘟囔道：“头次见蒙了眼面圣的。”

陆姝觉得这皇上也太把自己当回事了，不看就不看呗，非得蒙了人的眼睛。难怪那呆子说他猜不透皇上的心思。不过皇上能让下面的人去抓一个不知道盗走了什么宝物、不知道什么长相的盗贼，蒙眼睛面圣这件事就显得太普通了。

眼睛蒙上之后，陆姝好几次在上台阶的时候撞了脚指头。好在有人扶着她引路，才不至于绊倒摔跤。

不知道上了多少台阶，她终于感觉到脚底下平坦了许多，微微沁凉。这让她忐忑的心稍稍安定了一些。还是鱼的时候，水底下常常是沁凉沁凉的。

她原以为身在皇宫会让自己惶恐，没想到来了这里反而有莫名的熟悉感。

“跪下吧。”领她来的人说了这么一句之后就走了。

她跪了下来，四周一片安静。似远似近处有计时的滴漏声音，衬托得这里更显安静。

她等着人问她话，可是等了许久，并没有人声响起。

她不敢起来，也不敢将眼睛上的纱布取下。

又过了许久，滴漏声忽然没有了。

她朝之前声音传来的方向侧了一下头，以为是自己的听力出了问题。

滴漏声确实没有了。

“如果滴漏不再响，时间就此停住，该有多好。”

一个男人的声音响起。

陆姝知道，从她进来的那一刻起，他就在这里，在滴漏旁与她静默了同样长的时间。

审案问话是这样的吗？陆姝深感意外。

从声音听起来，皇上比她想象的要年轻许多。

“这样的话，很多记忆就不会随着时间的流逝而遗忘。”他继续说道。

陆姝这才意识到，滴漏必然是被皇上用手接住了，所以滴漏的声音忽然中断。

这皇上可真是呆，接住了滴漏的水，就能让时间停止吗？那我一动不动，时间还停止了呢！

不一会儿，滴漏声又响起。任凭他的手有多大，最后水还是会溢出来的。

因为皇上说的话跟宝物失盗案无关，陆姝不知该如何应答，于是保持静默。

皇上见她不说话，轻叹一声。然后陆姝听到他的脚步声窸窸窣窣地往她正前方而去。皇上应该是归于正座了。

“抬起头来。”皇上说道，语气变得威严。

陆姝便抬起头。因为蒙着丝巾，她看不到皇上。

皇上半天又没了声音。

但她能感觉到皇上正在看她。他叫她抬起头来，应该就是这个意思。可是被皇上看了这么久，她还是心生不快。

我又不是什么古董宝物，看我这么久干什么？她心中嘀咕抱怨。

良久，皇上终于又说话了：“来皇城这几日，住得可安好？”

陆姝连忙回答道：“安好。可皇城虽好，民女还是盼着早些回无名山。”

“无名山有什么好？”皇上问道。

“自由自在，无拘无束。在皇城里像笼中鸟，池中鱼。”

皇上略为生气道：“你在无名山，也常常足不出户，怎么那里待得，皇城就待不得呢？”

陆姝惊讶，皇上怎么知道我平时懒得出门？转而一想，可能皇上之前虽未召见，却从呆子或者和尚那里了解了大概案情，顺便调查了她的情况。

于是，陆姝回答道：“民女身在无名山，常常懒于梳妆，懒于出门，但想去哪里的时候便去哪里。在皇城里，也天天饮酒，足不出户，似乎与以前并无不同，但不想也不敢出去。虽然同样有宅院，同样有酒，有清晨日落，但在这想与不想之间，天差地别。”

皇上大笑，大殿里回荡着他的笑声。

笑声渐止，皇上道：“来人。把她送回去。”

陆姝一愣。案件还没有提一句，怎么就要把我送回去？

直到被人拖出了皇宫，她还没想明白这次皇上为什么要召见她。

到了宫外，一人将她眼睛上的丝巾解下。

她顿时觉得阳光晃眼，眼泪都出来了。

等眼睛稍稍适应，她才看到送她出来的人不是原来的人了，而是一位公公。

公公道：“你还不熟悉皇城，皇上有旨意，命我再带你回去。”

陆姝对皇上的印象又好了几分。这皇上虽然莫名其妙，但对布衣平民还能照顾周全。

公公领着她没走几步，前面就来了一个穿着华贵的老妇人，身后跟着两个年轻的婢女。老妇人一副高人一等的姿态，走路昂着头，活像一只大公鸡。

“站住！”老妇人喝了一声。

公公施礼，叫了声“张妈妈”。

“这就是皇上召见的那位姑娘？”老妇人凶巴巴地问道。

“民女陆姝……”

老妇人扬起手给了陆姝一巴掌：“谁叫你回话了？”

老妇人打了她一耳光还不算，举起手来又要打。公公急忙拉住老妇人的手，央求道："张妈妈，使不得！使不得！她是皇上的人！"

"什么皇上的人，不过是盗贼的同伙！"然后老妇人两眼上下打量着陆姝，说道，"你看看她这个样子！分明是想魅惑皇上！扰乱朝纲！"

陆姝本被她一耳光打得脑袋嗡嗡作响，又听到她说什么魅惑皇上，更是糊里糊涂。明明自己是被那呆子带到皇城来的，刚刚进皇宫还被蒙上眼睛，怎么就魅惑皇上了？怎么就扰乱朝纲了？

老妇人身后的两个婢女见了陆姝，惊讶得张开了嘴，其中一个将手指放进嘴里咬住，仿佛见了鬼一般。

"这……这不是远黛吗？"其中一个婢女对另一个婢女说道。

"她不是……死了吗？"被问的婢女说道。

陆姝脸上还火辣辣地疼，心里却一惊。自己居然被她们认为是死了的人。

每一个修炼成人的妖怪，都有一个长得特别像的人，几乎惟妙惟肖。这是因为妖怪修炼成人的时候，本没有人的相貌，只能"依葫芦画瓢"，找到一个选定的人，按照那个人的模样修得人的模样。

因此，一个妖怪被人说像极了某个人，那倒不是很奇怪。

可是陆姝修炼已有六百多年了，得人身也有了一百年左右。当年模仿的那个人早已不在人世。

老妇人转而怒视那两位婢女，呵斥道："别乱嚼舌头！小心我割了你们的舌头喂狗！"

汪汪汪……

紧接着，陆姝就听到狗吠声。她这才发现老妇人脚下还跟着一条狗，那是松狮犬，身躯强壮如小猪，浑身长毛，那狗脸看起来一副悲苦相，仿佛在为什么事情发愁。它听到老妇人说割舌头喂狗的话，兴奋不已，前脚离地，立起身来，似乎就等老妇人用割下的舌头喂它了。

那两位婢女吓得立刻噤了声。

公公似乎也怕那狗，往后退了几步，但还赔笑道："张妈妈，魅惑皇上、扰乱朝纲这种事情不是你我能说能管的，那是皇上与大臣的事。"

陆姝能听出，公公脸上软弱，话中带刺，似乎对这个张妈妈没有什么好感，但张妈妈显然大有来头，公公不敢明面上分庭抗礼。

张妈妈对着公公啐了一口，丝毫不退让，骂道："你这狗奴才来宫中没两年吧？哪知道这小狐狸精的厉害！"

陆姝这就不能忍了，我明明是鱼修炼成人的，凭什么骂我是狐狸？

陆姝反手给了张妈妈一巴掌，"啪"的一声打得响亮清脆。

张妈妈身后的婢女见状，吓得脸上变了色，比刚才看见她的时候还要恐惧！

她们从来只见骄横跋扈的张妈妈打人，被打的人还得低头认错，哪里见过人打张妈妈！

公公也大吃一惊，不知如何是好。

最惊讶的莫过于张妈妈自己了。她将两只眼睛瞪得如铜铃一般，不可思议地看着面前不知天高地厚的女子。她从未想过这个女子竟然敢还手，因此被打的时候毫无防备，连个躲避的动作都没有。也正因如此，她挨的这一巴掌比她打的还要重。

“你你你你你……”张妈妈指着陆姝，后面的话气得说不出来，手指抖得剧烈。

后面的婢女担心张妈妈气得晕倒，赶紧一人扶了一边。

张妈妈深吸了一口气，终于把后面的话喊了出来：“你是找死！你是不给自己退路！你你你……你是死有余辜！”

陆姝感觉手火辣辣地疼，比脸上挨了巴掌还疼。她从未这样打过别人，出手的时候把自己也吓着了。但既然已经打出去了，怕也没有用，不如一条道走到黑。于是，心一横，她大声道：“死有鱼辜？是杀是剐，我也不留鱼地！”

大不了同归鱼尽，有什么好怕的！陆姝在心里给自己壮胆。

张妈妈见她还嘴，气得不仅仅是手抖了，全身都颤抖起来。她颤音喊道：“你是不见棺材不掉泪！”然后回头龇着牙齿命令身后的婢女，“你们两个还愣着干什么？把她给我抓起来，带回去打五十板子！定要打得她皮开肉绽！打得她白肉从里面翻出来！”

打板子的事情陆姝早就听说过，这板子常人挨两三下便哭爹叫娘，二十板子下来几个月下不了床，三十大板能将人活活打死。而这个不知什么来头的张妈妈开口就要打她五十板子！这还不得把她打成鱼肉酱？

她吓了一跳，刚才要同归鱼尽的气势顿时全部没了，下意识地往公公身后躲。

婢女刚要往陆姝这边迈步，公公连忙阻拦道："张妈妈，这人恐怕是您打不得的。"

张妈妈一愣。

就连陆姝也听得一愣一愣的，我怎么就打不得了？

"打不得？"张妈妈问道。

公公慎重地点头，说道："打不得。"

张妈妈斜了陆姝一眼，然后问道："为什么打不得？"

公公回答道："第一，她不是宫里的人，不能按宫里的规矩责罚她；第二，她是皇上召见的人，出来的时候，皇上有旨意，让奴才送她回去，怕她初来乍到，不熟悉皇城的路。张妈妈您是顶聪明的人，您想想，皇上何曾派人送过什么人回去？"

张妈妈眼珠子一转，试探地问道："莫非……"

公公立即意味深长地"嗯"了一声。

张妈妈拧起眉头，说道："皇上之前不是腻烦了这种长相的女人吗？怎么如今又对这样的女人青睐有加？"

公公道："皇上的心思，岂是我这做奴才的猜得出来的？"

这种长相的女人？陆姝一头雾水。我这种长相怎么啦？

皇上腻烦？我还不待见他呢！一个接住滴漏的水就以为能让时间停止的呆子！

不过，这张妈妈既然这么说，必定是因为宫里以前有过跟她长相极其相似的女人，并且皇上对那女人生厌。

想到这里，她忍不住有一点儿失落。原来我是令皇上生厌的那种相貌。

张妈妈听了这位公公的话，思忖片刻，于是一甩袖，狠狠道："小妮子，老身还有要紧的事情，今日暂且放你一马，以后只要你在皇城一天，就要小心一天，不然你不知道自己是怎么死的。"

说完，张妈妈领着那两个婢女走了。

那两个婢女一边走一边频频回头来看陆姝，那眼神仿佛她们是久违不见的朋友。

公公领着陆姝回到了住处。

公公要走时，陆姝感谢道："多谢公公刚才出言相救。"

公公弯腰道："张妈妈仗势嚣张跋扈惯了，下人们敢怒不敢言，你那一耳光，也给我出了不少气。"

陆姝又问道："公公能否帮我解开一个迷惑，她们说的远黛是谁？"

公公脸上掠过一丝慌张，说道："姑娘，我进宫不久，对宫中以前发生的事不大了解，也不敢了解。我要回去复命了。"说完匆匆离去。

陆姝关了院门，回到屋里。

观月从窗上跳下，然后站了起来，问道："今天情况怎样？"

陆姝扶着椅子坐下，拍了拍胸口，长嘘一口气，说道：

“心有鱼悸啊！太可怕了！”

然后，陆姝将这天面圣和遇到张妈妈的事情说给观月听。

“啊？这么说来，不但宝物被盗的案件没有任何进展，你还得罪了一个不知道什么来头的恶人？”观月大惊小怪道。

陆姝无奈地点点头。

“那……这案件还审不审？早就说皇城待不得，现在你又得罪了人，更是待不得了！审完我们早些回去啊！”观月抱怨道。

“谁知道皇上是怎么回事？之前那将军说猜不透皇上的心思，刚才送我回来的公公也说皇上的心思猜不出来。谁也弄不懂他！如果你害怕，那你先回无名山。我来都来了，不救明德学堂的先生出来绝对不能回去！”陆姝想起章卷就鱼心有愧。

观月道：“你不回去我敢回去吗？那老狐狸可是拿了尾巴做了交换的。我……我不是怕她的意思，我的意思是做人要言而有信，说到做到。你看……我现在也算得上是人了，说这话没错吧？”

“你别废话了，去给我取镜子来。”陆姝摆手道。

观月取了镜子给她。

陆姝对着镜子里的自己看了好半天，然后问观月：“我是不是长得很丑？”

观月被陆姝问蒙了。

“我……我……觉得……你……挺好看的呀。”观月吞吞吐吐说道。

陆姝又盯着镜子看，对观月的话将信将疑。她思索道：“是不是我们妖怪觉得好看的，人不一定觉得好看？人觉得好看的，我们不一定觉得好看？毕竟……我们不是真正的人，说不定根本不知道身而为人到底是怎么想的？”

自从修得人身以来，她还没有如此仔细地观察过自己。她对着镜子，看额头，看眉毛，看眼睛和眼睛上的睫毛，看鼻子，看嘴唇，看下巴，越看越迷茫。如果一个人对另一个人生厌，到底是对哪里不满意？如果一个人对另一个人心生喜欢，到底是哪里让人着迷？

“观月，给我温壶酒。”陆姝放下了镜子，觉得浑身无力，便吩咐观月去温酒。

想不透，不如喝点儿酒，变得糊涂一些。

观月温好了酒，给陆姝倒了一小杯，然后说道：“人和人之间对于同一件事物的美丑还有不同的判断呢。作为猫，我的感悟比你深。”

陆姝抿了一口酒，心情稍稍变好了些，问道：“你有感悟？”

观月给自己倒了一杯，放下酒壶，说道：“作为不同于其他物种的高贵的猫，有的人敬若神明，有的人宠如亲人，有的人厌恶至极。那些充满偏见的人说，猫儿念经，假充好人。猫怎么了？猫又不是坏的，怎么念经就成假充好人了呢？还有人说嫌弃你嫌弃得像猫屎臭。你看，尽说些猫的坏话。”

陆姝差点儿将嘴里的酒喷出来。没想到这家伙还有这番看人的心思。

观月见陆姝笑了，也跟着笑了起来，宽慰道：“你得人身已有一百多年，如果说有人跟你一模一样，那也该是一百年前的人。她们说你像远黛，这件事有些可疑。等晚些，我出去打听打听远黛到底是什么人，为何皇上会对她生厌。”

陆姝点点头，却担心地问：“你出去可要小心谨慎，切莫让人看出破绽。”

观月道：“未得狐狸尾巴之前，我就在人间隐藏了数百年，从未露出任何破绽。如今多了五百年修为，怎么会犯这样的错误？你放心吧。”

陆姝忧虑道：“你以前没有露出破绽，是因为你修为尚浅，处处谨慎小心。如今你忽然多了五百年修为，反而可能放松警惕，招惹祸端。”

观月笑道：“我知道的。你就放心吧。倒是你自己，漏洞百出。来皇城的路上就差点儿被那和尚识破，我现在想起来还后怕。”

陆姝舔了舔嘴角溢出的酒，说道：“多亏了那呆子。唉，皇上也挺呆的。人们常说，近朱者赤近墨者黑。是不是那呆子陪在皇上身边太久才变得这么呆的？”

观月道：“有些人间俗话是信不得的，我吃了那么多苦瓜和莲子心，也没见成为人上人。”

陆姝听了笑得花枝乱颤。

当天晚上，观月打听来了关于远黛的消息。

观月说，他是从一位原来在宫里当过宫女，后来皇上特赦回民间的人那里听来的。

那远黛本是宫中一名默默无闻的宫女，她就如皇宫顶上的一片琉璃瓦，虽然在外人看来侍奉皇上是身居高处、招人羡慕的事情，但皇上是不会注意到宫殿顶上的某一片瓦的。

别说皇上了，要不是后来发生的事情，这位出了宫的宫女都不会知道同在宫中还有这样一位女子，不会知道远黛这个名字。

这件事情发生在五六年前。一直不近女色未立皇后和妃子的皇上忽然下旨，要在宫中选拔储妃。

对宫女来说，这是大好的机会，纷纷临窗梳云鬓，对镜贴黄花，打扮得漂漂亮亮后去参选。

可是到了参选的地方，宫女才发现，负责选拔的太监只看身段，不看脸蛋，按照四肢长短粗细，身长腰围来选择或淘汰。

众人不解。莫非这皇上只爱身材，不爱五官？

不过，对于宫里的人来说，要知道皇上在想什么，那比大海捞针还要难。

经过层层筛选，最后只有四位宫女通过了。

这远黛便是其中一个。

要说长相吧，能选入宫中伺候皇上的，未必有天仙之貌，但不至于难看。远黛便是算不得美但也不能说丑的那一种。

此后，这四位有幸入选的宫女便如人间蒸发了一般。

大概一年之后，这四位宫女重回到宫中人的视野当中。但这四个人全部变了，变得一模一样。那眼睛，那鼻子，那一笑一颦，就如同一个工匠师傅用同一个模子做出来的人偶。

这四人成了最亲近皇上的人，皇上的一切起居饮食都由她们亲自侍奉，寸步不离。

她们四人分别被封为司仪、司门、司寝、司帐。

这种官职听起来似乎不怎样，但实际上是宫内最难获得的官职。常人说，宰相门前三品官。你若是在宰相门前当差，那就相当于三品官员了。在皇上旁边当差，自然是更加难得。

以前与远黛一起当差的宫女没有不羡慕又嫉妒她的。虽然远黛变了一副模样，其他人还是羡慕得很。若是皇上不看你一眼，即使你长得再好看也是徒劳。

有人悄悄问远黛消失的那一年去了哪里，远黛绝口不提。其他三位也守口如瓶。

此事一出，皇宫里的女人都以远黛那样的长相为美，打扮的时候尽量往她的样子靠近，不仅如此，就连一颦一笑她们都刻意模仿。

后来皇城里的女人也以此为美。

不多久，皇宫内外忽然到处是像远黛一样的女人。

于是，朝堂之上有大臣向皇上谏言驱逐司仪、司门、司寝、司帐四人，认为只有这样才能抑制此不正之风。

结果被驱逐的是谏言的大臣。

很多人通过各种渠道打听远黛她们消失的那一年到底去了哪里，意欲通过同样的方式变得跟远黛她们一样，投皇上所好。

有人需求，便有人提供需求。不过真的假的都来了，鱼目混珠。

听到这里，陆姝怒视观月：“什么叫鱼目混珠？鱼目不好吗？不比珍珠珍贵吗？应该叫珠混鱼目才是！”

观月笑道：“你看，我说猫儿念经的时候你还笑，说到鱼目混珠就生气了！”

“她们说远黛死了，后来远黛出了什么事，导致丢了性命？”陆姝追问道。

“你听我讲完嘛。”观月道。

一时之间，皇城多了许多以改变人的相貌为手艺的人，个个自称是鲤伴的门下弟子。

陆姝又打断他，问道：“鲤伴是谁？”

观月摇头：“我也不知道，我猜让远黛她们改变相貌的人就是他或者他的门下弟子。可能其他人便借他的名头来获取别人的信任吧？据说皇城以前禁止过这种手艺，但事情久了，便被淡忘了。”

“那皇城里很多人会变成远黛的样子吧？人们常说，过犹不及。再好的东西，一旦太多了就不好了。是不是皇城和皇宫里太多这样的人，皇上才生厌的？你继续讲。”陆姝问道。

皇城里长得像远黛的人越来越多。给皇上谏言的大臣也越来越多，劝皇上不要沉迷美色，不要让歪风邪气在民间蔓延。

在这一段时间里，皇上深居宫中，天天由远黛她们四人陪伴，不见其他人，大臣的谏言都是写在折子里递上去的。可是皇上没有任何回应。

朝堂上怨言四起。

终于，一直把控朝政的宰相以此为由发动政变，带领禁军包围了皇上所住的宫殿，意欲取而代之。

就在这危急时刻，唯一的异姓王镇海王也领兵而来，提出由他来捉出皇上和四个女人。

宰相求之不得，意图待镇海王捉出皇上之后再暗杀皇上，将弑君的罪名推给镇海王，一举两得。

镇海王领兵闯入皇上寝宫。不到半个时辰，镇海王从皇上寝宫出来了，义正词严地对包围的众多将士大声宣布："皇上并未沉迷美色，我们搜查了寝宫，里面只有皇上，并无美人。皇上深居于此，是为天下众生祈福。"

宰相不信，领兵进入寝宫，果然寝宫中除了皇上并无他人。宰相不死心，几乎掘地三尺，可也没有找到四个长得一模一样的女人。

于是，将士山呼万岁，反将宰相抓了起来，当场以奸臣谋逆的罪名砍了头。

从此之后，皇上将一切朝廷事务交与镇海王。

"那四个女人呢？"陆姝迫不及待地问道。

观月回答道："众说纷纭。有人说镇海王为了救皇上，无奈之下将那四人杀了装在皇宫的瓶子里，所以宰相找不到了。也有人说皇上和镇海王早就知道宰相有篡权之心，在宰相来之前将她们四人处决了，故意等宰相闯入皇宫，暴露原形。无论哪种说法，她们四人都成了朝廷斗争的牺牲品。"

陆姝叹息道："让她们万众瞩目的是皇上，让她们死不瞑目的也是皇上。她们真是可怜之人！"

“是啊……”观月道，“还有一件事情要告诉你，你今天碰到的那个张妈妈，便是镇海王王府的人。”

陆姝一惊，问道：“她是王府的人，那怎么在皇宫里面当差？难道镇海王把皇宫当他的王府了？”

观月解释道：“当然不是。镇海王比宰相聪明多了，怎么会做这种事情？那四个女人消失之后，镇海王便将他最为喜欢的女儿安排在皇宫，任司仪一职，掌管宫内一切事务。他女儿虽是司仪，却如皇妃一般有自己的宫殿。人人皆知镇海王的女儿就是将来的皇后。宫里的人早已暗地里唤她为千岁了。那个张妈妈，便是她的心腹之人，所以嚣张跋扈得很。如今镇海王把控外朝，他女儿掌控内宫，这内内外外都在他们的手里了，比当年的宰相权势还要大！”

“哦，糟了！我得罪了张妈妈，岂不是等于得罪了镇海王的女儿？我一个六百岁，得罪了千岁？”陆姝顿时慌张了。

“人间的千岁万岁只是称呼而已，不过你跟她有了过节，以后得处处小心。”观月忧心忡忡。

“我明白张妈妈为什么如此恨我了。她见皇上召见我，或许以为皇上仍然喜欢远黛那样的女子，觉得我这是有意勾引皇上，会影响到她家主子的前程，所以说出‘扰乱朝纲’那样的话来。”陆姝的迷雾渐渐拨开。

观月点头认同。

“不过我还有一点不明白。皇上当年为什么要将远黛她们变成我的模样？”陆姝百思不得其解。

从目前了解的情况来看，并不是她像极了远黛，而是远黛像极了她。毕竟她这般模样已有一百多年，远黛她们大概二十岁。从先后来说，陆姝在先，她们在后。只是宫中人不知道而已。

“莫非皇上见过你？”观月问道。

陆姝摇头：“他贵为天子，从出生到现在从未踏出过皇城一步。我一介平民，六百多年来从未进过皇城。他怎么可能见过我？”

“难道是梦里见过？”观月挠着下巴说道。

陆姝道：“日有所思，夜有所梦。见都没见过，怎么会梦到我的模样？”

观月正要说话，外面又响起了叩门声。

此时三更刚过，一般人是不会在这个时候出现的。

陆姝慌道：“难道那个蝠又来了？”

观月道：“难道它知道院子里没有柏树，所以又来骚扰我们？”

他们俩听了一会儿，那叩门声一直不停，来者应该是知道里面有人。

观月道：“要不我们假装不在？”

陆姝想了想，说道：“他敲了这么久还不走，说明他确定我们在这里。如果我们就这么躲着，那以后别说蝠之类的怪物了，阿猫阿狗都敢来欺负我们！”

观月急眼了：“阿狗就算了，你还看不起猫啊？”

“哎，我不是这个意思，就是说这个意思。”陆姝怕观月生气，急忙解释。

“你到底是什么意思？”观月双手叉腰，愤愤不平，颇有一副泼妇准备吵架的架势。

陆姝指着院外，生气道：“都这个时候了，你还跟我吵！你快变回去，我去看看怎么回事。”

观月道：“这笔账以后再跟你算。”说完，他往地上一趴，恢复成一只猫。

陆姝拎起猫耳朵，将猫丢在了桌子底下，然后走到院门后面。

叩门声还在响。

“都这么晚了，是谁在敲门啊？”陆姝故意以抱怨的口吻说道，尽量让自己像一个深夜睡眠被打扰的人。

“鄙人姓陆。”门外一个小小的声音回答道。

陆姝一惊。姓陆？难道是那个和尚？她已经忘掉和尚的法号了，只记得那法号很难记住。

她常常会这样，忽然记起自己好像忘记了什么，但不记得忘记的是什么。

可是外面的声音跟那和尚的声音完全不一样。

“我给你带了青团来。”外面的声音补充道。

青团？在她的世界里，那可是除了酒之外最美味的东西。

就像“陆”这个姓氏一样，她不知道是不是所有修炼成人的鱼都喜欢吃青团。

“你到底是谁？”陆姝问道。

“我是来跟你叙叙旧，顺便帮你渡过难关。也许你不记得我了，但我记得你。”外面的声音回答道。

叙旧？莫非来者是故人？陆姝心想。

可她从没有过姓陆的故人。

外面的“故人”说来帮她渡过难关，应该是知道了今天在皇宫门口发生的事情，知道她得罪了张妈妈。

在那种地方打了张妈妈，事情不传得飞快才怪。

陆姝心想，既然来者没有恶意，不如见一见，虽不指望来者真能帮上什么忙，但不能拂了别人一番好意。

于是，她将院门打开。

门口站着一位非常清秀的男子，一手提着纸包，里面应该是青团，一手拿着一把折扇。风度翩翩。

“我确实不认识你。你恐怕是走错了地方吧？”陆姝对这个男子没有任何印象。

男子将折扇往手上一拍，往前迈了一步，脑袋一晃，唱戏一般说道：“人言道，与君初相识，犹如故人归。怎么能说初次见面就不是故人呢？”

陆姝差点儿笑出声来。

男子这才作揖施礼道：“在下陆六断，家住水乡深潭，甲子十年前曾与姑娘有一面之缘。今日听闻姑娘遭遇难关，特来给姑娘谋划一二。”说话仍如唱戏。

陆姝一听，这人原来是个水怪！家住水乡深潭，不就是住在水里吗？六百年前曾见过一面，不就是怪物吗？

妖怪有一些避免暴露身份又故意试探对方是不是同类的暗语。甲子十年前，乍一听不知所云，既不是说甲子，也不是说十年前。但修为高的妖怪知道，这说的是十个甲子，一个甲子轮回是六十年，十个甲子便是六百年。

不过这些都不是最让陆姝惊讶的。

最让她惊讶的是，这水怪居然也姓了陆！

这是她第一次遇见自己的同类，她内心除了惊讶，还有激动，差点儿就说自己也姓陆，也曾住在水乡深潭，恰好有六百多年修为。对她来说，这就像在异乡遇到故乡人一般。

就在这时，屋里传来一声凄厉的猫叫。

陆六断吓得一哆嗦，踮起脚来往里面看，不可思议地问道："你……居然养猫？"

猫叫声让陆姝及时清醒过来——即使遇到同类，也不要轻易暴露自己的身份。

陆姝故作轻松地说："哦，对呀。这不春天来了嘛，它就叫得厉害。"

"你……不怕猫吗？"陆六断问道。

陆姝假装听不明白，反问道："猫有这么可怕吗？"

陆六断站在门口犹豫不定。

陆姝知道，他想进来，但是那只猫让他有些害怕。

"我们都怕猫的，不是吗？"陆六断问道。

陆姝把紧口风，说道："我还挺喜欢的。"

陆六断深吸了一口气，似乎鼓足了勇气，然后说道："我可以进去坐坐吗？"

这下陆姝更加清醒了。这个陆六断必定是有其他目的而来，不然不会在明知屋里有猫的情况下，仍然要进里面瞧瞧。很大可能，他跟蝠是在同一个幕后人的指使下来到这里的。

陆姝心想，吓走了蝠，来了个陆六断，如果今晚吓走陆六断，后面不知道还有什么乱七八糟的来客，不如让这个陆六断进来。刚好她也可以探探陆六断的虚实。

“看你好像走了很远的路，进来喝口水歇息一下吧。”她侧身站在门旁。

陆六断走了进来。

陆姝领着他往屋里走，一边走一边说道：“你说十年前与我有过一面之缘，是在哪里见的我？”

她有意将甲子十年前理解为十年前。

陆姝暗暗为自己的机灵得意，心想，装聪明我不一定会，但装傻这种事情，我可是游刃有鱼！

第四章
茶与鱼

“十年前？我说的不是十年前。”陆六断说道。

“那是什么时候？”陆姝明知故问。

“六百年前啊……”陆六断讶异而不失风度地回答道。

“六百年前？同姓的人五百年前是一家呢。”陆姝笑道。

进了屋，陆六断将纸包放在桌子上，不时地拿眼去看那只猫。

陆姝邀请他坐下，预备倒茶的时候才想起屋里并没有茶水，于是给他倒了一小杯酒，说道：“我忘了家里没有备茶，酒倒是挺多，不如以酒代茶吧！”

陆六断眉头皱起，说道：“我只听说过以茶代酒，没想到在你这里还有以酒代茶。我酒量不好，还是算了吧！”

陆姝将酒杯往他手里推，说道：“我这杯子小，喝一两杯不碍事的。”

陆六断放下折扇，小嘬了一口，然后问道：“你不是鱼怪吗？”

陆姝摇了摇头。

陆六断问道："那你为什么不怕我？人都是怕怪物的。"

"你说你是来帮我的，还带了青团来。我为什么要怕你？"陆姝说道。

"那你为什么姓陆？"

"我父亲姓陆，我当然姓陆。"说着，陆姝将猫抱了过来，放在腿上。

陆六断见了猫，身子往后仰。

"请问，你真的有办法帮我对付那个张妈妈吗？"陆姝一边给猫挠背，一边问道。

陆六断说道："这个还不简单？她之所以针对你，是因为你长得太像原来的司仪。这会让皇上想起一些往事，会对她的主子不利。"

"可我就是这副模样，有什么办法？"

"办法很简单，你换一个样子就可以了。"说完，陆六断如演变脸戏法一般接连换了好几副面容，一会儿苍老，一会儿年轻，一会儿赏心悦目，一会儿丑陋不堪，一会儿男，一会儿女。

陆姝知道这又是一个陷阱。她摇头叹息道："我又不是你，我改变不了我的容貌。"

陆六断满脸皱纹地叹了口气，对陆姝的回答失望之极。

"你还没有变回原来的样子。"陆姝提醒道。

陆六断垂着脑袋，忧郁地说道："我经常变换面容，换得太多，以至于忘记了我本来是什么样子。"说着，他又变了一个面容。

陆姝摇摇头："还不是。"

他又变了一次。

"对了。刚才我看到你的时候就是这个样子。"陆姝道。

"可我不知道刚才的样子是不是我最初的样子。"陆六断摸了摸自己的鼻子和脸，然后将杯中的酒一饮而尽。

"最初你是条鱼。"陆姝又给他倒满。

听了这句话，他居然流出了泪水，仿佛是喝下的酒从眼眶里漏了出来。

"天哪，我都快忘记我是条鱼了。"他又将杯中的酒一饮而尽。

陆姝见他酒也喝了，话也说了，知道他已经放下了戒心。她本想问是谁让他来的，上次来的叫作蝠的怪物跟他有什么关系，但怕因此让他重新戒备起来，便打消了这个念头。

修炼成人之后的一百多年来，难得遇到一个同类，她不想破坏聊天的氛围。

那只猫平时一挠背就眯着眼睛，一副昏昏欲睡的样子，今晚却精神得很，好像屋里有只躲藏起来的老鼠一般。

"你为什么选择姓陆呢？"陆姝将她想问的问题说了出来。

果不其然，陆六断说的理由跟她想的完全一样。

"我担心别人知道我的身份，所以故意取了'陆'字。"陆六断说道。

陆姝赶紧给他倒上第三杯酒。

“会不会其他像你这样修炼成人的鱼也取这个字为姓呢？”陆姝趁热打铁。

陆六断酒量确实不怎样，才两杯入口，脸上就起了红晕，眼神有些迷离，脑袋也垂了下来。

“你问得很对！两百年来，我在洞庭湖一直过着舒坦的日子，直到遇见另一个姓陆的鱼怪！那个鱼怪告诉我，他不知道是不是所有的鱼都用这个字为姓，但他遇到过的同类，都姓陆。”陆六断喝到了第三杯，打了个酒嗝。

陆姝的担心终于得到了印证。

“你遇到的鱼怪现在在哪里？”陆姝问道。

“就在皇城里。”

“皇城里？”

“对，他是个和尚。我就是栽在了他手里。不行，我不能说太多关于他的事情。这酒真不错！再给我来一杯！”陆六断举起酒杯，主动要她倒第四杯酒。

姓陆，洞庭湖，和尚……

陆姝立即想到了一起来皇城的那个和尚。

“是不是脸上有红色印记，住在皇家寺庙的那个和尚？”陆姝一边给他倒酒，一边假若平常地问道。但她的手还是抖了一下，酒洒在了他的手上。

“你认识他？”陆六断惊讶地问，全然不觉手上洒了酒。

陆姝见风使舵，轻轻放下酒壶，淡淡说道：“何止是认识，我早就知道他是鱼怪。”

“你怎么知道他是鱼怪的？”

“因为他来找过我，像你一样，他以为我跟他是同类。后来他知道我不是他的同类。”陆姝说道。

陆六断吸了一口气，喃喃自语道：“既然他知道你不是鱼，为什么还叫我过来试探呢？”

陆姝心里“咯噔”一下。竟然真的是他在背后指使！背后指使的人是他的话，那么眼前的鱼怪莫非就是呆子说的被和尚镇压在洞庭湖底的水妖？那么上次敲门的蝠应该就是和尚化缘时捉到的怪物了！

他竟然没有将这些怪物禁锢，而让他们在夜晚的皇城街道里流窜，让他们去敲门吓人！

这不该是一个出家人能做出的事情！

陆六断又说道：“我当初知道他姓陆，又是我的同类，才放松了警惕，成了他的网中鱼。今晚本来是故技重施，没想到你不是……”

陆姝听得心惊肉跳！她差一点儿就中了他的计！

“幸好你不是，不然的话，就跟我一样了。唉，当年身为一尾鱼，看到鱼生有限，就想着修炼成人多好！等到修炼成人，处处小心设防，又觉得人生无趣。”陆六断摇头不迭。

说话间，陆六断的面容又发生了变化，竟然变成了一副俊俏女人模样。她的声音也变化成了女人的声音。

陆姝恍然大悟。这才是陆六断的本来面目。她说她已经忘记了自己原来的模样，那是因为她一直提心吊胆，时时刻刻伪装自己。现在醉意蒙眬，放下戒心，所以本来面目也得以恢复。

或许等到酒醒了，她仍然会变成其他模样。但此时，她将真实的自己展现在陆姝面前。

陆姝心酸不已。同为修炼的鱼，她不忍心看到陆六断这副模样。

“他既然如此对你，你为什么还要帮他对付别人呢？”陆姝是既可怜她，又恨她不争气。

若是被抓的是我，我宁可上刀山下火海……不对，我宁可上砧板下火锅也绝不会帮他坑害同类。陆姝心想道。

陆六断叹道：“我何尝愿意？他承诺只要我听命于他，等到他大事完成，就放我回洞庭湖。”

“大事？什么大事？”陆姝问道。

陆六断摇摇头：“你我投缘，我不能害你。虽然此事与你有关，但你还是不知道的为好。”

陆姝惊讶道：“与我有关？”

陆六断用手托着下巴，迷迷糊糊道：“是啊。当年宰相谋反案，如今宝物失盗案，都与你有关。皇上召见你，司仪痛恨你，都不是机缘巧合。好就好在，你自己还蒙在鼓里！有时候啊，不知道，就是没发生。”

陆姝听得头皮发麻。

“这……这怎么跟我有关呢？我又不是嫌犯，我只是来做证人的！做完证人我还要回去的！”陆姝说道。

陆六断笑了，笑声中有几分讥讽，又有几分无奈。

“陆姑娘，有些路，你一旦踏上，就回不去了。就算你回去了，回去的地方也不是原来的地方了。”陆六断笑道。

这时候，一阵凉风透过门缝窗缝吹了进来。时值仲春，那风吹到脸上居然有一些寒冬的冷意。

这一阵风似乎给陆六断吹走了些酒意。她摸了摸胳膊，站了起来，又如唱戏一般念唱道："乍暖还寒，最难将息！"

此时陆姝看她，竟有几分青衣的意思。刚才她还是男儿身，又有几分男人反串的意思。有男人的气概，也有女人的温柔。

"人们常说，酒逢知己千杯少，话不投机半句多。今晚遇到你，酒才喝几杯，话却说了许多。如果下次还能见面，一定不醉不归。但今晚我必须走了。叨扰了！"说完，她便转身往外走。

陆姝连忙起来送她。

走到院子门口，陆六断抓住她的手，说道："皇城水深，你多多保重！实在有过不去的难关，就来香火坊找我。"

送走陆六断，她回到屋里，一下瘫软在椅子上。

观月从地上爬了起来，拍了拍衣服上的泥土，惊喜地说道："你太厉害了！我担心你一句话没说好就露了馅儿！没想到你做得滴水不漏！"

陆姝仰头朝天，有气无力道："这一番话可是耗费了我几十年的修为！"

"那个叫什么喜的和尚太可恶了。人人以为他是捉妖的大师，没想到那些捉到的妖都为他所用！更没想到他就是妖怪！还是手足相残的妖怪！对自己的同类，他居然下得去手！"观月恨得牙痒痒，将嘴角龇了起来，似乎恨不能咬那和尚一口。

陆姝瞥了他一眼，淡淡道："真是没见过世面！"

观月不服气道："你以前见过？"

陆姝摇了摇酒壶，里面没有一点儿声响。她将酒壶举起来，示意观月再去打点酒，然后说道："还需要以前见过吗？放眼看去，处处都有！"

观月茫然地接过酒壶，问道："哪里？哪里有？"

"你没见过人吗？人不就是这样？你争我斗，尔虞我诈。你在人世间待了几百年，居然连这点都没看透，难怪你一直难以修得人身！"陆姝朝他甩手，示意他快点儿取酒来。

其实她以前没有看透过这一点，这次遇到了陆六断，见她被和尚控制利用，失去自由，心中不免为之悲伤，才说出这样的话来。

观月还站在那里，嘴上不服软，说道："我说的是妖怪同类，你说的是人。"

陆姝转头看着窗外，长叹一口气。

窗外月光朦胧，树也朦胧，皇城的高楼矮屋也朦胧，就连院子里蛐蛐的叫声也朦胧了。

"人也是妖怪啊，只不过大多是年不过百的妖怪而已。妖怪也是人，只不过多活了些时日而已。对比天上的月，人和妖怪都是转瞬即逝的过客而已，有什么区别呢？月亮尚且如此静谧，这些过客却喧闹争吵，你死我活。要想这些过客放下争端，和平相处，那真是水中捞月，缘木求鱼。"陆姝感慨道。

观月沉默了，呆呆地站在那里，神情变得低落。

陆姝见他这样，觉得自己太过悲观，影响到他了，于是微笑着劝他："也不尽然。人们常言道，有人星夜赶考场，有人辞官归故乡。还是有不少人终于放下了俗世念想，回归初心。"

观月撇嘴道："为什么人们能有'缘木求鱼'的说法，却没有猫的正面俗语呢？"

陆姝没想到他的关注点竟然在"缘木求鱼"四个字上。

"快去给我取酒来！你这狗头不对猫嘴的家伙！"陆姝差点儿将桌子上的酒杯拿起来朝他扔过去。

此后几天，陆姝又陷入了无尽的等待之中。

皇宫里没有传来任何消息，好像大家都忘记了宝物失窃这个案件。

那个声称要报复的张妈妈也没有任何动静。陆姝门前别说骚扰恐吓的人了，连一条吠叫的狗都没有。好像张妈妈已经忘记了曾在皇宫门前被人打脸。

这种平静没有给陆姝带来任何祥和的感觉，反而让她感到前所未有的恐惧。

她暗暗感到，这是山雨欲来之前的平静。

那只猫却享受这种平静，天天吃饱了就到院子里晒太阳，偶尔爬到屋顶或者院墙之上看隔壁人家的母猫。

看了那母猫几天，观月便开始在陆姝面前絮絮叨叨，说的话题大多离不开那只母猫了。

"我给那只猫取了个名字。"观月喜滋滋地对正在发呆的陆姝说道。

“哦？什么名字？”

“吴刚。”

“吴刚？它是一只母猫，变成人的话也是一姑娘，你怎么给人家姑娘取一个‘吴刚’做名字？”陆姝为那只母猫抱不平。

“哎，这你就不懂了吧？人写诗取名，都引经据典，有含义有深意的！”

“这名字还有含义？”

观月得意地笑了笑，说道：“你不要看不起我，我在人间这么多年，可是学了不少诗情画意的东西。”

“吴刚这名字还诗情画意？”

“那当然了！我在王家的时候，听王家的人讲过月亮上吴刚砍桂树的典故。”

“然后呢？跟猫有什么关系？”

“你想啊，我的名字叫观月，观看月亮的意思，是吧？”

“是。”陆姝点头。

“我现在天天看她，她就是我观看的月亮啊！月亮上有什么？有砍桂树的吴刚！我叫她吴刚，不恰巧对应了我天天观察她吗？是不是特别诗情画意？是不是很有意境？”

陆姝愣了半天，然后问道：“你就没有听说过嫦娥奔月的故事吗？”

观月摇头。

“好吧。吴刚这个名字挺好的。你高兴就好。”陆姝无奈道。

隔了不多久，观月从院墙上下来，喜滋滋地对陆姝说道：“吴刚的性格很好，温柔得不像话！”

一会儿又过来说：“吴刚逮了一只老鼠，那动作，利索！真是能干！”

一会儿又过来说：“吴刚看了我一眼，她的眼睛好漂亮，像宝石一样。”

一会儿又过来说：“吴刚吃午饭了，吃得好少。下午应该会饿的吧？”

一会儿又过来说：“吴刚的人缘真好。街头破庙里那个老和尚见她去了，总给她吃的。”

陆姝住的这条街道尽头是有一个破庙，没有人去烧香，也没有人去跪拜。据说以前这个庙很有名，但皇家寺庙香火旺盛起来之后，这个庙就衰落了，渐渐地没人供香火了。庙里原来有近百位和尚，渐渐地都走了，只剩了一个老和尚。

人就是房子的魂魄，人走了之后，房子便会颓败得非常快，就像没了魂魄的人一样。据说那庙原来气势巍峨，和尚走了之后，庙宇就迅速颓败。仅留的老和尚仿佛是庙里的一缕残魂。

破庙实在是太破了，瓦漏墙倾，青苔遍地，到处是鸟粪和蜘蛛网。那些菩萨罗汉像，金漆剥落，丹青褪色，失去了往日的威严，变得奇形怪相，面目狰狞，倒有几分恐怖了。

因此，附近的人是不会无缘无故去破庙里的。可猫猫狗狗喜欢往里面跑。

猫狗进了别人家，一般是会被人讨厌的，怕猫偷吃家里的鱼腥剩菜，怕狗咬伤人。

那老和尚见了猫狗却喜欢得很，给它们喂吃的。可能是他太孤独了，又没有人陪，便要留下猫狗来陪他。

有人劝他也去皇家寺庙，毕竟树大好乘凉，可他就是不去，说皇家寺庙妖气重。别人不以为然，只笑这和尚怨恨皇家寺庙抢了他的香火。

也有人说，老和尚原来跟这条街上贾老员外的千金有一腿。这传闻还说得有模有样，有鼻子有眼，说是贾老员外的女儿嫁给三品大员大理寺卿的儿子后，一直没有生下一男半女。那还是三十多年前的事情了。那时候破庙的香火还旺着呢。贾老员外担心大理寺卿让他儿子休了女儿，便借女儿回家省亲的时候叫女儿去旁边的庙里拜佛求子。这一拜，回去后不久，贾老员外的女儿便有了喜脉，生了个孩子。

有人便说，那孩子其实是老和尚的。因为贾老员外的女儿此后常常往这庙里跑。

贾老员外听到这种传言之后大怒，申辩说女儿是去庙里还愿。

过了几年，皇家寺庙渐渐抢了风头，这条街上的寺庙已经有和尚投靠那边去了。但这老和尚不去。

有人便说，老和尚不去皇家寺庙，是因为那边远，又管得严，不好与贾老员外的女儿私会。

后来，贾老员外的女儿再也不来这里的寺庙，却去皇家寺庙上香了。

老和尚得知这消息，当天就买了一条鱼，提着去了皇家寺庙，说要送给皇家寺庙里的和尚。和尚不吃荤，自然是不会收他的鱼，还将他打得死去活来。要不是有两三个好心人将他抬回来，他就一命呜呼了。

在陆六断来之前，观月就跟陆姝说起过这个老和尚以及老和尚背后的那些事情。

用观月的话说，住在这个地方，就要知道周边住的都是什么人。

那时候陆姝听观月说到老和尚提着鱼去皇家寺庙，她认为老和尚是要跟皇家寺庙的和尚斗气。

故事听过之后便忘了。

陆六断来过之后，观月又提及老和尚，陆姝便想起了老和尚送鱼的这个细节，顿时恍然大悟。

老和尚早就知道皇家寺庙里有个鱼怪和尚！他提鱼去，就是想要激怒亽憙大师！

陆姝连带想起了那个和尚的难记的法号。

至于为何要激怒亽憙大师，道理简单明了。必定是因为亽憙大师，皇家寺庙才香火大盛，从而影响了老和尚的寺庙；也必定是因为亽憙大师，贾老员外的女儿才转而去皇家寺庙上香。

更重要的原因是，老和尚知道亽憙大师的真实身份！

或许，他是整个皇城里唯一一个知道亽憙大师身份的人！

陆姝越想越明朗，激动得一把抓住观月，说道：“快带我去见见那个老和尚。”

观月正兴致勃勃地讲吴刚的其他事，见陆姝急着要见老和尚，疑惑地问："他刚给吴刚喂过饭，现在应该睡午觉了。你找他干什么？"

"他是这个皇城里唯一知道那个姓陆的和尚真实身份的人！我们去找他，或许有解救出陆六断的办法。"陆姝激动道。

"我的姑奶奶呀！"观月苦着脸说道，"一个教书先生就让我们够难受的了，你还要管陆六断？"

陆姝冷静地说道："不，不只是陆六断，还可能解开我身上的谜团。"她记得陆六断说过，当年宰相谋反案，如今宝物失窃案都与她有关，而她却被蒙在鼓里。陆六断既然这么说，必定是因为她知道一些内情，而她又是仐憙大师指使过来的。仐憙大师作为幕后操控者，更应该知道这些内情。

从老和尚送鱼的事情来看，或许老和尚也知道仐憙大师的一些内情。

陆姝心里有无数解不开的结，或许老和尚能帮她从这乱成一团麻的结中，挑出一根线索，轻轻一拉，乱麻一样的结便纷纷解开，次第分明。

陆姝将其中缘由说给观月听，观月立即要领陆姝去破庙。

陆姝道："你不是说他睡午觉了吗？"

观月道："叫醒他不就可以了？"

陆姝摇头道："这样不好。因为那个鱼怪和尚，他肯定对我印象不好，毕竟我是他仇人的同类。如果我还打扰他睡觉，说不定对我印象更加不好。还是等他醒了再去吧。"

观月觉得有道理，又坐了回来。

“对哦。他肯定对鱼有成见。你去的话，他不一定会跟你说这些事情。我们得想个办法让他愿意对我们开口。”观月发愁道。

“什么办法？”陆姝急忙问道。

“我只是说要想办法，办法我还没有想到。”观月道。

两人闷坐了许久，也没能想出什么好办法来。

这时，外面的叩门声打破了沉默。

陆姝说道：“莫非是皇上又派人来召见我？”

此时正是午时，不会有怪物前来骚扰。

观月道：“也该想起这个案子来了吧？”

于是，陆姝去开门。

打开门一看，来者是呆子上次派来送酒的人。他身后还跟着两个人。

“是不是皇上召见我？”陆姝看到此人，就知道这个希望已经很渺茫了，但还是忍不住要这样问。

那人摇头，说道：“不是。将军听说你喜欢喝他送的酒，又叫小的送了一罐过来。”

那人一侧身，后面两个人走了出来，那两个人抬着一个比上次还大的酒罐。

陆姝眼前一黑，差点儿晕倒在门口。

“上次的酒还没喝完呢……”陆姝扶着门框，不让自己倒下。

这呆子真是奇葩！哪有这样送酒给人喝的？还是一送就够喝好几年的！

“这是要把我变成酒糟鱼吗？”她忍不住嘟囔道。

送酒的人哈哈大笑：“你又不是鱼，怎么会变成酒糟鱼？”

抬酒的一人说道：“酒糟鱼还是要用鄱阳湖的鲫鱼做最好吃，半斤左右为佳。”

陆姝急又急不得，气又气不得，只能咬着牙齿说道：“小心被鱼刺卡住喉咙！”

送酒的人对陆姝说：“陆姑娘，你说得还真对。酒糟鱼用的是低度酒，这次送来的酒跟上次的不一样，这次是素酒，确实可以用来做酒糟鱼。你要是喜欢吃酒糟鱼的话，去鱼市买一条来也是可以做的。”

“行了行了行了。你们把酒放这里，代我给你们将军说个谢谢。小女子何德何能，劳烦将军如此挂念！”陆姝巴不得立即赶走他们三人。

送酒的人说道：“还别说，我们将军从来没有对谁好过，你看他样子就知道这人没什么人情味儿……咳咳……我不是这个意思，我们将军铁面无私，铁石心肠……咳咳咳咳……我的意思是将军心肠很好，只是没见他对什么人好过。总之，我从来没见他给人送过酒。”

陆姝一愣。

那人接着说道：“更没见过还送两次的！可见将军确实挂念你。”

陆姝脸上一热。

送走那三人之后，陆姝坐立不安，感觉魂魄好像不在身体里了一样，做什么都心不在焉。她想温一壶酒，将自己喝得迷糊一点儿，却前所未有地将酒直接倒在了温水里，想起来弄错了，又错将温水倒进了酒壶里。

弄来弄去，她失去了喝酒的兴致，往窗边一坐，看着外面的阳光发呆。

观月悄悄靠到她的身边，幽幽说道："魂儿丢了吧？"

陆姝斜了观月一眼，问道："谁的魂儿丢了？"

"你呀。"观月说道。

"我好歹有六百年修为，怎么会把魂儿丢了？"

"我听人常说一个词，说的就是你现在的状态。"

"什么词？"

"魂不守舍。俗话说就是魂儿丢了。"

"你才魂不守舍，天天盯着吴刚姑娘。"陆姝心虚地反驳道。

观月笑了笑，走到刚送来的酒罐旁，将鼻子凑上去嗅了嗅，点点头，说道："嗯……不错不错，我听人说，这种低度的素酒不但可以用来做酒糟鱼，还可以用来钓鱼。掺了这种酒的鱼饵尤其能诱惑鱼儿上钩。我看哪，那位将军不像你想的那样呆，他聪明得很，一次两次给你送酒，是要放长线钓大鱼呢！"

陆姝上前一把揪住观月的耳朵："放长线？钓大鱼？我有这么笨吗？我要是没有这点儿定力，六百年前就被人钓走千百回了！你这猫崽子说话怎么这么难听呢？是不是皮痒了？"

观月连连求饶。

陆姝感觉手指肚有些刺痛，急忙松开观月的耳朵。她翻过手掌，看了看刺痛的地方，居然有被针扎了的痕迹。

陆姝朝观月的耳朵看去，看到什么东西在阳光下闪亮了一下。

“你耳朵上有什么东西？”陆姝又揪住观月的耳朵。

观月挣扎着躲开，不好意思地笑道：“耳钉。”

陆姝皱眉道：“你戴耳钉干什么？”

观月道：“还不是为了帮你打探消息？我看西域来的商人不论男女都有耳钉耳环，他们跟皇宫里的人有生意来往，我想从他们嘴里套点儿话，就变成他们的样子，还弄了一个耳钉。你可不能笑话我。再说了，我听人说，我这种猫是波斯猫，祖先也是西域的，我这叫认祖归宗。”

他一手护住被揪过的耳朵，防着陆姝强行将那耳钉扯下来。

陆姝愣住了，半晌没说话。

观月凑上来，问道：“你……你……你怎么啦？是不是耳环让我露出破绽了？我忘记摘下来了，下次一定记得。”

陆姝还是不说话。

“我知道这是我的不对，我觉得这个耳钉还挺好看的，就没摘下来。我错了。你……你别这样啊。”观月以为陆姝在生他的气。

陆姝深吸了一口气，然后问观月道：“刚才送酒的人，你看到他手指上的玛瑙戒指没有？”

“看……看到啦。”观月不知道她为什么突然提到那个人的戒指，“戒指上的玛瑙一圈黑一圈白，像羊的眼珠子一样。怎么啦？”

陆姝看着那人刚刚进来的院门口，说道：“他有一个破绽！”

“破……绽？”观月不懂她指的是什么。

“上次面圣后送我回来的公公，他的手指上戴着一个一模一样的玛瑙戒指。”陆姝缓缓说道。

观月一愣，随即说道：“皇城不比我们那地方，这里有钱的人多的是，戴玛瑙戒指的也不少见。你多心了吧？”

陆姝摇摇头，说道：“戴玛瑙戒指不稀奇，但他们两人的玛瑙纹路一模一样，戒指上的雕文也完全一致。世界上没有完全相同的两片叶子，也没有完全相同的玛瑙。”

“你的意思是……”观月这才意识到此事非同小可。

“他们不是两个人，而是一个人！”陆姝十分肯定地说道。

“怎么可能？他们一个是将军的人，一个是皇上的人。怎么可能是同一个人？”

“那么真相只有一个。”

“什么真相？”

“将军就是皇上，皇上就是将军。”

“啊？”观月被陆姝的话吓了一跳。

“我明白了。皇上让我蒙住眼睛见他，是怕我看出端倪来！”

“话是这么说，可是送酒的人和送你回来的人长得不一样啊。”

“你忘记远黛被皇上变脸了吗？皇上能让远黛她们四人的脸变得一模一样，就能让其他人变得跟以前不同。”陆姝说道。

“远黛是变了，可是她消失了一年左右的时间才变模样。而送酒的人和送你回来的人前后相差不过几天。”

陆姝断然道：“一个变得慢，一个变得快而已。”

观月还是不能接受这样的事情，想了想，说道：“也有可能送你回来的人把他的玛瑙戒指送给了送酒的人，对不对？皇上和将军关系好，他们的下人也不会太差，是不是？”

“这……”陆姝没有想到这一点。

“哎呀，什么时候能回无名山啊！再不回去你就要疯掉了！”观月忧心忡忡。

我是疯了吗？我怎么会有这样疯狂的猜想？她也在心里这样问自己。

“我需要喝点儿酒静一静。”陆姝说道。

她收回心神，给自己温了半壶酒，像口渴的人喝水一样喝了个精光，然后躺在床上，等待酒劲起来，好迷迷糊糊睡上一觉。

可是等了好一会儿，她还清醒得很，连往常那种蒙蒙眬眬的醉意都没有。

“我喝这么急，应该会醉过去的呀！是我喝的日子不对，还是躺的姿势不对？”她在床上眨巴眨巴眼睛，说道。

观月懒懒地瞥了她一眼，说道：“你平时喝酒的时候都优哉游哉，看花看雪看山水，首先就有了醉意，酒不醉人人自醉。如今你醉意都没有，喝了酒也不一定醉。”

“那呆子不会送的是假酒吧？”她坐了起来。

“你真是疯了。之前喝了那么多没事，这次就成假酒了？”观月白了她一眼。

可惜人们没有“死猫眼”的说法，不然她定要呛他一顿。

因为观月这一眼神，她忽然想起那呆子第一次见到自己的时候，就说她“死鱼眼”。回想那天相遇的情形，呆子似乎并不认识她，也不认识无名山。不然他不会叫她“小姑娘”，不会给无名山取名。

如果那呆子就是皇上，看到跟远黛她们那四位姑娘长得一模一样的她，必定非常惊讶，甚至喊出“远黛”或者另外三位姑娘的名字。

她此时的思路比喝酒之前还要清晰。

她站了起来，走到门前。一阵风吹在了脸上。

不对！如果呆子就是皇上，且是有备而来，他完全可以假装不认识她，假装不知道那座山叫作无名山！从而造成她以为呆子不认识她的假象！

或许，给无名山取名为无名山的行为，并不是因为他呆，而是故意为之！

想来想去，她觉得两种可能都存在。

如果将这些想法直接说给观月听，观月肯定还是以为她疯了。于是，她决定换一种方式跟他说。

“观月，我问你一个问题。”

“只要不是关于将军是不是皇上的，我就回答。”观月说道。

“不是。”

“好，你说。”

“我问你，一个读书人离开父母家乡，来到皇城赶考，等到放了榜。你说这读书人是金榜题名还是名落孙山？”

“这当然是榜上有名字就金榜题名了，榜上没名字，就名落孙山。你怎么问这样的问题？”

陆姝继续问道：“好，我们不看他到底有没有考上，在他看了榜之后，写了一封家书，送信的快马披星戴月往他家乡赶。你说他父母和家乡人得知的是他金榜题名还是名落孙山？”

“当然是看了家书才知道。跟上个问题一样。”观月说道。

“我再问你另一个问题。如果一个姑娘对心上人表明了心思，你说她的心上人会不会也爱上这个姑娘？”

“你这都是什么无聊的问题？当然要看这个心上人是不是有同样的心思啊！”

陆姝道：“你的回答基本正确，又全部错误。”

观月挠脸道：“什么叫基本正确又全部错误？”

陆姝道：“读书人答完卷，不知道里面文字是否符合考官喜好，考官爱之，自然取用，考官厌之，自然不取。在考官那里，榜单上的名字已经落定。在读书人这边，一切都是未知，考官落笔写下了他的名字，他不知道，考官划去了他的名字，他也不知道。即使放了榜，他没看榜之前，一切也是未知。只在看到榜的那一刻，对他来说，才是真的尘埃落定。虽然金榜早在数天前就尘埃落定。”

“这是自然。”

陆姝又道：“读书人看完金榜，寄了家书。而他父母尚未得信。在他家里人这边，一切都是未知，读书人写了佳音，他们不知道，读书人写了噩耗，他们也不知道。即使送信的快马已经在路上，他们没有收到之前，一切也是未知。只在读到信的那一刻，对他们来说，才是真的尘埃落定。虽然信上的内容早在半月前就落笔成书。”

“这也没错。”

陆姝说道：“所以，世上很多事情并不是发生了就算是发生了，对考官来说发生了的，对读书人尚未发生；对读书人来说发生了的，对他家人尚未发生。是不是？很多事情是知道了才算是发生了。对不对？”

观月想了想，点头道：“说得好像有道理。你跟我说这个干什么？”

“我想告诉你，将军和皇上那里发生的事情，无论他们是不是同一个人，对我们来说都是尚未发生。但是，如果有一件事情让你知道他们确实是同一个人，无论你怎样怀疑，它就是发生了。”

观月无奈道：“就知道你还是会说到这个上面来。好吧，我相信你没有疯，后面我会打听将军和皇上之间的联系。”

终于说服了观月，陆姝如愿以偿。

观月侧了一下脑袋，问道：“但姑娘跟心上人是什么意思？”

陆姝走了几步，说道：“其实我要说的是同样的道理。一位姑娘有了心上人，可是不知道对方是不是喜欢她，若是喜欢，自然高兴；若是不喜欢，自然悲伤。在她没有得到回应之前，一切都是未知。而在对方的心里，有没有她的位置是早已确定的事。对这位姑娘来说，尘埃落定是听到对方回答之后的事情，虽然结局早已确定。她不知道，她的矜持、羞涩、彷徨、害怕、担忧对于结局没有任何意义。”

观月盯着陆姝说道：“心上人是不是喜欢她，我不知道。我知道的是，这位姑娘已经开始害怕，开始担忧了。酒糟做饵钓鱼，果然见效要快得多啊！”

第五章
画与人

陆姝知道观月话里有话，不搭理他。

等了大约半个时辰，陆姝催促观月去破庙看看老和尚醒了没有。

观月化作猫出去，不多久便回来了，说老和尚不在破庙里，听街坊邻居说，老和尚好像去了皇家寺庙。

陆姝问："去皇家寺庙干什么？又要找麻烦？"

观月道："据说今天是贾老员外的外孙过生日，因为外孙是求佛拜子求来的，每年生日都要去寺庙还愿。以前是在老和尚这边还愿，现在是在皇家寺庙那边了。"

陆姝叹息一番，说道："那等他晚上回来了再说。"

等到天黑，老和尚还没有回来，宫里倒是来人了，说是皇上召见。

来的那个人，就是上次送她回来的那位公公。他手指上的玛瑙戒指，对陆姝来说尤为显眼。

陆姝问为什么不白天召见，等到这时候召见。

公公只说这是上面的圣意，他不敢过问。

陆姝便跟公公出了门。

出了门她才发现，门外还有一个轿子。

公公让她上轿。

陆姝上轿前，假装不经意瞥见了公公手上的戒指，问道："哎哟，公公的戒指我好像在哪里见过。"

公公一慌，一手挡住戒指，说道："戴戒指的人多了去了，姑娘看错了吧！"

陆姝不想此时戳穿他，毕竟上次是他在张妈妈面前帮了她，欠人家一个人情。另外，此时戳穿并无好处。

她只是想看看公公的反应。

作为一个妖怪，刚得人身的时候会谨慎得很，生怕在人前露出一点点破绽，引人怀疑。但是时间久了，便有了惰性，或者放松了警惕，妖怪便会露出一些破绽来。有的破绽露出来了，不一定就会被人看到；被人看到了，不一定就会引起怀疑。很多时候，稍加掩饰便过去了。

比如住在无名山山腰上的老奶奶。吃人骨头的事情早在外面传开了。对于妖怪来说，这已经是很明显的破绽。但老奶奶说自己吃的是豌豆，有时候故意当着人的面咬得嘎嘣响。人便将传言当作谣言了，即使仍然有几分相信，也不会撕破脸皮。

人与人之间也是这样，人无完人，没人能做到面面俱到，天衣无缝。谁讨厌谁，说谁的坏话，做过伤害谁的事，或许双方都心知肚明或者隐约知道，但是见了面，还要像什么都没有发生过一样寒暄。

正是因为这样，妖怪才能在人世间有一定的生存空间。

人为什么不能将所有的妖怪一网打尽？因为人自己也需要生存下去。

其实人世间不乏各种妖魔鬼怪的传闻，很多是同类不小心露出了马脚。可能露出马脚的妖怪吓得要死，但人们仅仅将之作为茶余饭后的笑谈。

妖怪有露出破绽的时候，人也有露出破绽的时候。

陆姝就看到了公公的破绽。

因为等轿子到了皇宫门口，她从轿子上下来的时候，她看到公公手指上的玛瑙戒指已经不见了。

她知道，公公心虚了。

这公公必定与那送酒的人是同一个人，每次变换身份的时候，他必定记得取下手上的戒指，以免露出破绽。可是就如渐渐懈怠的妖怪一样，时间一久，没人因为玛瑙戒指而发现他的破绽，他便没有那么在意手指上的玛瑙戒指了。

公公若是不摘掉戒指，陆姝或许还会相信世上是有两颗一模一样的玛瑙戒指的，相信世上说不定也有两片一模一样的叶子。就像人听到妖怪的传闻，却仍然把传闻当作笑谈。

可是公公摘掉了戒指。

陆姝站在皇宫门口，看着红墙琉璃瓦，深吸了一口湿润而微凉的夜晚空气。

公公既然是送酒的人，那么，住在这皇宫里面的就是在无名山下见过面的人了。她心里想道。

她打定了主意，这次面圣，她要找出皇上的破绽，看看皇上的反应。

当跟着公公走到一座宫殿前，公公停下脚步叫她进去的时候，她就知道，皇上早有准备，防止她看到他的破绽。

因为宫里其他地方灯火通明，而这座宫殿里一片漆黑，一个灯笼、一盏油灯、一支蜡烛都没有。

幸好还有一点儿淡淡的月光，让她能看到脚下的台阶和路。

她走进宫殿，就如潜入一个深潭，越往里面走，四周就越暗。

她抬起手往前摸，以免一不小心撞在柱子或者其他什么东西上。没人告诉她该往哪里走，该往哪个方向走。但她知道，这里不是上次皇上召见她的地方，因为她没有听到滴漏的声音。

这样小心翼翼地走了好一会儿，她看到前方有一片豆大的烛光。蜡烛已经只剩最后一点点了，周围都是熔化又变硬的蜡。

她往那处烛光走了过去，发现烛光后面的墙上有一幅画。

那幅画让她头皮发麻！

画中有山有水有篱笆小院，画的都是她最熟悉不过的场景。这是她生活了近百年的地方——无名山！

很显然，烛火摆在这里，就是为了引导她看到后面这幅画。

她看了看画上落款的地方，除了画者的名字外，还有作画的时间——新历十一年。

新历十一年!

对她来说，这五个字，字字触目惊心!

也就是说，七年之前，画这幅画的人就去过无名山，见过那里的山和水。

她走近一些，仔细看画，看到篱笆小院的房子里有桌椅，还有酒具。那桌椅和酒具，跟她的桌椅酒具也相差无几!

她感到后背一阵发凉。原来呆子早就知道无名山的存在!

蜡烛终于烧完了最后一点儿可以支撑的蜡，烛心倒了，发出吱吱的声音，然后熄灭。

四周骤然暗了下来。

那幅画沉入黑暗之中，变得模糊不堪。

这时，她听到了轻微的脚步声。

“你记得这幅画吗？”黑暗处响起了皇上的声音。

她连忙下跪，说道：“画中的景物倒是熟悉得很。”

“画得怎样？”皇上问道。

“皇上的画闻名天下，没有人说不好的。”她回答道。

“是不敢说不好，还是真的好？”

“民女琴棋书画诗酒花茶，唯独会点儿酒，不懂画得好与不好。不过皇上拥有的东西，哪有不好的？所以民女即使不懂画，也知道这画是极好的。”她说道。

脚步声靠近了一些，皇上说道：“原本该是极好的画，可惜缺了点儿什么。”

“缺了什么？”她朝那幅画看去，模糊一片，就如晚归的她远远看着静谧的家一样。差一点儿，她就以为自己是回到无名山了，再往前迈步，就能推门而入，拿起酒具给自己温酒。

她似乎听到了墙角下熟悉的蛐蛐的叫声。

“缺了一个人。”皇上说道。

“人？”她愣了一下。

“嗯。原来这幅画里是有个人的。后来那个人不见了。”皇上说道。

她凑近那幅画，想找到一些褪色的痕迹。可是光线太暗了，她什么都看不清。忽然，她灵光一闪，问道：“莫非皇宫宝物失窃案中，丢失的宝物就是这画上的人？”

“聪明。”皇上淡淡说道。

“这……要怎么找？这谁又能偷走？”她有些慌。

脚步声又靠近了一些。

“你说得对。前阵子被押解来的教书先生是无辜的。他既进不来守卫严密的皇宫，也偷不走画中的人。”

她急忙将头磕在沁凉的地板砖上，说道：“皇上圣明！民女斗胆乞求皇上放了教书先生。”

“你也就可以早日回去，是吧？”皇上问道。

“海阔凭鱼跃。皇城虽好，但束缚太多，所以不是民女喜欢的地方。”她回答道。

“海阔凭鱼跃？好吧，皇城毕竟在天子脚下，规矩是多了些。”皇上发出一声轻叹。

接着，皇上又说道：“可是圣人也说过，君子如水，随方就圆，无处不自在，择一人而白头，择一城而终老。做人应当像水一样，到哪里都是自在的，何必非得回到无名山呢？”

陆姝听得出皇上的意思，皇上是想留她在皇城。她慌忙回答道：“圣人说得再明白不过了，择一城而终老，先要遇到能一起白头一生相伴的人。”

“若是遇到了能一生相伴的人呢？”皇上追问道。

陆姝愣了，她没想到皇上会问这样的问题，并且问得这么直白。

“那个……一生也没有多长嘛……”她撇嘴说道。

在无名山的时候，她偶尔去镇上看戏，唱戏的人在说出要与心上人一生相伴的誓言时，往往涕泪俱下，戏台下的看客大多为之动容。可是她觉得不过如此。在这无穷无尽的岁月里，人的一生太短。

因此，她才不要什么一城终老一生相伴，还不如及时行乐，今日不记昨日事。

“一生没有多长？你还真是冷血……”皇上的话里透着恨意。

陆姝心想，你还真说对了，我们鱼本就是冷血的生灵。不过人以为将自己的一生付与别人就是热血，就是温暖，那可大错特错了。你付出，并不是因为别人需要，而是你自己需要。你需要爱人，需要被爱，所以你付出。倘若因为你付出了就为之感动，就要求回报，那么你才是冷血的人。

陆姝自然不敢说出心中所想，她不再反驳，她保持沉默。

脚步声又响起，渐渐移到了她的右边不远的地方。

她朝右边看去，只看到一个若有若无的暗影。

皇上用夜色隐匿自己。

一个人的破绽越多，掩饰得就越深。

妖怪若要毫无破绽，最好的办法就是不出来。

可是人和妖怪大多不能一直隐藏自己，因为人和妖怪都容易感到孤独。

陆姝能感觉到，皇上是一个孤独的人。

"如果你留在这里，我会为你在这皇宫里再造一座无名山，让你过跟以前一样的生活。如果你不满意，我可以将无名山搬到这里来。好不好？"皇上几乎是用央求的口气说道。

陆姝吓了一跳，她只听过愚公移山的故事，从未见过谁真的将山搬走。当然，皇上可以动用他的军队和百姓来搬山，兴许比愚公移山要容易得多，但为了她要搬一座山到皇宫里面来，她还是觉得不可思议。

我不过是一条闲散的鱼而已。若是有些原因，也不过是与远黛长得相像。皇上何至于此？她百思不得其解。

于是，她不避讳地说道："皇上，民女不过是在五官上与您的故人有些相像而已。天下芸芸众生，如山间之叶，如海中之鱼，偶有长得相像的，并不为奇事。何况皇上几年前能让宫女改头换面，如今亦可让其他宫女变成皇上想要的模样，为何偏偏对民女如此用心，亦让民女如此为难呢？"

皇上发出凄凉的笑声，那笑声如数九寒天的风，直透陆姝的心。

笑罢，皇上说道：“你来皇城不久，就听到这个传闻了？是的，我曾让四位宫女换皮削骨，变成了我喜欢的那个人的模样，天天陪在我身边。我以为，这样便能减少我的相思之苦。与此同时，我陷入了一个困境。喜欢一个人，到底喜欢的是她的什么？她的容貌吗？我让宫女与她容貌一样。她的举止吗？我让宫女举手投足都像极了她。所有能像她的地方，那四位宫女基本都能做到了。可我还是高兴不起来，还是想念她。”

脚步声向陆姝靠得更近了。

“我曾询问我的宰相，他野心太大，可是他是个聪明人。那时候他还没有暴露他的野心。我问宰相，为什么我还是不开心。宰相说，人不但有皮囊，还有灵魂。他说，皇上爱上的是那个人的灵魂，不只是她的皮囊。我又问他，灵魂到底是什么，如果她的灵魂在别的皮囊里，我肯定认不出她。如果眼前的人就是她的皮囊，我为什么还是孤独呢？再比如，我的灵魂如果到了你的身上，别人还是会尊我那副皮囊为天子，而不是我的灵魂。别人仍然认为那副皮囊才是我。人们认的到底是皮囊还是灵魂？”说到这里，皇上停了下来。

陆姝等了一会儿，见皇上仍然没有说话，便问道：“宰相是怎么回复皇上的？”

“宰相说，皇上为九五之尊，怎么可能降临到微臣身上！”

宰相的回答并不是陆姝想要的答案，自然也不是皇上想要的答案。

皇上沉默了一会儿，说道："就在那一刻，宰相露出了他的破绽。我知道，他是要造反了。我早早地与镇海王商量好了，先不要打草惊蛇，只要宰相有什么动作，我与镇海王便里应外合，将宰相斩草除根。"

"原来……皇上早就知道宰相要造反了。"陆姝惊讶道。

皇上哼了一声，像是叹气，又像是不屑。

"自从我登上皇位以来，原来在我身边的所有一切，都开始离我而去。宰相原来是我的师父，比父皇照顾我的时间还要多。一日为师终身为父，我在心里是将他当作父亲一样看待的。没想到他竟然觊觎我的皇位！还有我那些皇兄皇弟，以前亲密无间，谈笑风生，如今都疏远了，淡了。儿时的玩伴，有的驻守边疆，有的战死沙场。我不敢将他们留在身边。"

陆姝忽然同情起这个孤独的皇上来。

"皇上为什么不将他们留在身边呢？"她问道。

皇上道："伴君如伴虎啊，我也知道这个道理。若是留他们在身边，君君臣臣地久了，那份感情便会渐渐消耗殆尽。还不如让他们远离皇城，远离我，也远离权力斗争。不然，他们会成为下一个宰相，或者是下一个镇海王……"

"镇海王？"她没想到皇上竟然把镇海王和宰相看作同一类人。不过从传闻来看，镇海王确实比宰相有过之无不及。镇海王的女儿无皇后之名，却有凌驾后宫之势，便可管中窥豹，略见一斑。

"现在我在宫中是如履薄冰，只要犯下一点儿错误，镇海王便会揪住不放，以此为借口，将我取而代之。"

她忍不住说道："就跟当年宰相一样？"

皇上长叹一声，说道："是啊……我跟你要救的那位教书先生没有差别，他在小一些的牢狱，我在大一些的牢狱。你有心救他，为何不救我？"

陆姝顿时方寸大乱。

"民女无欲无求，也无权无势，如何救得了皇上？民女'心有鱼而力不足'啊。镇海王伸出一个手指头，就能要了民女的命。"陆姝心想，这异姓王偏偏叫镇海王，连海都能镇住，我一条小鱼又怎么翻得起一片浪花？

她转念一想，何不就此试探一下皇上？

于是，她说道："皇上何不问问那位押解教书先生的将军？皇上的宝物失盗，县太爷怕麻烦，稀里糊涂就把教书先生抓了起来。是将军劝民女一同来皇城分辨是非黑白。他既然对皇上如此用心办事，必然也愿意为皇上赴汤蹈火。"

皇上问道："你说的是李将军？"

"正是。"她没想到皇上没有丝毫犹豫，说话的语气也没有什么变化，似乎他们讨论的就是另外一个人。

皇上说道："李将军泥菩萨过江，自身难保，又怎么救得了我？你若是不愿意，就回去吧。我累了。"

"李将军为什么自身难保？"陆姝追问道。

可是皇上没有回答她。

她等了许久，仍然没有等到回应。

"皇上？"她朝黑暗中喊了一声。

四周一片寂静。

她既没有听到之前的脚步声，也没有看到隐约的影子。皇上就如忽然消失了一般。

这皇上真是让人捉摸不定。她心中有些怨气。

既然皇上说了让我回去，那我就回去吧。她一边这么想着，一边凭记忆摸索着往来时的路走。

磕绊了几回，她终于回到了宫殿门口。

那位公公还在那里等着她。

公公照例要送她回去。她本想拒绝，可是虽然来回走了两遭，她依然不认识路。

在鱼的世界里，没有路这一说，有水的地方便到处是路。而人世间有路，且只能顺着路走。修得人身之前，她以为有路便有方向，便能轻易到达想要去的地方。修得人身之后，她才发现世间的路太多了，有许多分岔，有许多方向，繁密如掌心的纹，一不小心便会迷失。

这时她才明白，可选择的路太多了，也便没有了路。

从皇宫出来的刹那，她仿佛看到了脚下的路像疯狂生长的爬山虎一样到处蔓延。她分不清到底哪一条才是正确的指引。

应该是因为天色暗了，抬轿子的人脚步没有先前那么稳当，一脚深一脚浅，轿子便比先前摇晃得厉害。

轿子里的陆姝被摇来摇去，摇得昏昏欲睡，眼皮越来越沉。

她努力支撑脑袋，可是经不住越来越浓的困意，不知不觉就睡了过去。

忽然间，她就隐约听见外面有锣鼓声和吹号声，声音由小变大，一会儿就吵得耳朵难受。

她心想，这皇城里还有人在晚上办喜事？

她想睁开眼来看，可是眼皮像粘住了一样睁不开。她随着轿子的颠簸晃来晃去。

这样不知过了多久，耳边的锣鼓声吹号声一直相随。

她心里诧异。莫非轿子混进了一支迎亲队伍？

正这么想着呢，忽然轿子停了下来。

外面一个声音响起："陆姑娘，到啦！下轿吧！"

那声音听起来不像是刚才那位公公的声音。

她强打起精神，摸索着站了起来，眼睛还没有睁开就往外面走。

下了轿子，她揉了揉眼睛，然后眯着眼睛一看，天哪，院门前居然站了好多人！个个喜形于色，将目光聚集在她身上。

她一惊，侧头问身边的公公："怎么这么多人？"

身边的人说道："今天是姑娘的大喜日子，宾客当然多呀！"

"大喜日子？"她说完才发现身边的人不是公公，而是一个管家模样的人。那人满脸堆笑地看着她。

她低头一看，胸前一朵大红花，身上的衣服居然是新娘子才穿的大红色绣花衣。

这时，她听到前面的人忽然纷纷说道："姑爷来了！姑爷来了！"

她朝那边看去，果然看到一个身上穿着同样大红色衣服的人从里面走了出来。原本堵在院门口的人纷纷给他让道。

等那人从人群后面走出来，她便目瞪口呆了！

那人正是她在梦中见到的坐在梨花树下的书生！

管家模样的人在旁问她："你的红盖头呢？是不是落在轿子里了？快戴起来！要等洞房的时候姑爷来揭开的！"

陆姝听到"洞房"二字，吓得拨开身边的人，慌忙往外逃跑。

"谁来救救我！"她一边跑一边大喊。

"陆姑娘？陆姑娘？你做梦了？"熟悉的公公的声音在她耳边响起。

她从梦中醒过来，见公公正在喊她。

"嗯。我们到了？"她问道。

轿子的帘子是掀开的。公公背后便是她所熟悉的院门。

院门跟她梦中的几乎一模一样，只是门口没有站那么多人。但她感觉门后面随时会走出一个穿着大红色衣服的男人来。

"喵呜——"

院子里传来猫的叫声。

听到猫的叫声，陆姝顿时感觉舒缓多了。她知道，里面有只猫在等待她回来。这让她有种回到家的感觉。

"猫还等着你呢。"公公也听到了猫叫声，微笑道。

陆姝舒心一笑，说道："是的，至少还有一只猫在等着我。"

紧接着，隔壁院子里响起了如娃娃哭一般的猫的叫春声。

公公道："哦，原来是公猫和母猫在相互呼应。"

陆姝大失所望。这观月的心思全在吴刚的身上了。

"姑娘好好歇息，奴才还要回去复旨。"公公说道。

陆姝点点头。

公公领着轿夫抬着轿子走了。

陆姝见他们融入夜色之中，然后走向台阶。

刚迈上台阶，她就绊到了一条软乎乎的东西。她以为踩到了夜晚溜出来的大蛇，吓得赶紧往后一跳。

她定眼一看，一个穿着脏兮兮的僧衣的人躺在台阶上，老态龙钟，脸上和手上许多处破了皮。

"春叫猫来猫叫春，一声一声又一声。老僧也有猫儿意，不敢人前叫一声。"台阶上的人忽然摇头晃脑地念诵道，念完一笑。

陆姝虽未见过老和尚，但能肯定面前的人就是破庙的老和尚。他必定是又被皇家寺庙的人打了一通，所以脸上手上有许多伤痕。

陆姝连忙蹲下来去扶老和尚，喊道："师傅，地上凉气重，快起来！"

老和尚甩开她的手，不让她扶。

她正要又扶他，他却自己坐了起来，有些意外地盯着陆姝的脸看，末了说道："你怎么回来了？"

陆姝不知道他为什么说这样的话，难道他知道我是被皇上召见了？我不该回来？

于是，她回答道："皇上问完了话，自然放我回来。"

老和尚听了她的话，眉头蹙起，喃喃道：“不是她？”

“谁？”陆姝问道。

老和尚摇摇头：“真是老糊涂了。怎么可能是她！”他站了起来，拖着脚步往破庙的方向走。

听到老和尚这么说，陆姝哪里还有回屋的念头？她急忙朝老和尚追了过去。

这老和尚看起来老态龙钟，且伤痕累累，但走路快得很。陆姝怎么追都感觉追不上。

等陆姝追到破庙门口的时候，老和尚已经不见了踪影。

陆姝觉得这庙门有几分眼熟，至于为何眼熟，她心中无解。

她听到里面有脚步声，不待细看庙门就闯了进去，寻找老和尚，不料惊了几只猫，分不清是家猫还是野猫。猫有的从低处往高处爬，有的从高处往低处跳，都悄无声息。

猫一惊，头顶便有一群蝙蝠飞了出去。它们原来应该是倒挂在房梁上的。

她走过一条窄巷，穿过一条走廊，跨过几道旧门，来到了一个佛殿里。佛殿很大，脚步有回声。可见当初这座庙有多大，有多旺盛。

她在佛殿里站住了。因为她看到中央最大的那个佛像下有一盏香油灯。佛前有香油灯并不奇怪，奇怪的是那盏香油灯居然是燃着的。

老和尚虽然脚步飞快，但在进破庙之前，陆姝在后面一直能看到他的背影。即使刚才老和尚进入破庙之后消失了，也绝对不可能在这么短的时间里点燃香油灯，并且迅速离开佛殿。看那灯芯，上面已经烧过了一段，香油里落着灯芯烧成的灰，可知道香油灯已经烧过一段时间了，并不是刚才点燃的。

莫非这破庙里除了老和尚还有别人？可是为什么街坊上的人都没听说过破庙里还有其他人？陆姝心中疑虑。

佛殿的南面有一个偏房。陆姝隐约听到里面有轻微的声音，像是翻书页的声音，又像是衣服摩擦的声音。

陆姝蹑手蹑脚地走了过去。

借着香油灯的光，她看到偏房的门边贴着对联。上联是："缘世间有缘缘分，缘缘有缘，缘缘分"；下联是："因三界无因因合，因因无因，因因合"。

再往门楣上看去，横批是："阿弥陀佛"。

走到门口，她看见一位老僧默坐在黑暗之中，仿佛他是这房子的一部分，跟桌子、柜子、椅子没有任何区别。

老僧听到了门口的脚步声，抬起头来，轻声问道："施主深夜造访，所为何事？"

虽然香油灯的光线到这里已经非常暗淡了，但陆姝还是能看出来，这位老僧就是她在台阶上看到的老和尚。不过他脸上的破皮之处愈合了。

他眯着眼睛往陆姝这边看，可能是因为她背着光，老和尚看不清她的脸。

陆姝心想，即使看不清我的脸，也应该知道我是一路追过来的呀！为什么他询问的口吻仿佛初次见面一般？

陆姝问道：“我刚刚一路跟您来到这里的……”

她的话还没有说完，老僧就惊慌道：“糟糕！有人借老身引你来的这里！你快快离去！”

与此同时，陆姝听到身后响起了脚步声。

“既然来了，就别想走。”一个声音在陆姝背后响起。

陆姝回头一看，看到了一条醒目的红色印记落在一张狰狞的脸上。

接着，偏房的门“砰”的一声合上了。里面传来老和尚挣扎求救的声音，可是很快就被堵住了。偏房早就另有人躲在那里。

这是一个早有预谋的圈套。

“是你？”陆姝既感到意外，又觉得在意料之中。与陆六断聊过之后，她已经知道幕后试探她的人就是这位俗姓为陆的和尚，他迟早有一天要对她下手的。但她没想到这一天来得这么快。

虽然他的脸不是刚才陆姝看到的那张脸，但他身上的衣服还是刚才陆姝看到的那身衣服。这让陆姝既感到意外，又觉得在意料之中。

远黛能变脸，送她回来的那个人能变脸，那么他能变脸就并不稀奇，但她没想到他能变换得这么快。

她差点儿忘了，这和尚并不是人，而是她的同类。

人变模样自然难，妖变模样是瞬息之间的事。

“是我。”他说道，“难道你觉得意外？”

陆姝后退一步，撞在了偏房的门上。前路被他挡住，身后已无路可退。

原本一动不动的烛火，此时剧烈摇曳，并且方向不定，仿佛有个看不见的人对着烛火拼命地乱吹。

“来皇城的路上，你就认出了我吧？”他往前迈出一步。

“你知道？”陆姝反问道。在听到呆子说这和尚的俗姓是“陆”的时候，她就想过他是她的同类。

“哈哈哈，当初我决定用‘陆’字为姓的时候，就担心别的鱼也这么想。没想你们确实都这么想的。为了不让我暴露，没有办法，我只能让你们消失。”他咧嘴一笑，脸上的红色印记随之而动，仿佛一条在水中游弋的鱼。

“人们常说一句话，叫作‘本是同根生，相煎何太急’；还有句话，叫作‘物伤其类’。你我还有陆六断本为同类，隐匿于世间已属不易，你鱼心何忍？”陆姝悲伤地说道。

他仰头大笑，笑得阴森。

随着烛火的摇晃，大殿里原本静止不动的佛像阴影飘动，原本脸上带着微笑，此时仿佛跟着他一起笑了起来。

“我鱼心何忍？你却不知你自己铁石心肠？”他突然吼道，眼睛鼓起，就像是陆姝往常在庙里看到的降魔罗汉的眼睛。

陆姝不知所措，将背靠在了后面的门上，忽然有些怯意：“我……铁石心肠？”她从不认为自己铁石心肠，但是听他这么一吼，好像以前真有这种事情一样。

他摇了摇头，哼了一声，说道：“你知道我为什么出家吗？”

她怎么知道他为什么出家？她摇摇头。

“我之所以出家，就是为了不遇见命中注定的人，免得忘记。”他忽然幽幽地说道。

这样的回答让陆姝感到非常意外。她为他的身份想过无数的理由，为了掩饰身份，为了更加精进的修炼，甚至是真的看破了红尘，但没有想到过这种理由。

“我记得一个朋友跟我说过，我们这种妖怪，遇到命中注定的人之后，七年便会忘记。”陆姝想起老奶奶说过的话。

他点点头，又往前迈了一步，烛火在他的眼珠子里跳跃，如同着了魔。

“你居然知道？”他喃喃道。

“可是……忘不忘记跟你出家有什么关系？”陆姝问道。即使老奶奶说的是真的，她也不会出家做尼姑。忘记便忘记罢了。人能忘记的事情可多了，区区命中注定的人算什么呢？不过是忘记了儿时丢掉的一个心爱的玩具，过些年岁也不喜欢了；不过是忘记了曾经畅谈交心的朋友，过些年岁也渐渐淡远了；不过是忘记了几日前一场无法承受的疼痛，几日之后也风轻云淡不留痕迹了。

有什么不能过去的呢？不能过去的也都过去了。

有什么不能忘记的呢？一旦忘记了便等于没有发生。

“我知道，我忘记了的话，就可以当作什么都没有发生过。”他的话一下子就说进了陆姝的心里。

陆姝点点头：“既然这样，你又何必出家？”

“我出家，是为了命中注定的人。”他又往前迈出一步。

佛前的烛火晃得更加厉害，那黄豆一般的火焰已经离开了灯芯，如破茧的蝴蝶，要从这里飞出去。

“为了命中注定的人？”陆姝脑海里浮现出将军和教书先生的影子。老奶奶说过，她那天会遇到命中注定的人。她到现在还不知道到底哪个才是命中注定的人。

他说道：“嗯。你七年之后便会忘记，但是你想过没有，七年前与你注定相遇的那个人不会忘记？他还记得你，你却一走了之？”

陆姝不敢看他着了魔的眼睛，侧头去看似乎要飞走的烛火。

他咄咄逼人地说道：“现在你说，是谁鱼心不忍，又是谁铁石心肠？”

见他这么生气，陆姝不敢说话。虽然她觉得这些跟她无关。

“如此铁石心肠之人，竟然说别人铁石心肠！”他又往前迈出几步，逼近陆姝。

距离越近，陆姝越惶恐不安。她还是一条鱼的时候，每次看到比她大许多的鱼逼近，就会迅速躲避或者逃走。在鱼的世界里，大鱼吃小鱼，小鱼吃虾米。稍有不慎，自己便会成为其他大鱼的食物。

还没有修得人身的时候，她对人世间心怀憧憬。至少世间的人不会把别的人当作食物吃掉。

得了人身之后，她才发现，人和鱼并没有太大区别，只是吃的方式不一样而已，吃的理由冠冕堂皇而已。不然人世间就不会有“鱼肉百姓”这样的词语了。以百姓为鱼，以百姓为肉，分而食之。吃相也未必就比鱼吃鱼要好看。

这样一想，她觉得这个和尚对其他鱼怪的态度倒是有几分依据，无论是鱼还是人，都有吃其他同类的习性。

夜色如水。

恍惚间，她觉得自己变回了一条鱼，在这个深潭里遭遇了另一条比她大许多的鱼。

前面无路可走，后面无路可退。恐怕今晚是在劫难逃了。

“你若是想吃我，吃便是了，不用找那么多冠冕堂皇的理由。”陆姝说道。

嘴上这么说，她心里却祈求香油灯后面的佛显灵来救救她。

可是她心里也清楚，这个破庙因为面前的和尚而没落，现在连个上香的人都没有，尘埃蒙面，金漆剥落，自身尚且难保，又如何保得了她？

她忽然想起皇上说的那句话——李将军泥菩萨过江，自身难保，又怎么救得了我？

皇上先说了自己的困境，又说“自身难保”，莫非皇上说的就是他自己？那句话就是他不经意露出的破绽？

这时，那和尚又往前走了几步，来到陆姝面前，抬起一只手，捏住了陆姝的脖子，狠狠道：“冠冕堂皇的理由？我若是要吃掉你，何需任何理由？你不过是池塘里的一条小鱼而已，而我是这池塘的主人，人要吃鱼的时候，何曾给鱼说过吃它的理由？”

陆姝被他捏得透不过气，费力地说道："既然如此，你就杀了我吧。"

"住手！"一个声音从和尚的背后传来。

陆姝往声音传来的方向看去，来者不是别人，居然是陆六断！

她一身女装，手里仍然持着一把折扇，俊俏飘逸。

和尚都懒得回头看她，冷冷道："你不给我好好在香火坊待着，来这里干什么？"

陆六断道："你知道我为什么来这里。"

和尚的手捏得更用力。

陆姝呼吸越来越困难。她暗暗踮脚，想往上面去，她还是一条鱼的时候，每次大雨来临之前，她都会感到闷得难受，于是游到水面去透气，甚至跃出水面。由此，世间有"鱼跳水，要下雨"的说法。

或许是本性使然，此刻的她恨不能跳到房梁上去，然后揭开屋顶的瓦，呼吸外面的空气。

"我当然知道你为什么来这里。那晚我让你去探探她的虚实，你居然带着一身酒气回来。我就知道，你已经对她下不了手了。不然今天也用不着我亲自来对付她！"和尚咬牙切齿道。

陆六断将折扇一格一格缓缓打开，如唱戏一般铿锵有力地说道："兔死狐尚且悲伤，芝焚蕙尚且喟叹。你我她同属一类，为何不能宽待？"

"你知道什么？你懂什么？快给我退下！不然我让你遍

体鳞伤！”和尚吼道。

陆六断将折扇全部打开了，那折扇的扇骨缓缓变长，竟然变成了鱼鳍般模样！

“哪怕你剥掉我全身的鳞，我也不会让你带走她！”陆六断将鱼鳍般的折扇指向和尚。

和尚发出冷笑，不屑道：“不自量力！”

陆六断道：“人间有句话叫作‘双拳难敌四手’，我一人不是你的对手，但我跟她联合起来，那就胜负难料了！更何况，当初你能制伏我，全因我对你毫无防备，遭了你的暗算。要是重来一次，你未必是我的对手！”

陆姝暗暗惊讶。陆六断说这番话，说明她的修为并不比和尚低。

和尚怒道：“当初你求我放你一条生路，甘愿为我鞍前马后，赴汤蹈火。我见你信誓旦旦，在众人面前假装镇压你于洞庭湖底，暗地里却带你来了皇城。如今那些话都不算数了，是吗？”

陆六断道：“可我也跟她承诺过，只要她有危难，我一定出手相助。只要你放走她，我依然为你鞍前马后，在所不辞。”

和尚松开了手。

陆姝身子一软，靠着门拼命喘息不已。

陆六断欣喜一笑，收起折扇，欠身道：“多谢体谅！”

陆姝觉得意外，陆六断三言两语竟然让他改变了态度？

“体谅？”和尚眉毛一挑，嘲讽道，“我体谅你，你能体谅我吗？”

陆六断一脸茫然，问道：“你这是什么意思？”

“你们都出来吧。”和尚扫视四周。

四周的暗处传来窸窸窣窣的声音。接着，许多小孩子的脑袋从暗处探了出来。个个眼睛大而清澈，脸蛋白白胖胖，本有几分可爱模样，可个个表情僵硬，如瓷器一般，未免又多了几分恐怖氛围。

陆姝注意到，这些小孩子的眼睛比普通小孩子的眼睛要大许多，并且往外鼓出。他们有的在仙案底下，有的在佛像后面，有的在帘子下面，有的在功德箱旁边，有的在房梁上头。三五一群，多则六七个，凡是有暗处的地方就有脑袋，仿佛藏猫猫游戏宣布结束，如同雨后长出来的一簇簇蘑菇。

环顾四周，陆姝粗略估计这里有一百来个小孩子！

这些奇怪的小孩子早就躲在黑暗角落里，而她毫无知觉。

和尚道：“他们都是我们的同类，有所不同的是他们都是金鱼，由于被人圈养在鱼缸或者鱼池里，他们长不大，即使修成人身，也只能修成娃娃模样。但他们长期与人相处，沾染人气，在同样的修炼时间里，却比我们的道行要深。”

陆六断惊慌四顾。显然，她跟了和尚一段时间，却从来不知道这回事。

“六断，你说得对，双拳难敌四手。他们的修为应该不如你，但你看看你们俩是否能敌过这一百多双手呢？你若是能打败他们，别说她了，你也从此归于自由。”和尚嘴角一斜，说道。末了，和尚补充道，“哦，对了，就算你不惧他们，但你别忘了，他们也是鱼，也是你的同类，你是愿意杀死这些同类救她呢，还是放弃她而不伤害这些同类？”

和尚这一招可谓阴险毒辣。陆六断之所以要救下陆姝，最大的原因就是她们属于同类。现在和尚搬出这些金鱼娃娃，陆六断袖手旁观，则于心不忍；出手相救，则要伤到其他同类。是进亦难，退亦难。

陆六断瞪着和尚说道：“香火坊前一条街上都是被你从各地抓来的妖怪，我以为足够多了，没想到你竟然还控制了这么多我不知道的妖怪，你要控制这么多妖怪干什么？”

和尚哼了一声，说道：“世间皇帝掌控文武百官天下百姓，我掌控这么些妖怪算得了什么？”

“难道你要做妖界之王不成？”陆六断惊讶地问道。

和尚邪笑道：“燕雀安知鸿鹄之志哉？当初你在洞庭湖偏安一隅，我就知道你想不到我要的是什么。即使到了现在，你还是不知道！”

陆姝心想，陆六断猜测他要做妖界之王，他还说什么“燕雀安知鸿鹄之志哉”，看来他的目标比妖界之王还要高。

“你到底想要干什么？”陆六断问道。

“区区妖界之王，不照样要像妖怪一样隐藏身份，活在暗处？人间有句话叫‘锦衣夜行’，虽然穿着华贵衣服，却只能在夜里行路，别人都看不到，那又有什么用？”说着，他瞥了陆姝一眼，“就如有些事情虽然发生了，却被人忘记，等同于没有发生过。我要让人知道我！记得我！”

陆姝心想，和尚用“锦衣夜行”来形容妖怪，确实非常贴切。他们只能活在黑暗之中，如同从未活过。

“妖界之王还不满足，难道……你还想成为人间之王……想做皇上不成？”陆六断惊恐地问道。

“哈哈哈。看把你吓得！说你是燕雀，你胆子倒比麻雀还小！一千年前就有人说过‘王侯将相，宁有种乎？’我们既然修得了人身，为何只有他们能做皇上，我们就不能？”

陆六断哆嗦道：“人与妖能共存这么久，就是因为我们懂得隐匿，不打乱人间秩序。人间虽然有许多妖魔鬼怪的传说，却也不追根究底，从而使得我们有方寸之地。你这么做，会让我们都暴露出来！让人与妖对立！后果将不堪设想！”

“你说得对。人与妖有许多不成文的规矩。妖要隐匿在世间，不引起人间恐慌。人与妖也不可相恋，有违人伦常理。这我都知道。可是本该与我在一起的妖，却被一个人迷惑了，这个人还是人间权势最大的人。人能违反规矩，为何我们就不能？”

“这个人是皇上？所以你要取而代之？”陆六断问道。

和尚脸上愤愤，冷笑道：“取而代之？我只是让他也尝尝所爱被夺的滋味。为了做这个准备，我已经忍耐了许多年。”

“即便如此，你为什么要对她下手？”陆六断指着陆姝，问和尚道。

“要想扳倒皇上，就少不了她。说了你也不懂！”和尚拂袖道。

陆姝不明白为什么要扳倒皇上就少不了自己，但她清楚，和尚是绝不会放过自己的，陆六断也救不了她。

“谢谢你来救我。你有这份心，我就很高兴了。你阻止不了他的。”陆姝感激地对陆六断说道。

和尚朝那些小孩子使了一个眼色。

小孩子们便悄无声息地将陆姝和陆六断围住。

陆六断对那些小孩子下不了手，又不甘心放弃，急得直跺脚。

和尚伸手到袖管里摸索，扯出一条渔网来，对陆姝说道：“你看是你自己钻进来，还是我把你套进去？我劝你不要再做什么妄想，免得最后鱼死网破。网破了可以再织好，鱼死了可就不能再活过来。”

草怕霜，霜怕日，日怕云，云怕风。一物降一物，这鱼往往就怕网。

和尚要将她装在网里，是要用网降住她，怕她半路逃脱。

陆六断表情痛苦地看着她，她不禁猜测陆六断当年是不是被和尚用网禁锢起来，然后带到皇城来的。

果不其然，陆六断浑身战栗地说道：“不要进去！当年就是这网让我求生不能，求死不得，才发誓为他赴汤蹈火的！”

和尚冷笑道：“你还有得选择吗？这破庙里的菩萨都救不了你了！在我这张落魂网下，从未有过漏网之鱼。”

“落魂网？”陆姝喃喃道。早有传言“落魂网下魂魄难逃”，说的就是落魂网。

据闻此网为一痴心女子所织，是为了留住心爱的男人的魂魄。她剪下了所有头发，以青丝与蚕丝编织成网，将已经死去的心爱之人的魂魄困在其中，以图长久相伴，阻止生离死别。可是被困住的魂魄痛苦不堪，备受煎熬。此女子既想留住他，又不忍看他痛苦，左右为难。最后，她放走了心爱之人的魂魄，然后遁入空门，从此青灯相伴。

如今落魂网在他手中，陆姝颇感意外。

“进来吧！”和尚催促道。

“喵呜——”

猫叫声突然从她身后响起。

陆姝心中一喜，莫非是观月发现她还没有回来，于是追寻到破庙来了？

鱼是怕猫的。

和尚和那些孩子听到猫叫声，为之一怵。尤其是那些金鱼，两股战战，要不是和尚在这里，估计他们早就像树上被惊了的麻雀一样四下里逃散了。

就在这时，陆姝感到背后被门撞击，一个踉跄，往和尚那边扑了过去。

和尚急忙撤身躲开。

陆姝跌倒在地，回头一看，从门后面出来的居然不是观月，而是那个真正的老和尚。

原来老和尚是故意学猫叫来吓唬他们，从而有机会挣脱抓他的人，然后破门而出。

“抓住他！抓住他！”和尚气急败坏地大喊。

老和尚早已扑到了佛前，跪在佛前的仙案旁。

和尚害怕老和尚跑掉，见他跪在佛前不动，顿时禁不住笑了起来。

“临时抱佛脚，说的就是你现在的样子吧？可是没有用的，佛救不了你。”和尚得意地说道。

陆姝失望之极。来的不是观月也就算了，她以为老和尚至少还会抗争一下，这样也许还有一线生机。可是老和尚这个时候居然跪在佛前求佛保佑！

老和尚不顾和尚的嘲笑，继续在佛前念诵着经文。

和尚摇头，叹道：“我也曾在佛前苦苦哀求，求了一百多年，可是有什么用呢。心要变，佛也挽留不了。”

老和尚不为所动，仍然念诵不已。

“佛告阿难，世有众香，唯随风能闻，不能普闻。若持佛净戒，行诸善法，如是戒香，遍闻十方，咸皆称赞，诸魔远离……”老和尚念诵道。声音清越。

和尚道：“诸魔远离？你念的是《戒香经》吧？据说念诵《戒香经》，不仅能让诸魔远离，还能让人心静，甚至闻到一种特殊的香气。据说，世间的香得靠风来吹，唯独持戒的香，不用风去扬，就可以传遍十方。”

陆姝也听说过，念经时如果心情足够平静，就能闻到一种异香。

“算了吧。我既不会就此离开，也没有闻到丝毫香气。”和尚从老和尚背后踹了一脚。

老和尚扑在了仙案上，哼了一声。

陆姝忽然闻到了一丝香气。

她以为自己产生了幻觉，于是吸了吸鼻子。香气渐浓。

不只是她，陆六断也觉察到了空气中的变化，也吸了吸鼻子，然后露出讶异的表情。

那些小孩子也在吸鼻子了。他们也嗅到了空气中的香气。

“真的有香气……”其中一个小孩子忍不住小声说道。

“这《戒香经》真的厉害……”另一个小孩子由衷地赞叹。

和尚侧头看了说话的小孩子一眼，狐疑地用力吸了吸鼻子，眼睛一鼓，难以置信。

“不可能！绝对不可能！”和尚有些慌张，眼睛四处看，然后指着趴在仙案上的老和尚吼道，“你要什么鬼把戏？休想蒙骗我！”

老和尚用双手艰难地支起身子，顺势将佛前的香油灯拿在了手里，然后缓缓站起，转了过来，说道：“你说得对。我诵经不可能散发出香气，我远远没到那样的境界。你们闻到的香气，来自于你们脚下。”

陆姝往脚下看去，并没有看到什么异常的东西。但是往鱼怪和尚的脚下看去时，她看到地上有水一样的东西在流动，在漫延。

和尚也往脚下看，一脸茫然地问道：“这是什么东西？”

离他们较近的金鱼娃娃脚下也有这种东西。

老和尚晃了晃手中的香油灯，说道：“菜籽油。”

“菜籽油？”和尚眯起眼睛问道。

老和尚道：“是的。是给这盏香油灯用的菜籽油。香油灯里没有多少，但这案子下面存了十多桶备用的。刚才我扑到这里的时候顺势推倒了桶，拔掉了塞子，一边念经，一边等它流出来。”

“你……”

老和尚点头：“是的。我让你以为我是在求佛，让你嘲笑我。而我，是在等待菜籽油流到你们脚下去。佛帮不了我，但佛给了我时间。现在，只要我失手掉落香油灯，这里便会燃起大火。佛殿里的一切都会瞬间灰飞烟灭。”

“你会烧死自己的！”和尚咬牙道。每一个字都仿佛是从牙缝里挤出来的。

老和尚看了看地上，淡淡说道：“其中包括你。”

只要老和尚将香油灯往地上一扔，佛殿里的人纵使跑得再快，也跑不过火焰蔓延的速度。

菜籽油的香气在空气中弥漫，越来越浓。看来仙案下面的菜籽油确实不少。

“你要和我们同归鱼尽？”和尚胆战心惊，声音也颤了起来。

老和尚看了看手里的香油灯，一脸祥和，说道：“你说错了。这取决于你，而不是我。”

“取决于我？好，我可以放你走。”和尚说道。

老和尚笑了笑，说道：“你又说错了。不是你可以放我走，是我可以放你走。”

和尚狠狠甩袖，却无可奈何。

“好吧。你要我怎样才放我走？”和尚不得不服输。

老和尚道：“这个简单。该走的走，该留的留。你带着他们离开这里，把这位姑娘留下。”他抬手指着陆姝。

和尚问道："她跟你是什么关系？你为什么要救她？"

老和尚收回手，立掌于胸前，道："阿弥陀佛，我这座庙宇既然还在这里，就要保护一方平安。她是我这条街的人，若是不保下她，街坊邻居还不拆了我的庙？更重要的是，这姑娘是你化成我的样子骗到这里来的，这便是你借我的皮囊犯下的错。这是你欠我的。既然是你欠我的，就该还给我。不是吗？"

听了这话，陆姝感激不已。刚才还认为这庙里的菩萨就是泥菩萨，此时她才明白，这里还有一个肉身菩萨。泥菩萨袖手旁观，肉身菩萨心怀慈悲。

此时和尚其实已经没有了讨价还价的余地。老和尚虽然询问他，实际上没有给他其他选择。

"这次我认栽。"和尚怒视老和尚一眼，然后缓缓往出口倒退。他担心一转身，老和尚便会将香油灯扔下来暗算他。

那些金鱼娃娃紧跟其后，虽然步履匆匆，秩序大乱，但表情依然如瓷器一般毫无变化。

陆姝听到老和尚低声自言自语道："原来这就叫'鱼贯而出'啊。这个词真好！"

这个时候老和尚居然想着这种事情，陆姝差点儿笑出来。可是她觉得此时发笑不太好，于是忍住了。

也许这就叫"闲庭信步"吧？她心想。

陆六断也跟着离去了。

陆姝本想跟她道个别，但在和尚面前这样似乎不妥，只好目送她离去。

她偷偷看了老和尚一眼。烛火映照在他的脸上，如同佛光，让人觉得宁静。

待和尚他们离去之后，陆姝走到老和尚身边，轻声道：“多谢高僧出手相救！”

老和尚说道：“坐吧。等天亮了再走。”

陆姝明白他的意思。和尚可能还埋伏在外面，她若是出了这个门，极有可能成为落网之鱼。只要老和尚和香油灯在这里，和尚就不敢进来。

陆姝点点头，见不远处有草蒲，便取了过来，可是地上菜籽油到处都是，草蒲没地方放。

老和尚指着偏房那边，说道：“你把那门板移过来，再把草蒲放在上面。”

那门板刚才被老和尚撞掉了，陆姝将门板拖了过来，放在仙案旁边，然后将草蒲放上。

他们两人便坐在了草蒲上。

老和尚不敢回到偏房去，担心他们突然杀个回马枪。

他们两人对着豆大的灯火沉默了许久。他们都听着外面的风吹草动。

“我们是第几次见面了？我老了，有些记不清了。”老和尚忽然打破了沉默。

第几次？这不是第一次吗？陆姝觉得老和尚问得奇怪。

第六章 魂与皮

老和尚见她迷惑，喃喃道：“莫非你的记性还不如我，忘记了？”

陆姝道：“我记得以前没有见过您呢。”

老和尚长长地“哦”了一声，然后说道：“那就是忘记了。”

陆姝心想，这老和尚真是固执。

“没见过怎么就是忘记了呢？”陆姝问道。

“有什么区别吗？人的前世是鸟，是鱼，是虫，是兽，到了这一世，不全忘记了吗？”老和尚看着香油灯的火焰说道。

陆姝想起之前做过的梦，一会儿是水里的鱼，一会儿是树上的鸟。

“这人哪，就是一张皮。鸟啊，鱼啊，虫啊，兽啊，都是一张皮。灵魂就像是唱戏的人，一会儿画成这张脸，穿这身衣；一会儿画成那张脸，穿另一身衣。要不然怎么会有‘人生如戏’这样的话呢？灵魂装在什么样的皮里，就是什么东西。是鸟啊，就会飞，是鱼啊，就会游，是虫呢，就会爬，是兽啊，就能跑。可是鸟的灵魂到了鱼这张皮里，它就忘记曾经是鸟了，也飞不到天空中去。鱼的灵魂到了鸟这张皮里，它就忘记曾经是鱼了，也不敢潜到水底下去。”

老和尚正说着，一只飞蛾进来了，往烛火上扑。老和尚用手将它打开。它掉转过来又往烛火上扑。

老和尚又将它挡开。

“你看，我们都知道飞蛾扑火，说不定哪，它以前做人的时候也知道，但是现在忘得干干净净，还要往火里扑啊。”老和尚用手护住烛火，不让飞蛾撞过来。

陆姝觉得这老和尚真是心善，连一只飞蛾都要救。

“你离开皇城吧，对你来说，你就是那只飞蛾，皇城就是这火焰。离得越远越好。”老和尚意味深长地说道。

“离开这里？我也想离开啊。可是那教书先生还在牢狱里关着呢。”陆姝说道。

老和尚笑了笑，说道：“这人哪，什么都能忘记，就是本心不会变。你还是这么善良。”

陆姝问道：“您以前真的见过我？”

老和尚点头道：“更久以前不记得了，但几年前的事情还依稀记得一点儿。”

“几年前？您在哪里见过我？”陆姝问道。

老和尚想了想，说道：“在一幅画上。”

“一幅画上？”

“是啊。那不是普通的画，画画的人可是皇上。那幅画只有皇上身边极为亲近的人见过，画上有山有水有庭院，还有一位姑娘。”老和尚又一次挡住飞蛾。

陆姝想起她在皇宫里见到的那幅画。那幅画上有山有水有庭院，但是没有姑娘。老和尚说的肯定不是那幅画。

“您说只有皇上身边的人见过。您……您是怎么见到的？”

“这个后面跟你说。那画上的姑娘，就是你。”

“我？”

“是啊。可是后来啊，画上的姑娘无缘无故消失了。”

“消失了？”陆姝一惊，那幅画着无名山和她的庭院的画又在眼前浮现。

“是啊。这可把皇上急坏了。为了找回画上的人，皇上竟然谎称皇宫里丢了宝物，要下面的官员追捕盗走宝物的盗贼。”

那只飞蛾可能是累了，竟然没有再飞来。四周昏暗不堪，也看不见它飞到哪里去了。

“这么说来，皇上早就知道教书先生是冤枉的？画上的人不见了，可能是褪色的缘故。从别处怎么可能找到呢？”

“这不……已经找到了吗？”老和尚和蔼地看着陆姝。

陆姝愣住了，盯着老和尚看了半晌。老和尚似乎并没有开玩笑的意思。

“难道我是从画上跑出来的人不成？”陆姝清楚得很，她可不是什么画中的人，她是一条鱼。不过老和尚的话也不像是假的。将军在县衙里与县太爷的对话，陆姝听得清清楚楚。皇上派人到处抓捕盗贼，却不说宫里丢了什么宝物，也不说盗贼是什么人。

那时候陆姝就觉得事情怪异，现在听老和尚这样一说，就理解皇上为什么要这么做了。如果皇上说画中的人不见了而派人追捕，那满朝文武必定哗然，天下人必定认为皇上心智失常，天下必定大乱。当年宰相便可借“沉迷美色不理朝政”发动政变，“心智失常”更可能成为谋逆之臣的托词。

皇上的行为看似荒诞，实则是无奈之举。

“在我看来，你就是从那幅画上跑出来的，并且错不了。”老和尚说道。

“错不了？”出家人不打诳语，陆姝不知道老和尚为什么说得这么肯定。

老和尚往门口的方向看了看，好像那边要进来一个什么人。

陆姝忍不住也朝那边看了一眼，并没有什么动静。

老和尚说道：“几年前的一个晚上，他就是从那里走进来的。”

“他？谁？”陆姝问道。

“皇上。”

“皇上？”

“你很惊讶吧？皇上怎么会来我这个破庙？要去也是去他的皇家寺庙。”

“对啊。为什么来这里？”陆姝确实惊讶。

“道理很简单，他想掩饰自己的身份。因为他来找我，是为了一件隐秘的事情。”

“隐秘的事情？”

“嗯。他换了常人的衣服，偷偷从宫里溜出来的。他带了一幅画来，说希望我能给他解开疑惑。我不清楚他的身份，但知道深夜来访的，若不是妖魔鬼怪，就是身份尊贵的人。只有怕泄露身份的人，才会刻意掩饰身份。”说到这里，老和尚转而问道，“现在你知道为什么我这座破庙还在这里了吧？因为皇家寺庙属于白天，我这里属于黑夜，如同太极阴阳两仪，缺一不可。”

陆姝有种茅塞顿开的感觉。

“这也是我为什么能安稳坐在这里，不怕皇家寺庙的仐甍和尚回来点火，将我们烧死。”老和尚又道。

陆姝刚才就有这样的担心。那鱼怪和尚出门之后若是故意点火，灰飞烟灭的便是她和老和尚，还有这座佛殿。

此时她明白了。这破庙对皇城里的人来说并不是毫无意义的存在，甚至它的存在跟香火旺盛的皇家寺庙一样重要。因此鱼怪和尚不敢轻易点火。他怕的不是这座破庙，不是这位老和尚，而是深夜里曾来拜访的那些身份尊贵的人。

老和尚将话题转了回来，说道：“我问他有什么疑惑。他告诉我说，他已分不清梦幻和现实。接着，他就将那幅画展现在我眼前，那幅画上便有你。我年轻的时候为了参破大千世界，曾云游四方。我一眼便看出画上画的是离皇城不算太远的无名山。从南方来皇城，或者从皇城南下的人，大多不经过那里，因为那里不在进出皇城的主干道上，道路坎坷，驿站稀少，车马不便。但我无车无马，全靠一双脚，所以出去云游和云游归来的时候都愿意走那条路。”

陆姝心想，老和尚既然熟悉无名山，那一定也看到过她的庭院，或许还曾见过她。毕竟老和尚年纪再大，大不过百岁，而她已在无名山居住了近百年。莫非老和尚刚才问她是第几次见面，是因为他云游时碰过面？

虽然心中百般猜想，但陆姝没有打断他。她更迫切想知道皇上带着那幅画来找老和尚的原因。

老和尚沉浸在记忆里，说道：“我也喜爱绘画，对绘画颇有研究。皇上的画驰名四海，民间亦有流传，我曾欣赏阅览过。皇上的笔法、墨法，我都非常熟悉。因此，那幅画一入眼，我就知道这是皇上的画作。他说此画是他所画。我便知道他是皇上了。”

陆姝心想，这画便是皇上的破绽。

“皇上深夜来访，我自然不敢怠慢，但又不能戳穿他的身份，于是，我阅览一遍，赞道：‘这无名山画得好哇，让我如故地重游。’他却惊讶问我：‘高僧认识这座山？我只在梦中见过，按照梦中记忆画出来的。难道世间竟真有此山？’别人说这话，我不相信。但皇上说这样的话，我不得不信。皇上自出生起便众人瞩目，照顾周全，平时出宫都困难重重，别说出皇城了。再者，皇上没必要骗我。因此，我听皇上这么说，顿时觉得事情不简单。难怪他要深夜潜入破庙询问。”

陆姝更加惊异。我区区一条山野间的闲鱼，怎么会进入真龙天子的梦境？

老和尚说：“我对隐藏身份的皇上说：‘世间不但有此山，还有此庭院，庭院里有此人。’皇上非常吃惊，问我：‘世间真有此人？’我说：‘出家人不打诳语。’皇上龙颜大悦，问道：‘此山在何处？’我说：‘距离皇城大约两天一夜的路程。’皇上皱起眉头说：‘两天一夜，来去的话需要三天三夜。可我只能晚上偷偷出来，白天一天不在都不行，怎么去得了？’我说：‘你既然去不了，那可以让她来嘛。’姑娘，或许是因为我说了这句话，你才来到了皇城吧？如果是这样，请接受我的歉意。”

陆姝摇头道：“不不不，我是因为教书先生被冤枉才来皇城的。”

老和尚道：“姑娘，无论你是因为什么来到皇城的，在我看来，你都是因为我那句话而来的。世上太多虚幻，你看到的不一定是真实的。”

“莫非……教书先生被冤枉，就是为了让我到皇城来？”陆姝揣测老和尚的话说道。

老和尚笑道：“姑娘且听我将那晚的事情说完。皇上不同意我的建议。他说：‘似梦似幻才是最迷人之处，如镜花水月。若是看着水中月亮，即心满意足，又何必水中捞月？指尖一碰水面，月亮便碎了。’听他这么说，我觉得是自己浅薄了。”

陆姝也忍不住一笑，没想到皇上还有这样的一面。

“我问皇上他是什么时候开始梦到画上情景的。皇上说是新历十一年。”

陆姝记得她在皇宫看到的那幅画写的是新历十一年。

“皇上说，那年正月里下了一场春雪，下雪那天他做了一个梦，梦见自己在雪地里奔跑。雪地漫无边际，如同白色草原。他就像一匹脱了缰的马在白色草原上撒野。他跑啊跑啊，不知道跑到了哪里，也不在乎跑到了哪里。忽然，雪地里出现了一点儿红色。他一下子就被那点儿红色吸引住了，呆呆地看着红色的点慢慢变大。他说，那感觉就像是一滴红色的墨落在了白色生宣纸上，渲染开来。等到那红色足够近时，他看到了一位红衣姑娘。他愣愣地看着那位姑娘，目光从她身上移不开。姑娘本来要与他错身而过，见他愣愣地看着自己，走过之后又转过身来，问道：‘你是不是迷路了？’他这才回过神来，看看四周，确实不知道该往哪里去。于是，他点点头。”

陆姝一边听着老和尚说话，一边回忆自己在新历十一年下第一场雪的时候做了些什么事。

“皇上说，那位姑娘见他点头，便说：‘外面寒冷，你先去我那里坐坐吧。’他跟着那位姑娘走了许久，终于走到了一个庭院前。姑娘邀他进去，温了酒给他喝，让他暖身子。他的心思完全不在酒上，那姑娘倒一杯，他便喝一杯，倒一杯，又喝一杯。姑娘夸道：‘真是好酒量！’他听到姑娘夸他的时候已经喝得晕晕乎乎，听得不甚清楚了。他往外一看，看到雪地里的脚印从院门口延伸到门口。”

陆姝想不起新历十一年下第一场雪的时候自己做了什

么。但可以肯定的是，她那天喝了酒。每当有雪景的时候，她都会品酒赏雪的。如此想来，喝得晕晕乎乎的应该是自己。

“皇上说，他喝多了之后就趴在桌上睡着了。等到醒来，他发现自己趴在一张宣纸上，旁边有笔墨砚台。他想起来，自己本来是要趁着下雪画一幅雪景图的，可是困意一来，不知不觉趴在画桌上睡着了。这时，下人拿了一件冬衣进来，说刚才见他睡着了，想要拿件衣服给他披上，没想到他又醒了。下人嗅了嗅鼻子，问，老爷你喝酒了？他说没有。下人道，那你怎么一身酒气？”

陆姝知道，皇上之所以说下人称呼他为“老爷”，是为了在老和尚面前掩饰身份。

老和尚道：“皇上说，他将手遮在口鼻前，果然嗅到了酒气。他惊讶不已。若刚才是梦中喝酒，为何醒来还残留酒气？若刚才喝的是真酒，为何醒来身在此处？”

陆姝想起来了，新历十一年下第一场雪的那天，她确实像往常一样喝了酒，然后昏沉沉地睡过去了。她记得睡过去之后就做了一个梦，梦见自己从酒桌旁走了出去，走到了一片白茫茫的外面，走着走着，看到前面站了一个人，一身乌黑长衣，仿佛一滴水墨落在了白纸上。

她好奇地走了过去，本不想与他搭话，即将擦肩而过的时候，她忽然问他是不是迷路了。

无名山这一片的人，即使不认识，多少也面熟。而这个人面生得很。她心想，或许他是因为雪而迷路了才走到这里。

那人点头。

陆姝心生恻隐，领着他回了自己的庭院，给他温了酒，让他暖暖身子。不料那人简直是呆子，给他倒一杯，他就喝一杯，倒一杯，喝一杯，一会儿就把温好的酒都喝完了。她以为他真能喝，夸道："真是好酒量！"见酒壶见了底，她又去温酒。酒尚未温好，他已趴在桌上呼呼大睡，她推都推不醒。

等她从梦中醒来，自然那人已经不见了。

她知道方才不过是一场梦而已。

看看外面，雪还在下。偶有几片雪花乘风飘进了屋里，落地即化，一如水做的梦。

梦中初醒，寒意尤重。她想取壶再温一些酒来喝，却发现桌上的酒壶不见了。

睡着之前，她是喝了酒的，酒壶该在桌上才是。

她到处找酒壶，最后在温酒器里找到了酒壶。

温酒器里的水居然是温的！

壶中居然有打好的酒！

她大吃一惊，难以置信。

莫非刚才的梦是真的？可是喝酒的人不见了。倘若梦是假的，为何酒壶不在桌上却在温水里？

她慌忙跑到门口，分明看到从院门口到门口有两串脚印！虽然雪还在下，雪花将脚印填了一半，但脚印还在。显然除了自己，还有人进来过。

她想来想去，想不明白。

可是对她来说，世上想不明白的事情多了去了，有些事想不明白，有些事想明白了就没意思了。明白容易，难得糊涂。这样一想，她便将温水里的酒壶取了出来，自酌自饮。

喝得醉醺醺的，又睡了一个小觉。

再次醒来，她看到酒壶还在桌上，看到院子里没有了脚印。她又去了温酒器旁边，将手伸进水里试探，凉得急忙缩了手。

她放下心来。或许刚才做的是梦中梦吧，现在才算是真正醒来。

酒真是个好东西。她心想。随后，她便忘了这些事情。毕竟生活中还有许许多多其他比做梦还有意义的繁杂琐事，比如说布店里又来了什么料子，料子是什么颜色什么花纹。

陆姝听到敲木鱼的声音才将思绪从七年前收了回来。

老和尚将木鱼敲得咚咚响，问道："你的魂儿呢？"

陆姝忙道："在呢，在呢。"

老和尚放下敲木鱼的木棒，继续说道："皇上觉得惊奇，却无人可问，也无从问起，于是提起笔来，将梦中所见的庭院和人画了下来。画完庭院和人，接着要画外面的景，可他能记起的只有白茫茫一片，于是搁下笔，将未完成的画收了起来。"

说到这里，老和尚停了下来，意味深长地看了她一眼。

她问道："不是说画上有山有水吗？怎么没画完就收起来了？"

老和尚道："后来春雪融化，春暖花开，他又做了类似的梦，看到了那里的山水，醒来之后才将那幅画作完成。"

“这么说来，他不止去了一次？”陆姝问道。

老和尚微笑点头。

可陆姝的记忆里再没有第二次这样的梦。

“后来他是怎么进入梦境的？”陆姝问道。

老和尚摇摇头，说：“皇上没有告诉我。第二次来的时候，他只告诉我说，他又做了类似的梦。他问我，这些梦有什么意义。”

“对呀，这些梦有什么意义？”陆姝有着同样的疑问。除了这个梦，还有梦为鱼，梦为鸟的意义到底是什么，她很想问，很想知道。

香油灯的烛火变小了，油面以上的灯芯不多了，烧焦的地方结了灯花。灯花也如世间的花，开了就会凋谢。灯花烧透了，掉进油里。

老和尚低头看了看变小的火焰，伸出大拇指和食指，往那团红得鲜艳的灯花捏去，将灯花捏了下来。他的脸上依旧平静，仿佛火焰没有灼伤他的手指。被摘去灯花的香油灯又亮了起来。

老和尚将黑漆漆的熄灭的灯花给陆姝看，问道：“你看到了什么？”

陆姝回答道：“灯花。”

老和尚说道：“是梦。”

“梦？”

“是的。皇上做的梦就如这灯花。在火焰中的时候，璀璨鲜艳；从火焰中出来，枯萎平常。若是追逐火焰，就如飞蛾扑火。你说说看，飞蛾扑火有什么意义？”

“没有意义。”陆姝话音刚落，那只飞蛾又飞了出来，往火焰扑去。

“吱……”

飞蛾的翅膀被烧焦，落在了香油灯里，如同掉落熄灭的灯花。

老和尚这一次没有挡住飞蛾。

陆姝闻到了一股煳味。

“是的。我就是这么回答皇上的。”老和尚笑道。

“你跟皇上说，这些梦没有意义？”陆姝问道。

老和尚点头。

“总该……有点儿什么意义的吧？”陆姝不甘心。

老和尚道：“飞蛾扑向火焰的时候，也会觉得总该有点儿什么意义，或者有点儿什么指引。可是除了引火自焚之外没有任何意义。”

陆姝沉思片刻，问道：“您的意思是……这些梦也会让皇上引火自焚？”

“阿弥陀佛。”老和尚立掌道。

“皇上听了您的话吗？”陆姝问道。

“应该是听了。他本来想去无名山一趟的，后来没有去。但是我听说他挑选了四位宫女，以禁止多年的皮囊术将她们换皮削骨，让她们变成了画中人的模样。”

“这件事情我也听说了。他为什么要这么做？”

老和尚道：“因为求不得，放不下。”

“求不得？放不下？”

“人生有八苦：生，老，病，死，爱别离，恨长久，求不得，放不下。前四者，皮囊之苦，身灭即可解脱；后四者，灵魂之苦，纵万世轮回，皆难磨灭。皇上听了我的，不去无名山，可是他是凡人，受不了求不得放不下的苦，于是试图将梦境搬进现实中来，将画中人带到皇宫里来。”

“这倒是好办法。”陆姝心想，一个试图接住滴漏而让时间停止的人，有如此奇思妙想也不足为奇。

老和尚道：“这算什么好办法？执着于得不到的苦，只会让自己陷入更深的苦。不久之后，他的老师就以此为由带兵造反，满城腥风血雨。在他的老师背叛他之前，他来这里告诉我，四位宫女不但没有让他摆脱求不得之苦，反而让他更加痛苦。”

“为什么会更加痛苦？”

“他说，他陷入了更深的迷茫。眼前就是他日思夜想的脸庞，可是他感觉眼前的人并不是他日思夜想的人。他让她们举手投足一笑一颦都与画中人一样，她们做到了，可他仍然感到失落。因此，他让四位宫女通过皮囊之术变成了别的模样。”

“我听说那四位宫女在宫中消失了，宰相都没能找到她们。”

“是的。因为她们被镇海王带去的人通过换皮削骨改变了模样。宰相如何找得到？”

陆姝恍然大悟。皇上与镇海王早有防备。若是镇海王带人抓捕皇上的时候将远黛她们改头换面，宰相自然找不到她们。

她想起戴玛瑙戒指的那个人，他是皇上身边的人，且能迅速改变容貌。莫非是他将四位宫女变成了其他人的模样？

“你猜猜，是谁让宫女变成了你的模样，又在宰相逼宫之际将她们变成了其他模样？”老和尚眯起眼睛问道。

“皇上身边的人？”陆姝颇有几分把握。

老和尚摇摇头。

“那还有谁？”除了戴玛瑙戒指的那个人，陆姝想不到其他答案。

“那个人你已经见过了。”老和尚提示道。

陆姝心想，我见过的人多了去了。

老和尚并没有让她猜的意思，继续说道：“就是刚才变成我的模样骗你来到这里的人。”

“他？”这完全出乎陆姝的意料。

最让她想不通的是，如果他是效忠于皇上的，那为何在她到了皇城之后一直不遗余力地为难她？尤其是今晚，要不是老和尚出手相救，她现在已经成为一条落网之鱼了。

“是的。镇海王带进去的人中便有他。是他将那四位宫女变成了你的模样，也是他将她们变成了其他模样，从而让宰相扑了个空。”老和尚说道。

“我听说四位宫女挑选出来之后消失了很长一段时间才重回皇宫，按理说，通过禁忌的皮囊之术将她们变成我的模样需要很长的时间。而四位宫女变成其他模样似乎很快就完成了。这不合情理。”陆姝提出质疑。

“将一个人变成你心中的样子，那是特别难的事情。而要将一个人变成你不关注的样子，那就特别容易。不是吗？”

看似无法解答的问题，竟然被老和尚这样轻易地解答了。

确实如此。要将一个人变成特定的人，需要面面俱到，不得有丝毫误差。若是有一个地方不到位，便是破绽。要将一个人变成随便一个人，则简单得多。这两件事看似相同，其实有天壤之别。

难的不是改变，而是改变成特定的样子。

“这么说来，他是效忠皇上的，而我是皇上要找的人。他为什么要对我下手？”陆姝问道。

“效忠皇上？他救皇上于危难，只是想跟镇海王一样获得更多利益罢了。你忘了吗，刚才他说了，他不仅仅要做妖界之王。他的胃口比宰相、比镇海王还要大。”

陆姝怔住了。

这时，陆姝听到了猫叫声。接着，一只黑白相间的猫钻进来。那只猫径直走到老和尚身边，依偎着老和尚坐下。

老和尚将香油灯放回佛前，笑呵呵地抚摸猫的背。

“你可以回去了。他们已经走了。”老和尚说道。

“您怎么知道他们已经走了？”陆姝有些不放心。

老和尚说道：“要是他们还在的话，它就不会这么温顺。”

“它就是吴刚吧？”陆姝仔细看那只猫。

“吴刚？”

“哦，我一个朋友给它取了这个名字。”陆姝笑道。这只猫确实挺好看。如果它也能修得人身的话，一定是个非常温柔的姑娘。

“听到没有，有人给你取名叫吴刚。”老和尚仿佛跟朋友聊天一样对那只猫说道。

那只猫听不懂老和尚的话，眯着眼睛打了一个长长的哈欠。

陆姝困意也上来了，于是起身道：“那我去了。您也早些歇息。”

老和尚道：“我就在这儿打坐入眠。”说完，他将双手放在膝盖上，闭上了眼睛。

陆姝见他眼睛不再睁开，便没再说话，轻轻悄悄地走出了佛殿，离开了破庙。

回到住处，观月问她怎么这么晚才回。她将刚才的事情给他说了一遍。

观月听完，沉默了许久才说：“人们常说‘鱼跃龙门’，他可能就是那只想要跃过龙门化身为龙的鱼吧？”

“鱼跃龙门？你这么抬举他？”陆姝皱眉道。

“阿猫阿狗都不满足的，不然你我怎么能修得人身？不是吗？”

陆姝一时之间不知道该如何回答观月。自己就是羡慕人世才历经重重劫难修得人身的。这已是逆天而为。自己尚且如此，又怎能说他人不对？

“我就不满足。等你的事情办完，我要在皇城里买下一个院子。”观月忽然没来由地说道。

“你在皇城买院子干什么？”陆姝问道。

“这样的话，我就可以像隔壁人家一样养猫啦！”观月一脸憧憬。

“养猫？”陆姝明白了观月的意思。他是想养吴刚。

观月的梦想很快就破灭了。

第二天，陆姝还没起床，观月就慌慌张张闯了进来。在平时，他都要先敲门，得到陆姝的答复才进来。

虽然她一直还是将他当作猫看待，可是他得了狐狸尾巴之后对这些人与人之间的关系似乎非常在意了。这让陆姝觉得人这种生灵一点儿也不可爱。

“不好了！破庙被烧了！”观月急得手舞足蹈。

陆姝本来还迷迷糊糊，听到这话，惊得鲤鱼打挺一般坐了起来。

“什么？”陆姝不敢相信自己的耳朵。

“破庙昨晚被烧了！你昨晚不是从破庙回来的吗？你不是说那个和尚不敢烧掉破庙吗？”要不是陆姝还穿着睡衣，观月就要上前抓住她的胳膊摇晃她了。

“对啊。我回来的时候还好好的。老和尚确实这么说了。他说皇家寺庙属于白天，破庙属于黑夜……”陆姝还是不敢相信观月的话。她认真地看着观月，希望他只是开个玩笑。

“一大早我就听到街上的人说昨晚破庙失火了。我也不相信，可是跑到破庙那里一看，老和尚住的地方烧得漆黑一片了！”观月没有一点儿开玩笑的意思。这种惊慌失措是装不出来的。

陆姝脑袋里嗡嗡作响。

“我去隔壁人家问了，吴刚昨晚没有回来……”观月的泪水在眼眶里团团转。

这才是观月丢魂失魄的原因。

“吴刚也被……”陆姝没有将后面的话说出来。她记得，昨晚她离开的时候，那只黑白相间的猫就在老和尚的身边。

“不会的！不会的！可能它去了别的地方！”观月在房间里来来回回地走，似乎要想出找到那只猫的办法。

丢失的东西可能会找回来，可是烧掉的东西如何找回来？陆姝心里很清楚，佛殿的地上到处是老和尚倒出来的菜籽油，一旦失火，老和尚和那只猫无论如何都来不及逃走。

为了安慰观月，陆姝只好违心地说：“对，也许它去了别的地方。猫是哪个角落里都会钻去的。要不然人们也没有‘躲猫猫’这种说法。”

观月道：“对，对，它一定是被火吓坏了，不知道躲到哪里去了！我要把它找出来！”说完，他丢下陆姝，急急忙忙出门而去。

陆姝迅速换好衣裳，去了破庙那里。

破庙门口已经围了好多人，叽叽喳喳，如同聚在一起的麻雀。

陆姝挤了进去，发现已有禁军将士守住了大门，不让闲杂人等进去。

陆姝抓住一人询问发生了什么事情。

那人说，破庙昨夜走了水，老和尚被烧成了炭灰。

皇城的人对火是十分敬畏的，觉得嘴上说失火是不吉利的事情，所以一般失了火都叫走了水。

陆姝想进去，守门将士不让。

陆姝问："是谁放的火？"

将士一脸冷漠地说："要等官府查明火源才知道。"

陆姝又问："有没有发现猫的尸体？"

将士狐疑道："问这个干什么？难道你知道什么情况？"

"那个……我的猫不见了，一晚上没回来。"陆姝不想在这位将士面前说太多。何况周围还有这么多人。若是说自己昨晚来过这里，那不知道人们传出去会变成什么样，说不定把她当作放火的凶犯了。

旁边马上有人叹道："哎哟，那可是凶多吉少了！平时猫猫狗狗都喜欢来这里。"

将士听那人这样说，对陆姝没再怀疑，表情也柔和了一些，说道："我也不清楚里面的状况。只听说里面的和尚烧出了几颗舍利子。如果你的猫昨晚也在佛殿里的话，恐怕什么都不能留下。"

陆姝心底一凉。

旁边有人议论说："我看呀，十有八九是皇家寺庙的人放的火。他们早就看这个破庙不顺眼了。"

另一人说："不会吧？佛门的人以慈悲为怀，怎么会杀生呢？"

又一人说："何止是不顺眼？简直是肉中刺眼中钉！你们还记得吧，老和尚给皇家寺庙送过一条鱼。他们早就是仇家了。”

“你不说我还忘记了。老和尚昨天去了一趟皇家寺庙。一定是皇家寺庙的人忍不了他了，干脆放一把火一了百了！”

“换作我是皇家寺庙的人，我也会这么做。”

“不会吧？杀人是要偿命的。”

“偿命？皇家寺庙是什么背景？平民百姓才杀人偿命！”

议论的人越来越多，比刚才还要热闹。

陆姝从喧闹的人群中退了出来。虽然昨晚来过这里，见过老和尚，知道佛殿里有许多菜籽油，但她并不比这些围观的人更清楚真相。

她离开破庙的时候，老和尚根据吴刚的表现猜测鱼怪和尚已经走了。但他们忽然杀个回马枪也不是没有可能。

老和尚说鱼怪和尚不敢烧毁这里。但那和尚能说出不满足于妖界之王的话，还有什么事情干不出来？

如果是那和尚放的火，那他为何不趁我在的时候放火，而要等到我走之后？她想不明白这一点。

带着诸多疑问，陆姝回到了住处。

刚刚坐下，她就听到卧室里面传来一声猫叫。那声音不像是观月发出的。

她正要起身去看，一只黑白相间的猫就从卧室里跑了出来。她不由得一愣。这不正是昨晚跑到破庙里的那只猫吗？

“吴刚？”陆姝欣喜地唤了一声，也不管它是不是知道自己被取了这个名字。

那猫听到声音，居然停下脚步，朝陆姝这边望了一眼，似乎知道陆姝叫的是它。

这让陆姝非常讶异，心想莫非这吴刚已经开启灵智了？

开启灵智是除了人之外的生灵开始修炼的第一步。

观月打断了她的思绪。他跟在猫后面从卧室里走了出来。他快走几步，弯下腰一把捉住猫，搂在了怀里，亲昵地揉猫的头。

猫则张牙舞爪，似乎要做反抗。

观月见它这样，干脆将手指伸到它嘴里让它咬。

猫用尖牙衔着他的手指，却没有咬下去。

陆姝都看得有些不好意思了，干咳了一声，问道：“你们俩在我房间里干什么？”说完，陆姝自己先红了脸。

观月沉浸在自己的世界里，完全没有注意到陆姝回来了。听到她的声音，他才猛地抬起头来。

“没……没干什么……你怎么回来了……”他回答道。

“这是吴刚吗？”陆姝问道。

他低头看了看猫，将猫往陆姝面前递，高兴地说：“对呀，它就是吴刚！你说得对，它果然躲起来了。幸亏我也是猫，知道猫一般喜欢躲在什么地方，但也好不容易才找到它！”

“它怎么没被烧……”陆姝觉得说出来会伤了观月的心，于是咳了一声，继续说道，“它怎么没回家？你在哪里找到它的？”

但她确实想知道为什么这只猫安然无恙。如此说来，佛殿里起火的时候，猫已经离开了。是大火起来之前，它恰好提前离开的，还是什么人救了它？

可惜猫不会说话，不然陆姝直接问它了。

观月道："就在破庙的院墙外面。我找到它的时候，发现它的脚受伤了，所以把它抱了回来，给它包扎一下。"他捉住一只猫爪给陆姝看。

陆姝看到猫的一只前脚上确实绑了白布条。

"是怎么受伤的？烧伤吗？"陆姝问道。

"不是，是摔伤的。不过不要紧，就一点儿小伤。"观月怜悯地摸猫的头。

"喵呜……"

它轻轻地叫了一声，像是呢喃，像是示意它的伤口还在疼痛。

观月连忙轻轻地颠颠它，像是哄小孩一样哄道："噢噢……我不该动你的脚的，是不是弄疼你了？对不起对不起对不起……"

这一幕让陆姝既有些嫌弃又挺开心的。

这小家伙还真是福大命大。

"怎么会摔伤？对猫来说，从院墙上跳下来应该是非常简单的啊。"陆姝说道。

"我也觉得奇怪。可是只要它没事就好了。"观月的心思已经不在火灾上了。

"是谁救了它，还是它惊慌之下失足摔伤的？"陆姝问道。

如果有人救了它，为什么不救老和尚？如果它是失足摔伤，那它看到了什么东西才如此惊慌失措？陆姝的脑子里有许多疑惑。

观月缓缓坐下，将猫放在膝盖上。他意识到陆姝提出的问题非常关键。也许这里面就隐藏了破庙失火背后的真相。

“难道是放火的人忽然善心大发，将它从院墙里丢到院墙外，才让它受伤的？”观月思索道。

陆姝摇头：“不对。如果放火的人善心大发，就不会烧死老和尚而放走一只猫。”

“那就是它惊慌失措摔伤的。”观月不假思索道。既然陆姝否定了前者的可能性，那么答案就只能是后者了。

陆姝又摇头：“不会的。老和尚就是观察它的反应才让我回来的。如果它提前发觉了危险，老和尚也一定能看出来。”

观月挠挠脸，犯难道：“这也不是，那也不是。难道是老和尚自己放的火烧死了自己，放火之前把吴刚扔出来的？”

观月看似瞎说，却让陆姝大吃一惊。目前看来，这是唯一合理的解释。唯有火是老和尚自己放的，才能让吴刚险中脱身。

可老和尚为什么要放火烧死自己呢？难道他这么做是故意栽赃皇家寺庙，以泄多年郁结之愤？可是这代价也太大了。

陆姝瞥了观月怀里的吴刚一眼，说道：“这件事情暂时想不清楚。吴刚你得还到隔壁人家去，要是留在这里久了，可能会引起隔壁人家的怀疑。”

观月点点头：“我知道。只要它没事就好。我这就送它回去。”

说完，观月抱着猫往外走。

陆姝送他到门口。

院门刚打开，陆姝就看到门口站着一个戴着斗笠的人，双手环抱于胸前，嘴里叼着一根白色的东西。

“打扰了！”那人一见到陆姝和观月，就主动说道。

陆姝问道：“你……找谁？”她看清了那人嘴上的东西，顿时浑身一寒。

那白色的东西居然是一根鱼刺！

观月抱着猫，没有变回猫的原形。他还算聪明，急忙朝陆姝弯腰道谢：“多谢姑娘照顾我的猫，他日再来专门登门道谢！”

没想到那人“哼”了一声，说道：“不用装了。我就是来找你的。”

观月一愣，问道：“找我的？”

那人将鱼刺拿了出来，舌头在牙齿上打转，然后吐了一口，说道：“正是。”

陆姝顿时紧张起来。观月在皇城里是没有身份的，从来皇城的路上就是一只猫的形态，若是没有任何破绽，皇城的人都会把他当作一只平淡无奇的猫。在街坊邻居的印象里，这个院子里只住着她一个人和一只猫，再无他人。这也是观月刚才假装不是这个院子里的人的原因。

观月和陆姝在看到这个人的刹那间就知道来者不善。不然他不会叼着鱼刺站在这里。但在这种时候，观月仍然不敢轻易暴露身份。

万万没想到，对方居然是冲着他来的。

观月还要继续掩饰，赔笑道：“这位朋友，你我素不相识，你找我有何贵干？”

那人将鱼刺塞回嘴里，说道：“就算我不认识你，你不认识我，但是我认得这只猫，你也认得它。对不对？”

观月知道，自己已经暴露了。破绽不在他身上，而在怀里的猫身上。刚才他假装是这只猫的主人，而这人认得这只猫是隔壁人家的，便轻易识破了观月的伪装。

陆姝也知道他掩饰不过去了，喃喃道：“人们常说英雄难过美人关，好多英雄好汉都栽在了美人这一关。之前我还不信。”

观月抱紧了怀里的猫，警觉道：“你想抢我的猫？”

那人笑道：“我爱吃鱼，要你的猫有什么用？不过我真觉得奇怪，你作为一只猫，居然与一条鱼平安相处！换作是我，早成了我的盘中餐。只要是鱼，无论是蒸是煮是炒还是炸……哪怕是剥了鳞之后生吃，都是很美味的。”

观月惊讶道：“你也是……”他左看右看，生怕被别人听见。

那人也环顾一周，然后说道：“请借一步说话。”

观月拿不定主意，看了陆姝一眼。

陆姝点头。

观月侧身道：“那请屋里说话。”

那人跟着他们回到了屋里，大摇大摆，好像他才是这里的主人一般。他找了把椅子坐下，大大咧咧道：“给我上杯茶。”

陆姝不高兴道：“要茶没有，要酒倒是管够。”

那人摇摇头，说道：“喝酒误事，还是算了吧。如果有小鱼干的话也可以。”

观月连忙将陆姝拉开，然后自己凑了上去，小心翼翼说道：“你我既是同类，你又何必咄咄逼人。你既然亮明身份，就不是来闹事的。我既然邀请你进来，也是想好好说话。对不对？”

那人斜了观月一眼，轻蔑道：“你以为不邀请我进来，我就进不来了？哪有猫去不了的地方？”

观月见硬话没有作用，便开始说软话：“人们常说，无事不登三宝殿。我看朋友器宇不凡，非一般猫能比，来这里找我，应该也是为了什么重要的事情吧？”

然后，观月低头看了看怀里的猫，说道：“莫非朋友是为这只猫而来？”

那人大笑道：“你初来乍到，很多事情不知道。我告诉你，整个皇城里所有的猫都是我罩着的！”

观月一怔。

那人见观月怔住了，嘴角上翘，得意道：“你不认得我没关系，但我说出我的名字来，你就认得了。”

“敢问朋友尊姓大名？”观月问道。

“本人复姓三苗，单名一个‘有’字。皇城的人一般称我为三苗先生。”那人跷起脚说道。

“三苗？”观月挠脸道。

“三苗即是猫也。此姓在尧舜时期即有。可见人是离不开猫的。”那人骄傲地说道。

在那人身上，陆姝看到了跟观月极其相似的优越感。尤其是对于姓氏的态度与她完全不相同。她取姓为陆，是为了掩盖身份。而他取名复姓三苗，是将“猫”字拆分，没有任何要遮掩的意思。

也许猫妖都是这样吧？观月名为观月，就是暗含了猫拜月的意义。说起来，观月跟三苗先生不分伯仲。陆姝心想。

“你不怕别人知道你的身份吗？”观月问道。

三苗先生抚掌大笑道：“哈哈哈！有什么好怕的？人都愚蠢得很！我告诉他们我是猫，他们偏偏不相信。他们认为我母亲怀着我的时候喜欢将猫抱在怀里，让我染了猫气，所以我才认为自己是猫变的。他们还说城北有人被蛇咬了，生下的孩子常年身上清凉如水，就是因为染了蛇气。这种谣言传来传去，我都差点儿相信自己不是猫了！世上大部分人活在话的世界里，并没有活在真正的世界里。人最厉害的法术就是说话。”

观月道：“那你是怎么坚信自己是猫的？”

“因为有些事情是无法改变的。比如人们常说，猫改不了偷腥。每次看到鱼就馋得不行的时候，我就知道我是猫。”说着，三苗先生用鱼刺在牙缝里拨了拨，仿佛牙缝里还有残留的鱼肉。

陆姝见了三苗先生的动作，起了一身冷汗。

“我倒要怀疑你是不是真猫了。居然能和一条这么美味的鱼同居一室。”三苗先生挪了一下身，继续说道，“你迟早是要将她吃掉的。江山易改本性难移。猫改不了偷腥。这是猫的本性。”

三苗先生站了起来，用手背碰了碰观月怀里的猫，又说道：“还有就是不伤其类的本性。我从来不伤害猫。镇海王让我烧死破庙里的老和尚，我见这只猫也在，就先将它扔了出去。我过来找你，就是想看看它的伤势怎样，顺便提醒你离这条鱼远一点儿。”

三苗先生绕着陆姝走了一圈，缓缓道：“毕竟这条鱼太危险。”

观月道：“你不是说猫改不了偷腥吗？那危险的应该是她，你为什么提醒我？”

三苗先生将手搭在观月的肩膀上，轻声道：“食欲也是欲望。你离欲望越近，自然越危险。这……我是切身体会过的……”

第七章 存与亡

“是镇海王让你烧死老和尚的？”陆姝忍不住插言道。

三苗先生道：“是。”

“老和尚什么时候得罪过镇海王？”陆姝问道。

观月道：“人命关天，可不要信口胡诌。”

三苗先生叹气道：“你们俩在人间这么多年，是猫是鱼也成了猫妖鱼怪，是人也成了人精，怎么我都说出来了，你们还不能一点就透呢？”

观月道：“还请指教。”

“镇海王府和皇家寺庙，在别人看来都是皇上的支持者，一个用剑一个用信仰来维护皇上的权威。可是暗地里他们如同水火，互不相容。”三苗先生说道。

陆姝明白了。镇海王烧毁破庙，从而让所有人怀疑到皇家寺庙的头上，可能皇上也会这样以为，从而对皇家寺庙产生不信任感，疏远皇家寺庙的人。

“没想到放火的是你。”陆姝惊恐地看着三苗先生。

三苗先生冷冷一笑，说道：“为了保护一些人，就必须伤害一些人。鱼，我所欲也，熊掌，亦我所欲也；二者不可得兼，舍鱼而取熊掌者也。不对，作为猫来说，应该舍熊掌而取鱼也。为了保护皇城里所有的猫，我也不得不做一些违心的事情。我可不像你们鱼类，为了一己私欲，同类相残！”

陆姝知道，三苗先生指的是皇家寺庙的鱼怪和尚。她无法反驳。

三苗先生转而对观月说道：“朋友，你若是想吃鱼，去鱼市买一条，或者去城北湖里钓一条，再不然我送你一条，何必冒这么大的风险？万一惹火上身，救你可比救你怀里这只猫要难太多了。你好自为之吧。”

说完，他起身要走。

观月道：“茶都没喝上一口，真是怠慢您了！”

三苗先生凑到观月耳朵边，小声说道：“你还以为我真要喝茶啊？作为猫，是不能喝茶的，于身体有害。给我倒上茶，是人之礼节；我不喝，是保护自我。你不要得了人身，就把自己的根本忘掉了。鱼和耗子才是我们的食物。你若是总吃茶喝酒，习惯了人的起居饮食，就会变得跟人一样讨厌了。你别忘了，我们猫可是人的主人，并不是他们自以为是的那样是他们的宠物。你别降低了猫的尊贵身份啊！”

观月欠身道：“领教了！”

三苗先生哈哈大笑而去。

送走三苗先生，观月又将吴刚送到了隔壁，趁人家没有发现就回来了。回来之后，观月显得心事重重，在院子里躺一会儿，又去屋里躺一会儿。

陆姝不知道该跟他说什么，趴在窗边默默地看着外面。陆姝心想，三苗先生说得没错，话真的是一种很厉害的法术，寥寥几句话，这院子里的氛围就发生了变化。

她决定去外面转一转，散散心。

出门之后，她逢人就问哪里有布店。

她来皇城之后很久没有去过布店了。在无名山的时候，每隔几天她都要去布店看看新来的料子。其实她买的时候不多，但看看那些料子，心情就会变得好很多。

按照路人指点，她穿过了好几条街才来到布市。

皇城毕竟是皇城，无论卖什么东西，都在指定的地方，并且店铺多如牛毛。以前她去的布店离明德学堂不远，并且仅此一家。而布市一整条街都是布店，色彩纷呈，喧嚣热闹，摩肩接踵。

面对如此多的布店，陆姝反而不知该去哪家。

无意之间，她看到一家布店门前对联写着："绸缎绫罗历尽炎凉世态，麻棉葛络领教冷暖人情。"顿时对这家店主另眼相看。

再往上一看，店名兼横批是："皮囊店"。

她便抬腿进了皮囊店。

迎面的柜台后坐了一位戴着瓜皮帽的老者，正用一双纤长枯瘦如螳螂足的手将算盘拨得啪啪响。

他的身子骨也瘦得厉害，衣服在他身上就像是挂在衣架上似的。

皇城布店的料子果然比她先前看到的漂亮，摸起来质感也好太多。陆姝见那位老者沉浸在他的计算中，便也没上前询问，兀自在货柜前挑挑选选。

不一会儿，她就发现店里有点儿奇怪。

外面街道上人如潮涌，可是除了她之外，再没有走进这家店。似乎只有她一个人对这家店感兴趣。

她离开货柜，走到柜台后，询问老者："老板，我看您店里的布料质量色彩都属上乘，为什么店里生意这么冷清呢？"

老者将手指往嘴里一点，然后捻起账本翻了一页，说道："好看的皮囊太多，人们已经不在乎质量与色彩；相投的灵魂太少，你能走进这里实属缘分。"

他瞥了一眼人头攒动的街道，又说道："有些地方，用脚就能走到。有些地方，只有用心才能找到。"

"用心？"陆姝咂摸其中意味。

"你是有心人。外面的人虽然千千万万，却少有心人。"说完，他又开始拨弄漆黑发亮的算盘。

陆姝听得莫名其妙，随手指着一块料子，问道："老板，这块料子多少钱一尺？"

老者看都不看一眼，回答道："不卖。"

陆姝心想，或许是早有人定下了那一匹。

于是，她指着另一匹料子问道："那个呢？"

老者依然头也不抬，回答道："不卖。"

她又指了一匹料子问道："那个呢？"

"也不卖。"老者又蘸了一口唾沫，翻了一页账本。

陆姝生气道："这也不卖，那也不卖，难怪没有人进来，您这布店还开不开了？"

老者听她这么说，诡异一笑，将账本合上，提起算盘轻轻一甩，算盘珠子回到原位。

"敢问姑娘是不是姓陆？"老者问道。

陆姝吃了一惊。

"如果有人要买姑娘的鱼鳞，请问出价多少合适？"老者盯着她问道，目光炯炯。

陆姝急忙回答道："多少都不卖！"她的鱼鳞怎么可能卖给别人！

老者浑身一抖，说道："就是啊！姑娘不肯卖鱼鳞，与我不卖料子是一样的道理。"

陆姝不知道他为何突然发抖。

老者又抖了一下，然后僵住了。那诡异的笑容仿佛刻在脸上似的，生硬得很。

她瞥见老者的手指也僵住了，仿佛是长在身上的干枯枝丫。她见状，忍不住伸手去碰了一下老者的手指。

这一碰，老者的手指发出轻微的"咔嚓"声，居然断裂了，掉落在柜台上。随即，老者手里的算盘掉落，摔在柜台上。

陆姝吓了一跳。

这时，老者的声音在陆姝身后传来。

"不用害怕。那不过是老夫的皮囊而已。"

陆姝赶紧转过头来，居然看到老者站在她身后。不过老者看起来比刚才要年轻一点点，肤色要好一些，皱纹没有那么深，手指没有刚才那么干枯。

“你……”陆姝紧张得说不出话来。纵然在人世间生活了一百多年，她也没有见过这样的人。

“我叫借落子，听说姑娘爱做衣裳，便在这里等候姑娘多时。我是由蝉修炼而来，刚才使用的便是‘金蝉脱壳’的技巧。”老者说道。

“蝉？”她问道。

老者点点头，说道：“皮囊师始祖鲤伴当年就是看到我在树上蜕皮换形，才触发异想，创造换皮削骨的皮囊之术。后来我修得人身，又做了他的弟子。”

她将信将疑道：“我听说皮囊师始祖为了禁止皮囊术，已将他唯一的弟子禁锢在不生不死的状态中。难道你摆脱了始祖的禁锢？”

老者摇头道：“那是我师兄。”

她狐疑道：“可世人皆知皮囊师始祖只有一个亲传弟子。”

老者道：“此话不假。师兄一直想置我于死地，独获师父秘传。我便如他所愿，死了一次。就连师父都以为我真的死了。”

“但是你用了‘金蝉脱壳’来蒙骗他们？”陆姝回头看了那个更老一些的皮囊一眼。

老者摇摇头：“对别人来说，我只是金蝉脱壳。对我来说，那便是与死了无异。”

“可你没有死。”陆姝道。她不知道老者跟她说这些干什么。但是她暗暗觉得，他选择这种方式与她见面，必定与皇家寺庙或者破庙大火有关系。

外面的街道依然喧嚣热闹，如一条奔涌的河流，每个人就如河流中的一条鱼。可是没有人关注这家皮囊店里正在发生的事情。没有人关注这里有人脱掉了一件皮囊，没有人关注这里的她恐惧惊慌。

陆姝想起世间有句话叫作“如人饮水，冷暖自知”。每个人都有自己要饮的水，即使他人能看到你在饮水，可何尝知道水的冷暖？即使在同一条河流，每个人每条鱼的冷暖也不相同。

“我死了。脱了那身皮囊，我就不是原来的我了。我便不是师父的徒弟了，不是师兄的师弟了。原来的名字、位置、声誉等都随着那身皮囊不属于我。所以，人们只知道师父禁锢的那个徒弟，不知道我。”老者说道。

陆姝这才意识到，她看起来没有区别的事情，在他看来是如此不同。

“如鱼饮水，冷暖自知。”她轻叹道。

“寒蝉凄切，谁能听懂？”老者笑笑。

“这店里的料子都是你蜕的皮所化？”陆姝环顾四周。难怪他说不卖。可是这里的料子堆积如山，可见他“金蝉脱壳”的次数难以计算。

“是。”老者也看了一圈。

“既然蜕皮就如死一次，那你已经死了无数次了。”陆姝道。

老者捻起一块料子，说道：“非也。既死一次，便无法再死。那次之后，我已一无所有，再蜕皮就无足重轻了。”

“你说你在这里等候我很久了？”陆姝转而问道。

“是。”

“可我是主动走进来的，并不是你邀我进来的。我若在外面的时候看到了另一家布店，踏入了另一扇门，你岂不是等不到我？又或者，我今日不出门，不来布市，你岂不是等一场空？”陆姝问道。

老者道：“我既然在这里等你，无论你何时来到这里，你都会看到我的店铺，看到门前那副对联，你都会走进我的店铺，遇到我。因为我在这里等候你，你也在这里等候我。如果时光能够倒回，你依然会在那个时辰启程，依然会穿过那些街道，与那些人擦肩而过，来到我面前。可是时光不能倒回，因为已经发生的就是一定会发生的。”

陆姝想起老奶奶说的话。她说没有谁等谁这回事，相见的人，你等了我，我也等了你。不等的人，就不会相见。

这借落子的话与老奶奶的话如出一辙。

陆姝其实不太认同这样的话。对鱼来说，游弋之处便是水；对马来说，所经之处便是路。世上有无数的可能，想去哪里，完全由心决定。怎么会是既定的呢？

难道心是既定的？

她想不明白。

“你为什么等我？”她问道。

“想必你已知道皮囊术又在皇城出现了。我需要你的帮助。”他说道。

“需要我的帮助？你的修为比我高多了，怎么会需要我的帮助？”

“皮囊师始祖在世时，唯一的心愿便是消灭自己一手创造的皮囊术。虽然我已‘死’了一次，世人不知道他还有我这个弟子，但是我一直在为师父的遗志努力。如今皮囊术有死灰复燃的迹象，我需要你的帮助来扑灭它。”

陆姝颇感意外，说道：“我？我虽为鱼怪，却终日无所事事，半醉半醒，以衣酒为伴，白白有百年修为，既未曾吓唬别人，也不曾精进自身。如今因一教书先生而牵连来到此地，只盼着早日离开这里，我尚且自顾不暇，哪有能力帮你？你恐怕是高看我了。我不过是来看几块料子而已，若是这样，我出去另找一家店就是了。”

说完，她为自己而泄气。世上恐怕再没有我这样不思进取的妖怪了吧？

借落子道：“且慢。你若是真心想着早日离开这里，那就更应该帮我。”

陆姝正要走，听他这么说，收回脚步，好奇地问道：“帮你还能让我早日离开皇城？”

“当然。你稍等。”借落子胸有成竹地拿出一串钥匙，打开柜台下面的一个抽屉。

陆姝不知道他葫芦里卖的什么药。

很快，借落子拿了一个东西出来，放在陆姝眼前。

那是一枚玛瑙戒指，正是她在送酒的人手上看到的那枚。

“认得吧？”他问道。

“怎么会在你这里？”陆姝大为诧异。话刚出口，陆姝想明白了。送酒的人是通过皮囊术改头换面的，而面前的借落子是皮囊师始祖的弟子，这两者之间显然很可能有联系。

“他告诉我，你已经发现了他的破绽。可是这皇城里还有太多的破绽你没有发现。我能帮你发现许多你需要知道的秘密，从而早日离开皇城。其中有些事情必须我们俩合作完成。”他收起戒指，放回抽屉锁上。

“皇上和李将军是同一个人吗？”陆姝迫不及待地问道。他能拿到这枚戒指，那就知道那个人的秘密。知道那个人的秘密，便知道皇上和李将军的秘密。

他顿了一下，问道：“重要吗？”

“对你来说或许不重要，对我来说还挺重要的。”陆姝心虚地说道。

借落子点点头：“你已经认出了这枚戒指，就代表你已经知道真相了，何必多余问我？”

“他也会皮囊术？”陆姝问道。

借落子道：“不会。”

“那他不怕被人认出来吗？”

“天子深居宫中，普通人难睹一面。常人看到了也认不出来，何需皮囊术？”

“难怪两次面圣，他都不让我看见他。因为我已经见过他了。”陆姝思忖道。

“目前皇城里像你有这样的困惑的人如过江之鲫。”借落子说道。为了让陆姝有同感，他特意用了“过江之鲫”这个词。

“我这样的困惑？”

“是。皇上稍做手脚，就让你陷入困惑。皇城里很多人已经分不清曾经认识的人是不是就是曾经认识的那个人。你若帮我，就是帮了这些困惑的人。”借落子又浑身一抖，僵在了她面前。

这次陆姝不恐惧了。她环顾四周，在货柜前看到了一个比刚才又略显年轻的借落子。

“可是我……”

“你不用急着给我答复。”借落子打断了她，从货柜上抽出一匹绸缎，“我要麻烦你一件事，恰好我的一个客人前些日子在这里订了一匹绸缎，她就住在你现在住处的隔壁。你回去的路上帮我带给她，可好？”

“你店里的料子不是不卖的吗？”

“有的卖，有的不卖。”借落子将绸缎伸向陆姝。

陆姝接了。

“多谢。”他说道。

“举手之劳，有什么好谢的。”陆姝道。

“希望你送完这匹绸缎后，会再来找我。”借落子说道。

陆姝不知道他说这话是什么意思。

她抱着绸缎从皮囊店里走了出来，回到了人潮涌动的街道上。

走了几步，她回头看了一眼，想着万一下次还来的话要记得这家店的大概位置。可是回头之后，她没有看到“皮囊店”三个字，也没有看到刚才那副对联。

她急忙又走了回去，接连看了五六家布店，没有一家是她刚才进去过的布店，更没有见到借落子。问了好几家布店的老板是否见过名为“皮囊店”的布店，皆摇头表示不曾听说过。

她回想刚才经历的前前后后，就像做了一场梦似的。她捏了捏借落子拜托给她的绸缎，却如此真实。

难怪借落子说无论她走进哪家布店，都会来到皮囊店，原来他会使用幻术。

她赶紧离开了布市，往住处走。

快到住处的时候，她看到吴刚正蹲在隔壁人家的门前。

“吴刚。”她喊了一声。

那猫扭头看了她一眼，又转了回去，半眯着眼，似睡未睡，胡子翘了翘，一副闲杂人等不搭理的臭脸。

她走到大门前，叩了叩门环。

不一会儿，一个下人打开了门，问道：“你找谁？”

陆姝道：“我住隔壁，今天去逛布市，一个布店老板说您家里有人订了一匹绸缎，叫我顺路送来。”

下人看了看陆姝带来的绸缎，说道：“你先候着。我去问问少夫人。”

陆姝点头。

很快，那人回来了，说：“果真是少夫人订了绸缎，请进来，少夫人要当面感谢姑娘。”

陆姝便跟着那人进了院子。虽然毗邻而居，这座院子比她住的要大很多，整洁干净，显然养着不少下人分别打扫各处。一两个下人可照顾不了这么大的地方。

她以为下人会领她到一处客厅，可是下人领着她穿过了客厅，直接往里屋走。

下人见她生疑，便解释道："姑娘，我家少夫人身子欠安，不便出来接待姑娘，还请不要见怪！"

见怪？你们见了我才叫见怪。陆姝心想。

走进一间闺房，陆姝看到一位面色苍白如纸的女子坐靠在床头，向她微笑示意。

即使病卧床头，这女子依然打扮得漂亮得体，头梳云鬓，面洁目净，还戴着长坠耳环。

"请坐。"女子虚弱道。

陆姝将绸缎放在桌上，说道："我是来送绸缎的，就不坐了。"

女子道："远亲不如近邻。咱们既是邻居，应该互相走动的。可惜我身子不好，起不来身，不然是要过去登门拜访，聊聊家常的。今天你既然来了，就稍坐片刻再走嘛。"

陆姝本来就想知道这位少夫人是如何找到皮囊店的，见她这么说，便坐了下来。

女子转而对下人说道："你出去一下吧，把门带上。我跟这位姐姐聊聊家常。"

下人离去之时顺手关了门。

女子见门已关上，忙在床上欠身，激动道："我千盼万盼，你可来了！"眼泪扑簌簌往下掉。

陆姝一愣，不知道她为什么这么说。

第八章
真与假

“远黛姐姐，你告诉我，我现在应该怎么做？”女子伸出双手，恨不能抓住陆姝。仿佛她是溺水的人，而陆姝是岸边唯一可以救她的人。

“远黛姐姐？”陆姝不知所措。她非常同情这个可怜的女子，如果可以的话，她愿意拉这个女子一把，可是她不清楚这个女子身上发生了什么事情，为何看见她就像看见了救星一样。

即使不清楚缘由，陆姝还是因为自己的无能为力而鱼心有愧。

“你不是来救我的吗？”女子见她茫然，也一脸茫然。

陆姝说道：“我看你家境富裕，衣食无忧，还有下人伺候，既不贫困，也无危险，怎么会需要人来救你？虽然曾有人说我长得像远黛，但我确实不是她。”

“难道那位老先生是骗我的？”女子几乎要哭出来。

陆姝想到皮囊店里的借落子，心想这位女子说的老先生应该就是他，于是问道：“那位老先生是不是借落子？”

“对对！你认识他？就是他说过几天会有人来给我送丝绸，那便是能够解救我的人。”女子说道。

陆姝不知道借落子为什么跟这女子说她是来解救别人的，但既然他这么说了，或许有他的道理。他知道皇城里许多秘密，如果她此时帮他一把，或许以后他的秘密也可以帮到她。

人们常说“人情一把锯，你一来，我一去”。陆姝不谙人情世故，那是因为她在无名山的时候不与人往来，皇城可不是世外桃源，出门便遇到人，也就逃脱不了人情世故。

“你不要急，你先告诉我发生了什么事情。也许我真的可以帮到你。”陆姝走上前，坐在床沿上，主动握住女人的手。那双手湿而凉，仿佛刚从凉水里捞出来。

陆姝心想，是什么样的事情让她如此恐慌？

“你真的不是远黛姐姐吗？”女子仔细看陆姝的脸，难以置信。

“我真不是。你见过她？”陆姝问道。

“何止是见过，当年我跟她一起入的宫，一起被选为伺候皇上的四位近身宫女，远黛姐姐为司仪，我为司帐……”

陆姝迫不及待地问道：“我听说四位宫女换皮削骨，变成了一个模样。可是……”

她对着女子的脸左看右看，继续说道：“可是你跟我的模样完全不一样啊。”

女子说道：“后来宰相逼宫，皇上不得已让当初给我们换皮削骨的人将我们改变了模样。承蒙皇上善心眷顾，我们四人得以回到民间，各自生活。”

陆姝想起借落子的话，当初四位宫女变成了其他人的模样，才幸免于难。刚才问这女子怎么跟自己不一样，确实是多余。

而此时这女子也才后知后觉道：“对哦，你不可能是远黛姐姐，我们离宫时都已改变了容貌。不过我刚看到你的时候，还是错把你当作她了！不过你可真像！天下竟然有这么相像的人！我还以为远黛姐姐的容貌又换回去了，以为借落子找了远黛姐姐来救我于水深火热之中！”

“我虽不是你的远黛姐姐，但相貌如此相近，也算有缘。你有什么为难，请告诉我，我一定不遗余力帮助你。”说这话的时候，其实陆姝是觉得曾经对不住她们四位。

说来，她们四位当初换皮削骨，又被宰相逼入险境，都是因为她。

或者说，都是因为皇上见了她才这么做的。

因此陆姝觉得亏欠她们许多。如果要补偿，最好莫过于眼前能帮她们做一些什么事情。

女子抹了一把脸上的泪水，说道：“这要说起来话就长了。”

陆姝拍拍她的手，安慰道：“你慢慢说。”

女子点点头，情绪稍安，说起她的往事来。

她从皇宫出来之后，已经改了容颜，谁也认不出她原来是谁。亲人那里也回不去了，为了保守秘密，她不能回去与亲人相认。好在皇上赏赐给她一些钱财，不愁吃住，她便在一家客栈住了下来。

过了没多久，客栈住进来一个年轻男子。她看了一眼便无法忘记。

从客栈老板那里打听，她得知该男子从外地来，是一位茶商。

再一打听，原来茶商是她家乡人。

出于对家乡的思念，更是为了与他相识，她趁他在客栈休息的时候弹唱了一首乡曲。

她当年被选入宫中，不仅因为长得好看，还因为她能弹会唱，才色俱佳。

能在后宫众多秀女中获得皇上青睐的人，在民间自然更是出类拔萃。乡曲一出，整个客栈都安静了。可谓“此曲只应天上有，人间能得几回闻”。

这可能让她露出破绽，被人发现，但她顾不得那么多了。

果然，他被她的声音吸引，一曲终了，便以故乡人的身份过来询问。

一来二去，两人便认识了，很快便如干柴烈火，一发不可收拾。

日子久了，在客栈总归不方便。于是，茶商在皇城买下一处宅院，并在宅院里娶了她。

琴瑟在御，岁月静好。

那时候的她心满意足，从未想过后面会发生那样令人恐惧的事情!

那件事情就发生在新历十七年的夏天。茶商因为还有一些外账要收，不得不从红罗帐温柔乡里抽出身来，离开皇城，去外地收账。

这一去，便是一个多月。

她天天盼着丈夫早日回来，与他耳鬓厮磨。以前的日子如流水一般，转瞬即逝，眼下的日子却忽然慢了下来，要掰着指头数日子，时间的流水似乎黏稠了，几乎凝固。

她觉得她变得跟家里养的那只猫差不多了，随便往哪里一靠，便懒洋洋地过一天，看着阳光与房屋阴影的交界线缓缓挪移，从院子里挪到墙上，然后在屋檐处消失。

终于有一天，阳光的交界线刚刚爬到墙上，下人就喜滋滋地跑来禀报，说是她丈夫已经回皇城了。

下人见她天天盼着，所以先来向她报告。

她先是惊喜不已，接着心犯疑虑。丈夫既然回了皇城，怎么不见回来？他不应该像我一样急着回来见面吗？

等到阳光的交界线几乎到了屋檐，丈夫才来到家门口。

那只猫本来在家门口瞌睡的，见她丈夫来了，立即爬起来跑了。

她早在门口望着了，见猫跑了，有些意外。以前这猫喜欢在她丈夫脚下蹭来蹭去，非常亲密。难道一个多月过去，猫就认不得主人了？

丈夫见了她，居然只是平淡一笑，然后回屋里休息去了。留下她一脸茫然地站在原地。

她心想，也许是他长途跋涉太过劳累，等他休息好就不会这样了。

等到晚上，她与丈夫一起吃晚饭，丈夫沉默寡言，闷头吃饭。她有几分不高兴了，觉得丈夫变了心思，于是吃饭的时候故意将筷子和碗敲得咚咚响，也不给他好脸色看。丈夫却以奇怪的眼神瞥了她几次，不理解她为什么要生气。他欲言又止，似乎有什么忌讳或者担忧。

吃完晚饭，她便气鼓鼓地早早去睡觉了。

她原本以为小别胜新婚，丈夫会迫不及待地来到睡房与她鱼水之欢。可是丈夫吃完晚饭就去各个房间看，似乎要重新熟悉家里的一切。

陆姝听到这里不禁心想，鱼水之欢？鱼与水有什么好欢的？人的想法真是难以理解。

女子说，她一睡就睡到了半夜，蒙蒙眬眬的，也不知道到了什么时辰。她听到房间里有急促的呼吸声，觉得怪异，侧头一看，丈夫不知什么时候已经站在她的床边了，正愣愣地朝着床上的她看，眼睛瞪得铜铃一般。

她见状有些惊慌。丈夫看她的时候像是看着一个不认识的人。

她还在赌气，虽然觉得怪异，但也不主动跟他说话。她将身子转向里面，脸朝墙壁，裹紧了被子不理他。

可能是她这一转身引燃了丈夫压抑了许久的欲火，丈夫连衣服都没脱，就往她身上扑了过来，发了疯一样地扯掉了她身上的被子，然后撕烂了她的衣服。

丈夫刚扑到身上的时候，她还窃喜，以为丈夫是在下人面前要端着架子，心里还是想着念着她的，免得下人在往后的日子里嚼舌头。

可是丈夫将她的衣服撕开，衣服发出难听的撕裂的声音时，她心中充满了恐惧。丈夫向来对她很温柔，很照顾，生怕她有一丝的不舒服。别说撕开衣服了，以前给她宽衣的时候都轻手轻脚小心翼翼的，斯斯文文。

而此时，丈夫仿佛是一匹饿狼，她仿佛是一只惶恐不安束手就擒的羔羊。

她想呼救，因为她觉得这个人不是她的丈夫，虽然他有着跟她丈夫一模一样的外表。她感觉自己要被一个完全陌生的人凌辱。

可是她不敢呼喊，因为下人听到后并不会进来制止这个人，反而会在被窝里发笑，会在背地里嚼舌头。

她只好咬住被子，不让自己发出声音，然后拼命反抗。

可是丈夫的力气比她印象中要大得多。丈夫轻易将她制伏，然后满足了他的兽欲。

他的动作是那么粗鲁，那么用力，以至于她疼得冒出冷汗。

等他满足之后，她感觉浑身的骨头被拆散了，连手都没有力气抬起来。

然后，他说了一句让她毛骨悚然的话。这一句话，让她从头到脚透着寒意。

“他说了什么话？”陆姝急切地问道。

她吸了一口气，嘴唇颤抖着说道：“他说，有这么好的美人儿在床畔，还去外面做什么茶叶生意！真是有福不知道享！”

那口气，就像是骂她丈夫的。

陆姝听得毫毛倒立，抓紧女子的手，问道：“那个人是换了你丈夫的皮囊吧？”

女子的双手变得更为冰冷，出了更多汗，脸色更加苍白。她是经历过换皮削骨的人，自然第一个联想也是与皮囊术有关。

“我就是这么想的。我觉得我的丈夫被眼前这个凌辱了我的人害了，然后这个人变成了我丈夫的模样，来占据我丈夫的财富，占据我，占据这里的一切！有一句话叫作‘鸠占鹊巢’，他就是那个鸠，但他比鸠要聪明要阴险，他变成了鹊的样子！”女子的眼中充满了恐惧与绝望。

“你为什么不告诉别人呢？”

“有人会相信我吗？如果是鸠占鹊巢，别人还能看出来。他换成了我丈夫的样子，如果我说出，别人就会以为我失心疯了。我问过下人，有没有发现我丈夫变了。下人说，可能是生意不顺畅，心情不好。天哪，我还能怎么说？我养的那只猫都比那些人聪明！当时我就应该知道的，猫都不亲近他了，说明他不是我丈夫！猫知道这一切，可是它说不出来！后来它都不在家里待，常常跑到那边破庙里去！”

陆姝听观月说过，吴刚常常往破庙里跑，像只野猫。原来是因为它知道主人已经不是原来的主人了。

“那他到底是什么来路，你没有查吗？总会有破绽露出来的。”陆姝问道。

她说她想过要找出丈夫的破绽。可是她要找到别人也能信服的证据才行。如果仅仅是找破绽，丈夫回来的第一天就破绽百出。

她告诉自己要忍耐，可是每一天都太难熬。丈夫回来之前，她觉得时间过得太慢；丈夫回来之后，她觉得自己被打入了十八层地狱，永世难以翻身。

丈夫平时不搭理她，每到晚上，就来到她的房间，肆意凌辱她。每次下手特别重，让她求生不得，求死不能。

他还给下人交代，不让她走出这座宅院。

别说走出宅院了，不到一个月，她就被折磨得起不来床。最初她还能反抗一下，后来她连反抗的力气都没有了，眼睁睁地看着他靠过来，看着他凌辱她，鼻息吹到她的皮肤上，把她搬过来，把她翻过去，仿佛摆弄砧板上的一块肉。等摆弄够了，他起身就走。

她觉得自己还不如青楼里那些风尘女子。那些女子如果遇到实在不愿接受的人还可以拒绝，哪怕是逢场作戏，也不会完全不顾及对方的感受，哪怕是离去之时，也会在耳边说几句虚情假意的话。

而现在的丈夫就如一头饿极了的狼，上来便开始吃，吃饱后嘴都不抹就走了。

每当那人走了之后，她就将头埋在被子里痛哭，既为自己哭，也为丈夫哭。她不知道丈夫遭遇了什么而不能回来了，生死未卜。她想起以前跟丈夫的快乐时光，想起在客栈的时候他来询问的情景。越想眼泪就越多，最后哭得眼泪都干了，再伤心也流不出泪水了。

如此两个多月后，丈夫忽然有八天没有回来。

没有丈夫的折磨，她的身子恢复了一些，不但能下床了，还勉强能在院子里走几步。

下人里有位专门洗衣服的老妇人，以前天天见面，发生此事之后，她已经很久没有见过这位老妇人了。

老妇人心肠很好，在所有下人里，可以算是与她最亲近的一个。

她好不容易又与老妇人见了面，想将心底里的疑惑与委屈说给老妇人听，看看她能不能帮忙出出主意。

她尚未说出口，老妇人就劝她说，不要想着年纪轻轻就贪图床头欢乐，纵欲过度，要注意身子。

原来老妇人也认为她跟丈夫是因为无所节制而这样的。

第九天，丈夫回来了，与他一起回来的，是一个她从未见过的陌生人，年纪跟丈夫差不多，眼神古怪，往四下里瞄来瞄去，仿佛想偷点儿什么东西。

丈夫在他面前颇为得意，称呼他为“西二哥”，带着他去各个房间观看，要给他展示这里所有的东西，尤其是价值不菲的物件。

她丈夫原来很低调，不是这样炫耀的人。

西二哥见了她，眼珠子都转不动了，嘴角流出哈喇子。

丈夫说，这就是这户人家的少夫人了。

丈夫不介绍说她是他的夫人，却说“是这户人家的少夫人”，就好像他并不属于这户人家。

西二哥道，看了少夫人，前面看的那些我都不羡慕了，独独羡慕你能与这样的美人儿同床共枕。

接着，西二哥又说道，这茶商辛辛苦苦赚了这么多钱，娶了这么漂亮的人儿，没想到都给你这小子享受了！我换了三四回皮囊，也没碰上一次你这样的好机会！别的我都不要，今晚让我在美人儿房里留宿一夜怎样?

她听了这话，一时胸闷气短，头晕目眩。

可是当时旁边没有其他人，她知道，她说出去没人信。

听到这里，陆姝再也抑制不住心中的怒火了。她咬牙切齿道：“这皮囊术太可恨了！太可怕了！我原以为只有人用它改变容貌，变得好看，悦人悦己，居然还有人用它做出这种……”她不知道该如何形容这种事情。这比伤天害理、谋财害命还要令人发指。

她已下定决心，要帮助借落子完成他师父的遗志，要将皮囊术消灭！

这女子说，好在假丈夫理智尚存，没有答应西二哥留宿的要求。

或许，他虽然是假丈夫，但不想与人分享不属于他的女人。或许，他怕下人识破，毕竟在别人看来没有谁愿意让妻子陪其他的人睡。

西二哥走后，丈夫照常到了晚上便来凌辱她。

不过自那之后，丈夫常常好几天不回来。

有一次，丈夫喝了点儿酒，不小心将常常不回来的秘密说了出来。他说他最近又撞了一次大运，瞄了许久的“喜鹊”终于被他得了手，所以他不仅要在这边过这边的生活，还要去那边过那边的生活。

虽然酒意上了头，他还是保持着几分戒备心，说得含含糊糊，并没有透露“那边”是什么情况。

她能猜出来，“那边”是另外一户像她这样的人家，丈夫是化作了那户人家的主人模样，去占据那户人家的主人的钱财和地位。说不定“那边”也有一个像她一样有苦不能言的女人。

西二哥偶尔来这里，与丈夫说些旁人听不懂的话。但是她听得多了，渐渐明白了一些以前不知道的事情。

他们将发现的目标叫作“喜鹊”，说“发现了一只喜鹊”，就是盯上了某个人；说“要把那只喜鹊打下来”，就是筹划害某个人；说“窝儿不错”，就是说某个人的家境不错，值得下手；说“喜鹊打下来了”，就是说阴谋得逞，目标遇害；说“要挪窝了”，就是准备换一个目标了。

她推测，他们之所以将目标叫作“喜鹊”，就是用了“鸠占鹊巢”这个词语。

通过他们的对话，她知道了这个西二哥跟丈夫是同一条道上的人。他们瞄上目标后，偷偷害死目标，然后通过皮囊术变成目标的样子，去目标的家里，扮演目标的角色。等到目标的钱财被耗得差不多了，他们就找下一个目标。他们也会同时盯上两三个目标，甚至更多，同时扮演两三个角色。

“也就是说，皇城里不止你遭遇了这样的事情？”陆姝问道。

她抽出手，抹了抹眼角，说道："肯定还有其他人，可是我没有打听到，遇到的人也不能说。"

"那你是怎么说出来的？"陆姝问道。

她说，她以为日子已经没有希望了，心如死灰。去年除夕那天，丈夫不在，按她猜测应该是去另一只"喜鹊"的家那边过除夕去了。她在院子里的长椅上躺着，忽然听到外面有担货郎叫卖。

担货郎走街串巷并不少见，她以前也听到过无数回，可这一回不同。

担货郎是用她家乡的话叫卖的。

她只听了一声便泪水盈眶，忍不住哭了起来。

这个担货郎也有意思，走到她家院外就停了下来，又一声一声地叫。

她心想，担货郎应该是走累了，在外面靠着院墙歇脚。于是，她叫来下人，要下人将担货郎喊进来，给个凳子歇一歇，给两口水喝。

丈夫吩咐过下人不让她出去，可是没说过不让外面的人进来。

下人便将担货郎喊了进来。

她身子乏累，被丈夫折腾的伤病还没好，不能起身，只好躺在长椅上用家乡话向担货郎问好。

担货郎听她说的是家乡话，微微惊讶，便用家乡话问她为何住在这里。

下人听不懂他们的家乡话，不知道他们在聊什么。

她被这么一问，禁不住吧嗒吧嗒地掉眼泪。她要忍住不失声痛哭，怕下人怀疑，然后告知丈夫。

这样的话，下人顶多认为少夫人起了思乡之情。

担货郎见她哭起来，却不作声，也不安慰，似乎有备而来，等着她说后面的话。

她心想，莫非担货郎是有目的而来？他刚才站在外面不走，就是等着她喊他进来？也许这担货郎以前认得她丈夫，知道她丈夫遇了害，想办法救她来了？

心里虽然这么想，但她不敢向担货郎开口。

下人就在旁边，若是发现了异常，肯定会告诉丈夫。

担货郎单枪匹马，何况就是要他救她出去，他也不一定能办到。

她不敢冒这个险。

担货郎见她欲言又止，从货担上拿了一个小盒子，走到她跟前，将盒子打开。

下人赶紧凑上来看，看到盒子里都是女人用的首饰，于是走开了。

她跟下人一样，以为担货郎要她买东西，她便低头往盒子里看，拿了一副耳环。

担货郎点头，连忙指着耳环说了一串家乡话。

这话不是介绍耳环有多好，价值几何，而是问她是不是有什么话要说，要说的话现在说出来，他早已知道这户人家的主人来路。

她一惊。这担货郎真是太聪明了，下人听不懂他们的方言，那么他们就可以假装挑货物讨价还价，但说的是完全与此毫不相关的话。

她稍作镇定，然后学着担货郎的样子，眼睛盯着耳环，嘴上却将自己的经历大概说了一遍。

其间她对耳环指指点点，给下人造成一种评论耳环哪里好哪里不好的假象。

担货郎将耳环放回盒子里，拿出另一副首饰，问她打算怎么办。

她摆摆手，表示不要这一副首饰，自己从盒子里拿出一根点翠钗，说，自己在皇城举目无亲，身子被折磨得虚弱，又被下人盯着不让出门，凭自己恐怕没有办法逃离苦海。

她求担货郎救她出去，只要能逃出这里，她愿意做牛做马报答。

担货郎叫她再忍耐些时日，说他无法救她。

她大失所望，埋怨道，既然无法救她出去，又何必来到这里说这番话？

担货郎说，能救她的人不是他，而是另有其人。

她急忙问，那人在哪里。

担货郎叫她别着急，将来某一日，那人会带着一匹丝绸来这里，并有能力救她出去。若是那人来了，你一定要说丝绸是你订的，不要露出破绽。

她说，她连门都出不了，怎么会订丝绸？

担货郎说，你叫下人去订，从即日起，让下人去布市订货，订平时难买到的样式，这样的话，一般要等一段时间才有货。你在宫里待过，什么料子什么样式难订到，心里应该有数。如果订的货送来了，你立即再订一次别的难买到的样式。你给帮忙订货的下人多些钱，这样下人不但乐意为你跑腿，也会帮你瞒着你的假丈夫。更重要的是，那个送丝绸的人来时不会穿帮。若是订的货又来了，你立即接着订一次。

她很惊讶，这担货郎连她曾在宫里待过都知道。这件事她连原来的茶商丈夫都没有告诉过。很显然，这担货郎远超过丈夫的朋友这层关系。

好在她从宫里出来时带了不少体己钱，丝绸别的人家不一定订得起，对她来说不在话下。

她好奇地问担货郎到底是什么人，为什么帮她。

担货郎说，他可以是任何人，却又是不存在于世间的人。如果非要问一个名字的话，就叫他借落子。每个曾经救过蝉的人都有一次获得他的报恩的机会。

她听说过，蝉在树上产子后，借打雷将其子传到树底下的泥土里生活成长。所以蝉又叫借落子。他自称借落子，难道是蝉来报恩不成？

她老老实实说，我记得家乡的夏秋有蝉鸣声，但不记得曾几何时救过蝉。

担货郎说，就是因为你不会因为救过一只蝉而记在心里，我才来救你。做了一点儿善事就念念不忘的人不值得救。

最后，她买了那根点翠钗。

她相信担货郎的话，第二天就让下人去布市订一款她指定的绸缎。短者三天，长者半月，绸缎就送来了。

虽然与担货郎有约定，但每次布店的人送了货来，她都不确定来者是不是担货郎说的那位。她都让下人叫到自己的房间来，揣摩对方是不是担货郎说的那个人。

前面很多次，她怀抱希望，又屡屡失望。

在此期间，她仍然要遭受丈夫的折磨。

等到今天陆姝走进来的时候，她顿时感觉救星来了。因为来者居然跟她曾经认识的姐妹一模一样！刹那间，她以为是原来在宫中一起伺候皇上的远黛姐姐来救她了。

陆姝听到她说到这里，内心羞愧不已。她并不是远黛，也不知道该如何帮她摆脱噩梦一样的生活。

尤其是听到她说屡屡怀抱希望又失望的时候，陆姝不想自己也成为她的失望。于是，陆姝安慰她道："请你不要怪罪我，我暂时还不知道如何帮你。但是你放心，我会和借落子一起想办法的。"

她泪水又流了出来，说道："还请你尽快一些，在这里的每一天对我来说都是巨大的煎熬。你们要是没有办法，请不要抛下我，你再来一次，往我这里来一刀。"她以手比刀，在咽喉处一抹。

陆姝抓住她的手，说道："请放心。借落子既然说了我能救你，我就能救你出来。"本来陆姝要说借落子是皮囊师始祖的亲传弟子，一定能收拾这些用皮囊术占据别人的财产和亲人的败类。但她没有说。她尽量不向别人暴露借落子的身份。

就在这时，下人忽然跑了过来，有些慌张地说道：“少夫人，他回来了！”

女子大吃一惊。

陆姝心里也“咯噔”一下，心想，莫非她的假丈夫已经发现她频繁地订丝绸，因而起了疑心，所以早有准备了？

从下人说的话里，陆姝也听出一些端倪。下人不称呼他的主人为“官人”，却称之为“他”，可见下人对她丈夫已经起疑。也许下人虽然心有疑虑，却见她丈夫模样未变，所以不敢质疑。

可惜此女子未能从下人的口气中听出问题，不然主仆之间可以多一些沟通。

女子急忙说道：“你快走。”

陆姝起身走到门口，一个魁梧的男人迎面走了进来。

“哈哈哈，娘子订的丝绸又来啦！”那男人声音如雷。

陆姝见来不及走了，便在门口站住，微笑道：“少夫人眼光高，要的都是稀缺货。这不，今天刚到，老板就叫我赶紧送过来。”

那男人的脸白白净净，一看就是富贵之人，但往他手上一看，粗皮糙肉，仿佛松树皮，指缝里有黑色污垢，脏兮兮的，又不是养尊处优的人应有的样子。衣服虽然是绫罗绸缎，却有不少皱纹，散发着一丝经久未洗的气味。

很显然，他虽然占据了别人的身份和地位以及财富，却依然无法改变原来所有的习性。

很难想象，这个宫里出来的女子是如何忍受这个男人这么长时间的。

那男子粗里粗气道："订一匹两匹也就算了，怎么接二连三订个不停呢？都够做两三年穿的衣服了！你看看平常人家，一年到头难得买一次布，做一件衣。"

少夫人诚惶诚恐道："我没有什么别的需求，就是喜欢新衣服。之前你答应过我，让我想要多少衣服就做多少衣服的。你还说，女人从不觉得衣服多，只觉得少的。难道你忘了吗？"

她丈夫本就不是原来那人，自然不知道以前跟她有过什么承诺。听她这么说，那男子讪讪道："我随便说说的。家里这么多钱，天天订都用不完。我会在乎你这一点儿花销吗？"

陆姝本也是爱衣服的人，听到那男人说话小家子气，显然不是茶叶生意遍布各地的茶商会说的话，于是在旁给少夫人帮腔道："我倒觉得少夫人是花销大了些。"

少夫人听陆姝这么说，非常意外。她认为陆姝这是帮着她丈夫说话。

就连一旁垂手站立的下人也有些意外，抬起眉眼看了看陆姝。

她丈夫本来对陆姝充满敌意和猜忌，听了这话很受用，连连点头。

陆姝接着说道："少夫人你也不看看，你夫君做了这么大的茶叶生意，还事必躬亲，搓茶炒茶，可见一点儿收入都来之不易。"

下人道："姑娘你这可说错了，官人又不是茶工，哪需要自己去搓茶炒茶？忙也就忙着记账收账而已。”

陆姝道：“是吗？可我看官人手指皮糙肉厚，纹路多垢，必是炒茶的时候伤了手呢。”

这一下戳在了那男人的破绽上。

陆姝此话一出，少夫人和下人自然会往官人手上看。

那男人急忙将手揣进袖子里，不高兴地对陆姝呵斥道：“你一个外人，在我家里叽叽歪歪说我们家务事干什么？货送来了就请回吧！”说完，他竟然上前来推搡，赶陆姝走。

下人眼睛往那男人的手上看，虽然没看清楚，但眼神里分明充满了疑惑。

皮囊术与妖怪的幻术差不多，倘若修为不到家，就会露出破绽。这些破绽有的难以察觉，有的花些心思就能发现。

陆姝猜想下人们不像少夫人一样与茶商亲近，所以即使觉得他性情大变，也不至于觉得此人是彼人。有了她的一句看似不经意的提醒，或许下人待会儿出去后会跟其他下人提起此事，让更多人渐渐怀疑主人的身份。

那男人也意识到陆姝眼光毒辣，所以恨不得立即赶走她。

陆姝刚才听少夫人说了许多事，对面前的男人有着很大的怨气，见他推推搡搡，一点儿也没有大家主人的风范，便不退让道：“你别推我，做生意的人都只拉人进门的，哪有推人出去的？以前少夫人也没少在我家订货，每次来，你都是笑脸相迎，叫下人斟茶倒水，说什么来者皆是客。今天怎么要赶我呢？”

那男人见陆姝这么说，推也不是，不推也不是，犹豫片刻，说道："此一时彼一时。那时候我高兴，现如今我不高兴。"说的话都是赖皮话。

他自以为给自己圆了场，虽然圆得不是很漂亮。

可是除了他之外，这里的人都清楚，陆姝这姑娘以前没有来过这里，少夫人以前也没有频繁订货，所以原来的官人并没有笑脸相迎前来送货的人。

陆姝说的是子虚乌有的事情，他却当作真实发生的事情来说。

这一来，下人心里就要犯嘀咕了。

陆姝知道，此时不能将话说透，若是说透了，这个占据茶商身份的粗鄙之人说不定会狗急跳墙。此时的话只说三分，先让下人们起疑。等到借落子想到了办法，再撕破脸皮不迟。

被赶出门外后，陆姝有些失落，有些悲伤。换在以前，她定然当面戳穿那男人的伪装，不顾后果。

而现在，作为一条鱼，竟然学会了放长线钓大鱼。

她没有立即回到住处，而是转到大街上漫无目的地走了很长一段路。

街上人来人往，像往日一样，可是她忽然觉得这里面的每一个人都有可能不是原来那个人。他们都是一张张皮囊，里面是空的，等着其他的魂魄来占据。占据了哪张皮囊，便过哪种生活。

皇上之所以是皇上，是因为他占据了皇上的皮囊；铁匠之所以是铁匠，是因为他占据了铁匠的皮囊。

有的魂魄占据的是官员的皮囊，有的魂魄占据的是流浪汉的皮囊，有的魂魄占据的是飞虫的皮囊，有的魂魄占据的是走兽的皮囊。

更有甚者，就如那位少夫人的丈夫，一人占据了两个甚至更多人的皮囊，占据两个甚至更多人的生活。

陆姝继而想到了皇上，他不会皮囊术，但是在她之前的印象里，占据了皇上和将军两个人的身份。

这算不算是另一种皮囊术呢？

这个念头一出，她把自己吓了一跳。

扮演两个人与占据别人的身份，可不能当作同样的事情。

即使这样想，她的思绪还是越来越无法控制。

她在街头站住，看着过往的人们，有种所有人都可能是别人的想法。

妖怪的修炼有两个最重要的事情，一个是开启灵智，一个是顿悟。她身为一条鱼的时候，忽然羡慕人世自由，这本不是鱼该有的想法，这便是灵智的开启，与其他盲目游来游去的鱼区别开来。这是修炼的开始。

修炼开始之后，便依靠每次的顿悟提升修为。一件琢磨了许久的事情，终于在某天想明白了，这便是顿悟。不仅仅是修炼的妖怪，人也是这样提升的。一念智即般若生。

唯天地万物之母，唯人万物之灵。人出生即有人身，所以即使顿悟，也不会在皮囊上有所变化。

妖怪则随着顿悟的积累，超越本身该有的灵智，因而逐渐获得人身。

陆姝得了人身之后，所思所想，不过是人之常情，因而皮囊不再精进。

可是在这一刻，她觉得她的所思所想超过了人之常情，似乎要跨越另一个界限了！

她本想收起吓了自己一跳的念头，但又忍不住往更远的地方想去……

皇上可以是将军，将军可以是皇上。世间人你可以是我，我可以是你。你可以是任何人，任何人也可以成为你。就像两棵树上的叶子，原本你我分得清清楚楚，但寒风一过，树叶飘零落地，地上的树叶再也分不清哪片是哪棵树上的。

皇上既然可以是将军，那也可以是和尚，也可以是草民，也可以是街头任何一个从身边走过的行人。

她记得经书上说，世间千万亿人，皆是佛的分身。似乎与此有相通之处。

就在她似乎看清了一切，又似乎坠入云雾里的时候，街边一个相貌普通而陌生的人向她走了过来，微笑道："姑娘，丝绸送到了没有？"

她一惊，不知这人怎么说起刚才的丝绸，不知该如何作答。

那人又道："我托姑娘为我送丝绸，姑娘难道忘了？"

她恍然大悟。此人应该是皮囊店的老板。他是皮囊师始祖的亲传弟子，换个容貌轻而易举。

"天哪！我刚想到世间人你我不分，你就在我面前出现了！"陆姝感慨道。

那人大笑，说道："机缘机缘，妙不可言。看来你不但已经送了丝绸，还碰到那个能够换皮削骨的人了。”

陆姝道：“是，正是见了那人，我才有这种似通非通的感悟。”

“你跟我师父一样有着非凡的领悟能力。师父见金蝉脱壳而悟出皮囊术，姑娘见皮囊术而悟出众生相。这也是相似相通的。还有一点，师父是半妖，父为常人，母为鱼怪。恰巧姑娘的身份也是……这其中是巧合，还是必然？我也似懂非懂。”

那人说到后面，声音越来越小，只让陆姝听见。

“你师父的母亲也是一条鱼？”陆姝的声音也小了许多，但仍然透露出难以置信的惊讶。

那人点头。

“是不是也姓陆？”陆姝追问道。既然借落子知道太多秘密，她就不做无谓的掩饰了。

“我师父也不知道。”那人回答道。

“不知道？怎么会不知道呢？”

“即使知道，后来也忘记了。”那人说。

“忘记了？怎么会忘记呢？”

“你不是也忘记了许多事情吗？忘得一干二净，就像从未发生过一样？”

这话若是以前别人跟她说，她必定要奋力反驳。可是与破庙的老和尚聊过之后，她知道自己确实遗忘了好多事情。

遗忘这件事情最是神不知鬼不觉的，因为你不知道自己已经遗忘了。若是知道，就不叫遗忘。

“那我跟你师父的母亲有什么联系呢？”陆姝觉得其中应该有些联系，可能自己曾经知道，但已经遗忘了。

问出这个问题的时候，陆姝微微紧张。她虽然渴望知道其中的联系，但也害怕会有某些联系。

“我师父都不清楚。我怎么会知道？”那人说。

陆姝很失望，但也暗暗松了一口气。

松完气，她觉得莫名其妙。我为什么要对这件事紧张？

那人似乎从陆姝的脸上看出了她的心理变化，看似无心地说道：“师父通过皮囊术将自己返老还童，回到婴儿状态，并且忘记一切，是因为他想从头再来。有些人的忘记并不是忘记，只是不想记起。”

正说着，那人警惕地前后看了看。

陆姝也环视一周。

“我被人盯上了，此地不宜久留。你往南边走，那边有个茶馆，我在那里等你。”

说完，那人与他擦肩而过，融入街头的人流之中，仿佛他只是路过这里的一个行人。

陆姝按照借落子说的一直往南边走，走了有四五里路，果然看到一个小茶馆。茶馆门前有一副对联，上联是：“四大皆空，坐片时何分你我。”下联是：“两头是路，吃一盅各分东西。”

对联上的话，仿佛就是为她此时此刻的心情而写的。她刚突发奇想，觉得世间人你我难分，与上联对应。那些遗忘的事和人，又何尝不是与之各分东西？而她平时爱喝酒，吃一盅，也可以说是吃一盅酒。

她再往上一看牌匾，不禁头皮一麻。牌匾上是店名，店名竟然是“陆家茶馆”四个大字！

进了茶馆，陆姝左顾右盼，不知该往哪里走，也不知道借落子在哪里，是什么模样。

茶馆里人不少，或坐或立或行走，或悲或喜或沉默。每一个人都可能是他，又可能不是。

站在大街上的那些奇思异想，又涌入脑海，让她觉得眼前的一切既梦幻又真切，真假难辨。

陆姝不敢在原地呆立太久，免得引起旁人注意。

借落子能改头换面，躲过跟踪，她可不愿让借落子因为她而暴露。

虽然目前不能帮上什么，但不能成事不足，败事有鱼啊。她心想。

于是，她先找了一个空桌坐下，要了茶，边饮边看。

一杯茶尚未喝完，她就知道借落子不能来了。因为门口来了一个人，那人脸上的红色印记引人注目。

那人的目光很快便落在了陆姝身上。

陆姝想要避开，可是心想，刚才借落子被跟踪应该就是和尚安排的人，这是在他计划之内的，她就没必要躲了。

于是，她干脆朝他微笑示意，装作碰巧遇见的样子。

和尚走了过来，在桌对面坐下，揶揄道：“姑娘好心情啊，教书先生明天就要被砍头了，你居然还有闲情在此饮茶，不去找皇上求情？”

这下陆姝可坐不住了。

她心不甘情不愿地来皇城，就是为了不让章卷被冤枉。

“你可不要骗我！”陆姝慌乱道。

和尚单掌立起，说道：“出家人不打诳语。”

“呵？”陆姝嘲讽道。

和尚眉头一挑，说道：“你不信我没关系，城里已经张贴了告示，你可以去看看。”

陆姝着急了，起身道：“我这就去找皇上！他……他知道这事跟教书先生没有关系！他比任何人都明白！怎么还要治教书先生的罪！”

皇上要找的人是画中人，是她陆姝，并不是什么宫中宝物，因此，盗贼并不存在。她来皇城之后才明白。皇上是最明白的。她见过那位将军，与皇上有过交谈，一直认为皇上是个明白人。可是明白人为什么要做这种冤枉无辜的糊涂事？

她是真的着急了，说话的时候没顾及和尚不知道画中人的秘密。

和尚听了，果然一愣，然后不顾出家人仪态地一把抓住陆姝的袖子，瞪着眼问道：“什么？皇上知道不是教书先生作的案？皇上是怎么知道的？”

陆姝自觉失言，连忙用力甩开和尚的手，说道：“关你什么事！”

说完，她疾步奔往茶馆大门。她顾不得借落子了，何况借落子皮囊术高超，没那么容易被抓住。

她抬脚要跨出门，门口忽然出现了五六个和尚，拦住她的去路。

原来和尚不是一个人来的。

她想起那晚在破庙和尚就说了，他不会一个人冒险。

她心想，五六个出家人总不会在众目睽睽之下对一个弱女子怎样吧！

这时候和尚在后面朗声道："妖孽！竟敢迷惑皇上心智，冤枉寂寂无名的教书先生！看我不将你降伏，镇于落魂网之下！"

陆姝浑身一凉。

当着众人称她为妖孽，她怎能不心惊肉跳？

更让她感到恐惧的是，出家人不能在众目睽睽之下欺负一个弱女子，却能用任何手段对付一个妖孽！

和尚喊出"妖孽"二字，她便知道，和尚要对她下毒手了。她恐怕是无法自由地从这茶馆里走出去了。更让她想不到的是，和尚居然说她迷惑皇上，冤枉教书先生！

和尚刚进茶馆的时候，茶馆里的人便纷纷侧目，敬而远之。他们都认得这位皇家寺庙威名远播的捉妖和尚，听过他不过洞庭湖的故事。对他们来说，这位和尚不但是捉妖大师，还是皇城的保护神。

因此，当听到和尚称陆姝为"妖孽"的时候，人们毋庸置疑地相信他，并且立即害怕地尖叫躲闪。

茶馆里顿时乱了。桌子被慌乱的人撞倒，茶盅落地，发出破碎的声音。

陆姝害怕听到破碎的声音。来皇城后，她觉得自己是一条鱼缸里的鱼，虽然不自由，但还算安全。而此时，她觉得那破碎的声音是鱼缸摔碎发出的，自己则是躺在一堆碎片中的鱼，且不说自由，连生命都岌岌可危。

陆姝看了看那些惊慌失措的人，觉得好伤心。我不过是一条鱼而已，爱喝酒爱衣裳，与人无争与世无求，你们为何这样害怕我，恐惧我？你们可知道，这位你们视为保护神的和尚，却是一心想要控制皇城，想要奴役你们的妖怪？

“落魂网下魂魄难逃！着！”和尚大喊一声，将落魂网朝陆姝抛去，就如江上的渔翁朝水中的鱼儿撒网。

唯一能逃的出口被其他和尚堵住，陆姝已经无处可逃。

落魂网罩住了她，立即如活了的蛇一般缠住她，越勒越紧。所缠之处，如烧红的烙铁一般烫在她的身上，又如尚未得人身之前鳞片被生生剥去一般疼痛。

茶馆的人们见陆姝被网住了，纷纷上前来观看妖怪到底长什么样子，指指点点，叽叽喳喳。

几乎所有人都表示失望，没见这妖孽与常人有什么不同，眼睛是人的眼睛，鼻子是人的鼻子。

但和尚都说了她是妖孽，那便是妖孽。

和尚让围观的人们散开，然后吩咐其他和尚抬着陆姝往外走。

和尚们出了茶馆，街道上又有许多人围了上来看新鲜。个个兴奋不已，要不是看到落魂网像一条扭动纠缠的蛇，说不定许多人会伸手去摸一摸。

“哎，快来看妖怪啦！和尚捉妖怪啦！”有人不但自己看，还大声吆喝认识的和不认识的人来看。

“听说是鱼变的？怎么没闻到鱼腥味？”有人吸了吸鼻子。

“谁说鱼妖有鱼腥味？那也太容易被认出来了。鱼妖是不能解开衣服的，身上都是鳞片。”有人反驳道。

“鳞片？那离了水能活吗？她是妖，早就脱了鳞！”有人对此也表示怀疑。

“这也不是，那也不是，那你说大师是怎么发现她是鱼妖的？”前者表示不服气。

“我怎么知道？我要是知道，我不就成大师了？”那人争辩道。

忽然有个声音响起：“那要是她就是人，抓错了怎么办？”

抬着陆姝的一个和尚勃然大怒道：“谁说的？”

众人你看我，我看你，不知道刚才这句话是谁说的。

陆姝也听到了那句话，虽然她就是鱼妖，但她还是对说那句话的人心生感激。

“是我说的！”那个声音又响了起来。

陆姝心想，是谁这么大胆，竟敢在大街上与皇家寺庙的和尚对抗？

她强忍疼痛，往人群里搜寻说话人的身影。她听清楚了声音是从哪个方向传来的，可是往那个方向看去，那边的人个个左看右看，以为是别人说的这话。

两个和尚放开了陆姝，冲到声音传来的地方，抓了好几个人，那几个人都摇头，说刚才的话不是他说的。

这时，声音从相反方向的人群里传来："若是见人就说是妖孽，我们岂不是都能被你们随随便便抓走？"

这次那个人说的话有点儿长。

陆姝一转头就看到了那个说话的人。那张脸她并不认识。

可是一眨眼，那张脸就不见了。

气急败坏的和尚又往那边的人群里扑去，还是没能抓到质疑的人。个个人都恐惧地说不是自己说的。

虽然围观的人大多畏惧这些和尚，但刚才的话让几个大胆的人起了疑心。

有位老翁上前拦住鱼怪和尚，问道："大师，我觉得刚才那位兄弟说得有些道理。既然抓的是妖，何妨给在场各位说明一下她为何是妖？让我们也饱饱眼福。不然，其他捉妖的人可以随便在大街上捉人了。谁是谁非谁也分不清。"

一个和尚回道："仐憙大师捉妖，是为了皇城的安全，为了各位的安全，何须给你们说明？快快让开！"

众人被镇住了。

这时，声音又从别的方向传来："让大伙儿看看，以后我们也好辨认嘛！"

一个和尚嘀咕道："又是那个人！"

陆姝也听出来了。她已经知道那个人是谁了。

此人非借落子莫属。他不能现身，但可以化作其他人的模样现身。众人不敢质疑和尚，但他可以化作众人发出质疑的声音，说出众人不敢说的话。

这样不一定能救下陆姝，但至少可以拖些时间。

陆姝猜测，借落子是在等待什么机会。但落魂网让她太痛苦，她反而希望和尚给她来得痛快一些，是杀是剐都可以，只要不在这网里多待片刻。

即使如此痛苦，她仍然咬牙拼尽全力保持自己的人形。就算是死，死前也要保持好看的样子。

她听人说，圣人有言，生鱼忧患，死鱼安乐。

虽然不知道圣人为什么要关注生鱼和死鱼，但她觉得圣人说得太对了。比如自己，大难临头还怕人笑话她不堪的样子，患得患失。若是真的变成死鱼一条，反而安乐了，反正死后没有知觉，也无法动弹，别人笑话就笑话吧。

她心想，这样的心思若是让人知道了，也会被人笑话吧。可是谁知道这样是好还是不好呢？要不是这样，围观的人们就会看到她的原形，就不会相信借落子的话。

有了借落子的怂恿，敢于发声的人越来越多。

“让我们看看吧。”

“对啊，不然凭什么说她是妖？如果不是呢？”

“看看又不会跑了，是不是？”

“就是。难得亲眼看到一回妖，大师您就让我们饱饱眼福吧。”

“我也想看看！”

真怀疑的，不怀疑的，起哄的，附和的，七嘴八舌，像水桶一样围住和尚他们，就像看平时在这里耍猴戏一样。仿佛他们已经付过钱，耍猴戏的不表演一下是走不掉了。

有人是真的担心皇家寺庙的和尚有一天抓到自己的头上，照样可以不分青红皂白；有人纯粹觉得百年难得碰到一回真妖怪，好奇心大过了敬畏心；有人不关心什么妖魔鬼怪，哪里人多就往哪里凑热闹。

正是这些乌合之众，让和尚难以脱身。

其中一个和尚见形势逆转，忍不住对鱼怪和尚说道："师父，这些人太难缠了，要不……给他们看看这妖孽的真身吧！"

鱼怪和尚怒视道："他们都是什么人？一群刁民！他们说看就给看？"

陆姝听到了他们的对话。她清楚，鱼怪和尚不强迫她现出破绽或者真身，并不是因为顾及她的那点儿害怕难堪的小心思。而是倘若让她在人前露出破绽，那就等于将鱼怪的弱点公之于众，那么那些与他为敌的人也知道了他的弱点，他的对手可以用同样的方法使得他暴露身份。这是伤人害己的方法。伤人他可以做到，但害己他做不到。

这时，陆姝听到一阵急促的马蹄声由远及近。马蹄踏在街道的青石砖上，嗒嗒作响。

她看不到前方又来了什么人，只见围观的人群纷纷避让。

马蹄声停止。

陆姝看到李将军横刀立马，威风凛凛。在他身后有十多位骑兵。其中几个人的脸她还算熟悉，是在无名山下遇到的那几个人。这些人应该是皇上的贴身带刀侍卫，是皇上的心腹之人。

由于被人抬着，身体横躺，陆姝看李将军的时候仿佛自己是一条漂在水面的鱼，而李将军是站在岸边的人，恰似梦中为鱼时看那书生的角度。这样一想，她忽然觉得李将军就是那书生。虽然书生的容貌跟李将军不一样，但那种说不清道不明的东西让她觉得他们是同一个人。

以前没有体会到这种感觉，或许是因为那时候尚未见识过皮囊术，认为人的区别在于皮囊。遇见熟悉的人，看见的便是熟悉的皮囊。

而司帐的遭遇让她明白了，皮囊不过是迷惑眼睛的罢了。很多熟悉的东西，并不是皮囊能遮蔽的。

但人往往被一张皮囊迷惑，被自己的眼睛迷惑。

熟悉的感觉应该来自于皮囊之下。她心想。

“是什么人在此喧闹？”李将军喝道。

陆姝明白了，借落子拖延时间，就是让人给皇上通风报信去了。借落子能拿到那枚玛瑙戒指，自然就能用上皇上身边的人。皇上不能亲自出面，便以将军的面貌赶来。

她心中一阵感动。

鱼怪和尚双手合十，说道：“阿弥陀佛，贫僧在此拿妖，无意喧闹，但街上百姓围观，贫僧驱不得，赶不得，无可奈何。将军既然来了，你我也是熟人，还有劳将军帮忙驱散众人，好让我将这妖孽押到寺庙去。”

将军勒住缰绳，俯视和尚，又看了落魂网中的陆姝一眼，冷冷道：“大师，这位姑娘是与你我一起来皇城的，你不该不认识吧？”

和尚道："自然是认识的。"

将军道："那你该知道，她是皇上要召见的人。是本将军给她安排的住处。若是你把她拿走了，我该如何向皇上交代？再说了，她若是妖孽，同来皇城的路上你不拿她，为何等到现在拿她？你若不能给我一个解释，我只好将你们几位高僧一起拿下了！"

说完，将军带来的十多位骑兵纷纷将长枪指向捉拿陆姝的和尚。

围观的人赶紧往后退，怕惹祸上身。

抬着陆姝的和尚见对方动了刀枪，吓得赶紧撒手，陆姝"啪"一声落在青砖地上，摔得眼冒金星。

鱼怪和尚不退不让，略作思忖，说道："将军此言差矣。贫僧捉了她去，又不会杀了煮了，皇上若是想起她来，贫僧送到宫里去就是。贫僧虽然捉妖无数，但也有走眼的时候。与将军一同来皇城的路上，贫僧已有疑心，但尚无把握，又相信将军不会押着一个妖进宫面见皇上，让皇上陷入危险之中，所以那时没有捉拿她。"

"如此说来，竟是我的错了？你说她是妖，有何证据？你若是不能让我信服，我是不会让你欺负任何一位皇城子民的！"将军挑眉道。

"将军，要让妖怪现出原形，有两种办法：一种是灌之以酒，使之麻痹，从而放松警惕，露出原形；一种是使之剧痛，难以自持，从而无法维持人形。贫僧不愿当众让她出丑，是因为出家人慈悲为怀。将军若是坚持要看，贫僧有比落魂网还厉害的手段让她在大众面前露出丑态。”鱼怪和尚的话语里透着寒意。

他知道将军不忍让陆姝受苦，有意放出狠话，让将军退却。

“这……”将军果然犹豫了，他为难地看了陆姝一眼。

和尚又道：“将军是皇上的近臣。想必今日将军来阻拦贫僧，也是皇上的旨意吧？皇上为天之子，人之皇。世间妖怪修炼莫不是逆天而为。身为天子，总不会包容逆天而为的人吧？皇上若是如此，世间叛乱逆反之人可就无所畏惧，无所顾忌了……”和尚说这番话的时候环视一周，似乎将这话说给将军听，又似乎要将这些话说给在场的皇城百姓听。

和尚这话说得巧妙而毒辣。将军若是坚持阻拦他，必定会让皇上名誉受损。皇上救妖女，这件事情若是在民间传开了，后果不堪设想。

和尚继续道：“自盘古开天辟地以来，妖女祸国的教训不少见。九尾妖狐妲己迷惑国主，养奸除忠，人人愤恨。除此之外，夏之妹喜、周之褒姒、晋之骊姬莫不祸国殃民。她们被称为四大妖姬，为万世铭记。前车之鉴尚在，皇上莫非要重蹈覆辙？若是这样，皇上就不顾及民心向背吗？”

“你……”将军不知该如何反驳。

和尚往围观的人群迈出几步，大声道：“你们害怕我平白无故抓好人，就不害怕皇上被妖女魅惑，祸国殃民？”

他想如借落子一样怂恿围观的人们，可是这种事关皇上的话，平民百姓哪敢附和？在和尚的质问下，竟没有一个人回话。

将军见状，得意道：“你是皇上养的和尚，竟敢说这种忤逆的话？说了这话，可是要杀头的！”他从马上跃身而下，对着落在地上的陆姝大刀一挥，吓得陆姝闭上了眼睛。

再睁开眼，陆姝发现身上毫发未伤，落魂网已破，脱落在地。断了的网绳如受伤的蛇一般扭动翻滚。

陆姝见自己得救，顿时松懈下来，浑身瘫软，头晕目眩，一点儿力气都没有了。刚才耗费了她太多的精神。

和尚见将军斩断落魂网，竟然不气不怒，反而嘴角露出一丝诡异的笑容，念道：“水能载舟亦能覆舟。”然后往后退。

将军虽然觉得怪异，但顾不得那么多了，他蹲下来，要将陆姝抱起。

围观的人中忽然有许多人围了过来。

在阳光下，陆姝看到他们手中有一道光亮闪过，那道光亮让陆姝心底一寒。

那些人越走越快，最后跑了起来。

陆姝意识到他们是朝将军来的，要刺杀下了马的将军！

她想喊出声来，可是过于紧张，喉咙里只发出了“啊”的一声惊叫。

将军的将士们都面朝和尚，不知身后的情况。

那些人到了将士们的身后，将手中的小刀扎入马腿。马受了惊，在剧痛之下胡乱奔跑。马背上的将士怎么拽都拽不住。有的将士因此落马，被那些人按在地上，一刀封喉。

这些人手法娴熟，显然是受过训练的。

陆姝明白了，这些人是和尚手下的皮囊师弟子，早就隐藏在人群之中，伺机而动。

借落子可以这么做，自然他们也想到了这一点。

还有十几个人径直奔向将军，在将军还没有弄明白发生了什么的时候，十多把小刀已经捅进了将军的身体。

“你们……要造反……吗？”将军浑身是血，死死抓住其中一把尚未扎入的小刀，茫然地看着刺杀他的人。

陆姝已经连哭喊的力气都没有了。

真是呆子！死到临头还以为是普通百姓造反！陆姝在心里哭泣痛骂他。

“我……是……你们的……皇上……”将军的声音小到几乎没人能听见。

那些人见阴谋得逞，又迅速离去。

他们来之前必定改变过容貌，因此，即使以后官府追查，也无从查起。

将军倒在了地上，地上到处是他的血，他的脸在血液里蹭了一大块。

陆姝使尽浑身的力气，仅能将他的头抱起，放在怀中。

血在他脸上留下红色印记。乍一看，陆姝还以为被刺杀的是和尚，还以为和尚费尽心机最后杀死了他自己。

街道上秩序大乱。有人逃跑，有人尖叫。

鱼怪和尚大喊：“反啦！反啦！居然有人刺杀朝廷命官！”一副贼喊捉贼的样子。

将军抓住陆姝的手，嘴里不停地冒出鲜血。他喉咙里咕噜咕噜作响，对着陆姝张开嘴，仿佛是寺庙的许愿池里等待游客投食的红鲤鱼。

被落魂网折磨的陆姝此时连哭的力气都没有了，只能双手捧着他的脸，不停地摇头。

将军咽回一口血，痛苦万分地说道："我不该把你带到皇城来的。"

陆姝听到他的声音，将头低了下来，凑近他。

"我知道这里是地狱，对你我都是。可是我太想你，太孤独。"将军说着，血液又冒了出来，呛了他一口。

"你伤得太重，不要说了。"陆姝没有眼泪地哭道。

她已经知道将军就是皇上，可是将军说出这些话，表明他就是皇上，表露心声的时候，她还是感到心跳加快了，脸上热了。

在她的记忆里，还从来没有一个男人对她说过这样亲密甚至有些冒犯的话。

让她痛心的是，说这话的男人即将死去。

她宁可不要听这样的话。

将军用力抓住她的手，抓得她隐隐作痛，不知是因为他此时疼得太厉害，还是太想让陆姝听他说这些话。

"我要说，再不说就来不及了。"他又咽了一口，继续说道，"我太自私了，我想过让别人代替你，变成你的模样。后来我才明白，我需要的你，不是你的模样，不是你的声音，不是你的举止。我需要的，就是你。"

陆姝闭上眼睛，用力点头。可是她的力气太小了，点头都显得那么敷衍。

“我是爱你的，可是我也是恨你的。我感觉我不是自己了。想起过往的时候，我的心变得柔软。孤独的时候，我的心充满了恨。我恨你离开我，恨你不顾我的感受，恨你铁石心肠，恨你把我完全遗忘。有时候，我又想，恨你有什么用呢，不过是折磨自己罢了，于是，我也想如你一样心无牵挂，像你一样冷漠，对你不闻不问。可有时候，我又想去看看你到底生活得怎样，想偷偷地去，不让你发现我去过。我想知道你离开我之后过得好不好，身边有没有其他人相伴，相伴的人是不是像我一样待你。”

说着说着，将军的话平缓了许多，顺畅了许多，脸上恢复了往日的光彩。

陆姝心想，莫非这是最后的回光返照?

她抚摸他的脸，害怕他下一刻就不再说话，不再呼吸。

“世上原本只有一个我，因为你，我变成了许多个我。爱你的我，恨你的我，冷漠你的我，偷偷关注你的我……”他深吸了一口气，又迟缓了下来，刚刚恢复平静的身体又开始微微颤抖。

此时陆姝的耳朵里只听得见他的声音，周围的嘈杂声都消失了。

“我以为爱一个人，就会纯粹地爱，没想到还有恨，还有冷漠，还有好多其他的感情……请你原谅我……”他看着陆姝的眼睛说道，仿佛要在陆姝的眼睛里搜寻什么东西。

陆姝赶紧“嗯”了一声，她害怕他来不及看到她的回应就失去知觉。她将嘴巴凑到他的耳边，奋力挤出了同样微弱的声音："不要说原谅，我从未怪罪你。"

陆姝感觉到将军抓住她的那只手的力量越来越小，越来越小。

她感觉到将军身体内的什么东西正在消失。

"真的吗？"将军如轻叹一般虚弱地说道，"正月二十五那天，我偷偷去看你，见你睡觉的憨态，不小心发出笑声，吓到了你，临到要走了，没想到突然天降大雪，又在你的庭院里留下了足迹……你都原谅我了吗？"

第九章 爱与恨

将军的话让陆姝大为意外。

将军绝不会在临终之前跟她开这个玩笑。他刚才说了，因为她，他变成了许多个他，其中便有偷偷关注着陆姝的他。如此说来，那天去陆姝的窗外偷看的便是那个他。之前他能通过一幅画来到无名山，此后自然能用同样或者类似的方法再次实现他的目的。只是他偷偷地来，偷偷地走，陆姝浑然不知而已。要不是那一场雪，到现在陆姝都不知道有人偷偷来过她的庭院。

让她想不通的是，明明教书先生章卷在同一天也到了她的庭院，虽然她不知道章卷为何会这样做，但那天雪地上只有一个人的脚印。倘若将军所言属实，那么那天的雪地上应该留有两个人的脚印才是!

“那天的足迹是你留下的？”陆姝问道。她想过无数的可能，从未想过这一种可能。

将军费力地点了一下头，挤出一丝微笑，说道：“一直想跟你说，但怕你知道了，就不会随我来皇城，又怕你怪罪。到现在，快死了才不怕了。原来我怕你多过于怕死。”

听他这么说，陆姝心中一酸。不论有多少疑惑，不论有多少不满，此时她哪里还能不原谅他。

“我不怪你。”陆姝每说一个字都无比费力。落魂网掉落后，她在缓慢恢复。她有一种错觉，她的逐渐恢复是因为将军的逐渐衰竭。她突然有种舍不得的感觉，却不知道舍不得什么。她想，或许是舍不得怀抱中的人离去。

毕竟她曾爱过怀抱中的男人，只是她已不记得自己爱过。

“那我可以安心去了。”将军声如细蚊，在笑容中闭上了眼睛，仿佛睡着了。

她摇了摇他，他的脑袋随之晃动，眼睛再没有睁开。

那种舍不得的感觉如同一颗种子，落在了她的心里，然后苏醒，发芽，生长，蔓延……

她的心终于被那种感觉撑破，引发剧痛，痛得她失声痛哭。一直没有出来的眼泪，也如雷鸣后的骤雨，从天而降，倾泻而下。

她感觉到自己是痛了，是伤心了。她的痛，她的伤心不因为别的，而是因为怀抱中的人。

尚未得到，便尝到了失去的痛。

“不要死……你不要死……”她用双手不停地摩挲将军的脸，希望这样能将他唤醒，就如他只是睡着了一样。

这时，一个人走到了她的身边。她感觉到了，但是没有转头去看。她沉浸在巨大的悲痛之中，仍然徒劳地希望将他唤醒。

那人的手搭在陆姝的肩膀上，说道："快跟我走吧。"

陆姝听出来了，这是陆六断的声音。

陆姝摇头。

陆六断蹲了下来，劝道："流再多的眼泪又有什么用？真正想杀他的人是谁，你我都很清楚。你要是真心为了他，就应该破坏幕后真凶的阴谋诡计，将真相公之于众。"

陆姝当然知道幕后操控者是谁。鱼怪和尚在破庙的时候说过，他的志向不是妖界之王，而是整个人间。人间之王便是皇上。

皇上让远黛等四位宫女换皮削骨变成陆姝模样，就是求助于和尚完成的。宰相逼宫时又是他让四位宫女乔装易容躲了过去。他对皇上再熟悉不过了，一眼就能看出将军的真实身份。

因此，刚才刺杀将军，毋庸置疑是和尚借刀杀人，有意为之。

人间之王死了，他才有机会成为人间之王。

此时，和尚为了将戏做足，已经冲到混乱的人群里胡乱扒拉，装出要将凶手抓住的样子。

陆六断早就隐藏在附近，借此机会才过来提醒陆姝。

"走吧！"陆六断抓住陆姝的袖子。

陆姝抱着将军不肯放手。

"皇城中遭受这种痛苦的何止你一个？要想不让这类事情再发生，你我必须齐心协力！"陆六断又道。

陆姝想起了隔壁的少夫人。

“为何世间会有如此多的苦？早知如此，我当初就不修人身了。”陆姝哭泣道。

陆六断道：“世间本无苦，因尝了甘，遇到苦才觉得苦。若是只有甘，便不觉得甘，若是只有苦，便不觉得苦了。”

“姐姐说得在理。”她改口称陆六断为姐姐了。

陆六断惊了一下，说道：“五十年前，你就称我为姐姐。这些话也是你跟我说的。你还说，既然是因为有了甘才有苦，不如忘却甘，便会不觉得苦了。于是，你每过七年忘却甘苦一回。”

陆姝讶问道：“五十年前你我相识过？”

陆六断道：“何止五十年？你今生所见之人，全是前世见过的人。不过此时不是说这些的时候，你速速同我离去，躲藏起来。等到那和尚想起你来，那就晚了！”

陆六断知道她舍不得怀抱中的人，又劝道：“能相见的人，迟早还会相见的。跟我走吧！”

陆姝这才依依不舍地放开将军，被陆六断拉着往小巷道里跑。

“你要带我去哪里？”陆姝问道。

“香火坊。”陆六断说道。

“那不是他的地盘吗？”陆姝说的他，指的是鱼怪和尚。她已经从观月那里听说了，香火坊紧挨皇家寺庙，是去皇家寺庙的必经之路，方便善男信女们买了香火再进庙。

陆六断第一次出现的那个晚上，她说陆姝可以去香火坊找她，陆姝就想过了，鱼怪和尚应该是将所有捉来的妖怪都安排在香火坊了。

既然这样，跟着陆六断去香火坊，岂不是自投罗网？

陆六断一边疾步奔走一边回答道："是。"

"那你带我去那里干吗？"

"皇城里到处是他的眼线，你躲到哪里都会被他找到，不如躲到他的眼皮子底下。眼睛总是往外面看，很难看到眼皮子底下。所以你在香火坊反而安全。"陆六断说道。

陆姝想想觉得有道理。

拐了十多个小巷道，陆姝就开始闻到淡淡的香味。

她知道自己是离香火坊越来越近了。

香味越来越浓。

陆六断突然停了下来，指着巷道里的一口大缸，说道："你先钻到缸里去。等天黑了我再来找你，带你去我住的地方。"

陆姝知道她的意思。如果现在跟着她去她的房间，很容易被其他人或者妖怪看到。这样行踪就暴露了。

陆六断道："对不起，没有别的好藏身的地方，只能让你受委屈了。"

陆姝二话不说就往缸里爬，说道："有什么委屈的？对鱼来说，缸已经是很好的地方了。"

等陆姝进了缸，陆六断捡起旁边的缸盖，将她盖在里面。缸盖是木头做的，裂缝已经很大。陆姝能从里面看到外面。

一时之间，她感觉回到了尚未修得人身的时候，而那漏光的缸盖，就如漂浮在水面的浮萍。

“我走啦。等天黑了我再来叫你。在我来之前，你无论听到什么声音，遇到什么事情，都不要出来。”陆六断说道。

“好的。”她在缸里回答道。

陆六断走后，她在缸里无聊得很，又不知道外面乱成了什么样，不敢出来透气。又因刚才被落魂网折腾，于是很快进入了梦乡。

刚闭眼，她就梦见自己回到了刚才的那条街道上，她的怀里抱着一颗头颅。她的眼前一片模糊。她揉了揉眼睛，竟然发现躺在她怀里的是那和尚！

和尚脸上的红色印记在太阳的照耀下愈发显得鲜明，如抹在脸上的血一般！

“我恨你。”和尚说道。

她吓得想要抛掉和尚的头颅，可是双手无力，而那颗头颅重若千斤。

和尚道：“你想扔掉我？别忘了，我也是你命中注定的那个人。由爱故生恨。我是爱你的那个人的一部分。他便是我，我便是他。”

陆姝想起那晚在破庙里和尚说的莫名其妙的话来。他说她铁石心肠，说什么他之所以出家，就是为了不遇见命中注定的人，免得忘记。他还说他出家是为了命中注定的人。

那些话不正是“由爱故生恨”而来的吗？陆姝心中一惊。

倘若他才是命中注定的那个人，那么，将军是不是命中注定的人？难道以前把将军认作是命中注定的人是错误的？倘若将军不是命中注定的人，那以前为何会与皇上在画中相遇？

陆姝脑袋里乱如麻。

这时，她听到一阵清越的声音，如同寺庙撞钟。

“陆姑娘！陆姑娘！”

她听到有人喊她。

她从梦中醒来，天色竟然已经黑了。缸被敲得嘣嘣响，让她在梦境里听成撞钟的声音了。喊她的人不是别人，居然是观月！她能听出观月的声音。

她惊喜不已，没想到观月找到这里来了。

她想从里面顶开缸盖，可是手刚刚碰到缸盖就犹豫了。

陆六断离开的时候说过，叫她无论听到什么声音，遇到什么事情，都不要出来。

于是，她放下了手，决定先探探虚实，对着缸盖的裂缝问道：“谁呀？吵得让人不能安生！”

“缸里真有人啊！是陆姑娘吗？”

“你是谁啊？”陆姝问道。

“我是谁你还听不出来？”

“你到缸盖上面来让我看看。”陆姝有些拿不准。

“喵呜……”

它叫了一声，然后跳到了缸盖上。

果然是一只猫。猫尾巴高高翘起，仿佛是一条立起来吐着芯子的蛇，让人恐惧。

“你找谁呀？”陆姝看出破绽了。

观月的尾巴是狐狸的尾巴，像扫把一样。观月在别人面前可能会掩饰身份，但是在她面前反而会亮明身份。

“找你呀，我看你这么晚还没有回来，在皇城里到处找你，找得好辛苦。”那只猫说道。尾巴末端一会儿翘起，一会儿垂下，仿佛一条警觉的蛇，随时可能飞身而出，咬她一口。

缸盖的裂缝很大，它的尾巴是可以伸进来的，但是它没有。陆姝猜想它应该是忌惮些什么，或者是有些顾虑。

“找我？你不是找陆姑娘吗？”陆姝往下躺了躺，尽量离它远一些。虽然她知道此时的自己就如瓮中之鳖，根本没有地方可逃。

“你不是陆姑娘？”它居高临下问道。

这破绽就更明显了。观月不会不认得她，不会这么问她。陆姝心想，这只猫必定是和尚派出来找她的。和尚必定发动了许多妖怪挨街挨巷寻找她。

这只猫变成观月的样子，自然是为了降低她的戒备心，可是它不知道观月有条狐狸尾巴。

“我当然不是！”陆姝说道。

“那你怎么躲在这口缸里？”它问道。

陆姝道：“我是耍猴戏顶缸的。白天用它来讨点儿吃饭的钱，晚上用它来当睡觉的床。”每一座城里都有一群不知来历的耍猴戏的人，有吞剑的，有吐火的，也有顶缸的。他们居无定所，风餐露宿。

“那你怎么知道陆姑娘的？”它又问道。

陆姝道：“唉，说起来还要怨这个陆姑娘！要不是她导致今天白天街上大乱，将我与其他同伴冲散了，我何至于独自睡在这里？”

“你若不是陆姑娘，为什么看到我说话竟然不害怕？常人见我说话，没有不吓得屁滚尿流的！”它厉声说道。

陆姝一惊。这只猫也不是省油的灯啊！

但她很快想到了对付的办法。

“我们耍猴戏的，到处流浪，有钱的时候住客栈，没钱的时候睡鬼神庙，睡野林荒郊，什么怪事没有见过？鬼哭狼嚎都司空见惯。”陆姝镇定地说道。

见那猫不走，她又说道：“何况三苗先生跟我说过，皇城里的猫都平易近人，但比人高贵，从不欺负人，还说猫不能学人喝茶，因为学了人喝茶，就会变得跟人一样讨厌……”

那只猫惊奇道：“这话三苗先生确实说过。你跟三苗先生相识？”

陆姝道：“对呀。”她听三苗先生说过，皇城的猫都是他罩着的，心想，皇城里的猫也该知道三苗先生，尤其是像它这种有些修为的猫。于是她有意提起三苗先生。

她记得三苗先生是镇海王那边的，并且三苗先生说过镇海王与皇家寺庙势不两立。而这只猫是皇家寺庙的。但对于猫来说，人归人，猫归猫。

“我们都是他护着的。你既然跟他相识，便也是我的朋友。再说了，他最喜欢吃鱼了，你若是陆姑娘，早就被他吃了。”那只猫说道。

陆姝听了它的话，也在心里问自己，三苗先生为什么不吃掉我呢？那天他可是叼着鱼刺来的！

她想不出缘由。这皇城里有太多她看不穿的事情。

好在眼下这只猫的疑虑被打消了。

它说道："不好意思，打扰你的清梦了。我去别的地方找找。"

说完，它往黑暗里一跳，悄无声息地走了。

陆姝不敢睡觉了，仔细听巷道里的声音，怕又有什么东西找来。

过了不久，她听到一串急促的脚步声从远处传来。

缸盖直接被揭开了，陆六断对着缸里轻声道："走！"

陆姝从缸里爬了出来。

陆六断看了一眼缸盖，问道："刚才是不是有谁来找过你？"

陆姝点头。

陆六断道："幸亏我留了一个印记在上面。"

陆姝往靠着缸放着的缸盖看去，上面果然有三条中间断了的线发着淡淡的荧光。那是八卦中的坤卦，坤卦因为三条线中间断开成六条短线，故而有"乾三连，坤六断"之说。陆姝这才明白，陆六断的名字是这么来的。

这坤卦应该是陆六断盖上缸盖之后离开之前画上的。

陆六断领着她又摸黑走了一段路，来到一个院门前。门上有一把长条锁，锁是青色的。

陆六断没推门，门就开了。

陆姝定眼一看，原来穿在门环上的不是锁，而是一只有手掌那么长的螳螂。螳螂刚才是缩着的，此时伸展前后腿，将门推开了。

陆六断见她好奇地盯着门环上的螳螂，叹息道：“它的修为也就到这里了，只能当一把看门的锁。”

“不是所有的修炼者都能有大成。”陆姝也为之叹息。

她们进门之后，门又关上了。

陆姝回头一看，看到一张没有眼睛鼻子嘴巴的脸，吓得她差点儿叫出声来。正是那个人将门关上的。

“它……”陆姝指着那个怪物问陆六断。

“它叫铺首，原来是门上衔着门环的门兽，是有鼻子有眼睛的，只因年代久了，被人的手摸得光滑了，失去了原来的模样，脸就变成了这样。不用害怕，它看不见你，也听不见你。它是守门的，所以每次螳螂将门打开，它就随即将门关上。”陆六断解释道。

陆姝按住胸口，嘘了一口气。

“你知道皮囊师始祖是如何处理他那个叛逆徒弟的吗？他以皮囊之术抹去了徒弟的眼鼻耳嘴，让他进入了无生无死，无善无恶，无过去未来之境地，无过去未来，也就无现在当下。”

“无现在当下？也就是说，这个人会消失？”陆姝问道。

“正是。”陆六断一边继续往里走，一边说道，“这个铺首照道理说也不应该存在，可是它却存在，所以被他留了下来，想看看有什么破解方法能让皮囊师始祖的叛逆徒弟脱离无生无死，无善无恶，无过去无未来之境地。”

陆姝浑身一颤，她知道陆六断说的“他”就是那和尚。

“他要让那个人回来？”陆姝问道。

陆六断道：“是。毕竟皮囊术经过了一次封禁风波，有些禁忌之术失传了。他想通过那个人恢复那些已经失传的禁术。”

“他要失传的禁术干什么？”陆姝问道。

陆六断回头看了铺首一眼，然后对陆姝说道：“这和尚也就能给人易容而已。而那位被皮囊师始祖封禁的人，可以轻易将你捏成一个鱼丸。”陆六断的手指做出揉捏的动作。

陆姝打了一个寒战。

“在那个人的手指下，什么皮肉，什么骨头，不过都是揉软了拍熟了的泥巴而已。到那时候，如果和尚得了这禁术，除非皮囊师始祖复活，没人能阻挡他做任何事情。”陆六断说道。

“那不是跟女娲娘娘一样了？”

“你说得对。当年他那双手就被称作‘女娲之手’。有人被他弄成了牛马之类的样子，走路的时候只能手脚并用。”

“我们好不容易修炼成人，居然还有人被弄成了牛马？”陆姝毛骨悚然。

“他曾说过，有一天习得禁术，他要将天下人都变成牛马之类的牲畜，让他们去耕地拉磨，脚上打铁钉，天天挨鞭子抽，日行千里，夜行八百。让他们在牧场奔跑，然后被妖怪狩猎。将他们关在笼中，被妖怪逗弄呵斥。”

陆姝不知道该说什么好。

她们刚刚进屋，外面就响起了一阵阵雷声，紧接着，雨就下了起来。敲得屋顶的瓦叮叮当当响，仿佛演奏乐器。很多地方开始漏雨。

“你这房子好久没有修葺了吧？”陆姝问道。

陆六断笑道：“让它漏呗！我最喜欢雨了。要不是为了避人耳目隐藏身份，我都会把屋顶掀掉，让雨水全部进来，那才畅快！”

想想也是，作为一条鱼，怎么会讨厌水？为了人的身份，她都习惯避开雨水了。见陆六断任由雨水打湿，她也不避开了。

陆六断坐了下来，脱掉了鞋子，光着脚，用脚去接漏下来的雨水。

陆六断见她坐着不动，笑道：“你试试！”

陆姝也脱掉了鞋子，用脚去接雨水。

当雨水淋到脚面的时候，她感觉清凉又舒畅，无比惬意。刚才的痛苦、紧张、恐惧等情绪仿佛被雨水洗了去。

可是她想起和尚在茶馆里说的那句话，忍不住问陆六断：“那个跟我一起来皇城的教书先生，你知道吗？”

陆六断点头道：“当然知道。你不就是为了他才来的吗？”

“他明天要被杀头，你知道吗？”

“知道。不过现在……”陆六断瞥了她一眼，“每个被砍头的人，都要经过皇上朱批的。现在皇上被刺杀了，他的头暂时是砍不了了。”

“哦。”陆姝松了一口气。

陆六断踢了一下脚，雨水飞溅了出去。

“皇上都死了，你还在担心区区一个教书先生……”陆六断忍不住为皇上鸣不平。

陆姝眉头一皱，自问道：“对呀，我为什么这个时候还担心他？”

陆姝记得，在她准备去衙门为章卷申辩的时候，无名山的老奶奶说过，第二天她会遇到命中注定的人。那天不仅将军在，章卷也在。如今将军被刺，莫非章卷才是那个命中注定的人？不然，世事通透且慈祥的老奶奶应该会说，她会遇到命中注定的人，然后错过。

她知道，这种想法也有诸多站不住脚的地方，她抱着被刺杀的将军的时候，明明那么痛苦，那么舍不得。如果将军不是那个命中注定的人，这种情绪不会平白无故地出现。

难道……将军和教书先生都是命中注定的人？

她的脑袋里忽然冒出这样的想法。

不不不，不可能的，不可能命中注定有两个人。

她否定了这种想法。

她回想起将军临终前说那天雪地里的脚印是他留下的，希望获得原谅。

可是她清楚地记得，雪地里只有一个人的脚印，不可能将军和章卷都去过她的庭院。

于是，又一个猜想让她吓了自己一跳。

难道……难道……将军就是教书先生？

将军说过，因为她，他变成了许多个他。有爱，有恨，有冷漠，有偷偷关注。

她又想起刚才在那口缸里的时候做的梦。和尚说他“由爱而生恨”，是将军的一部分。

那么，和尚就是恨，是冷漠。

以此推论，那么教书先生岂不代表将军所说的另一种情绪？岂不就是偷偷关注她的那个人？

那么，爱她的，恨她的，偷偷潜入庭院的，都是同一个人？

可他们明明是不同的人啊！

在以为即将理清头绪的时候，陆姝又陷入了更深的迷茫。

她决定听听陆六断的理解。

“姐姐，我刚才在缸里的时候做了一个梦。”陆姝一边说着，一边想着要怎样跟陆六断说清楚。

“梦？”陆六断侧头看着她。

陆姝点头：“我常做一些莫名其妙的梦，说出来姐姐不要见怪。”

陆六断大笑道：“妹妹，梦有什么好见怪的？我现在都常觉得自己在梦中，或许醒过来发现我还在洞庭湖，还自由自在。”

听陆六断这么说，陆姝忽然产生一种奇怪的感觉，眼前如挂帘一般的雨水，这里潮湿的气味，脚底的沁凉之意以及耳边叮叮当当的雨敲打瓦片的声音，滴滴答答的雨水落在地面的声音，都变得那么虚幻，那么不切实际。

白天见到将军骑马赶来，见到将军被刺，见到将军那双渐渐熄灭的眼睛；听到街道喧闹，听到将军说出表露心声的话，听到将军祈求原谅的话；触到落魂网而产生的痛苦，触到将军的身体由温变凉，触到将军的血液犹如水冻成冰渐渐凝固……都变得那么虚幻，那么不切实际。

还有进入皇城以来发生的一切，也变得那么虚幻，那么不切实际。

或许我也在梦中？我只是酒后伏案做了一场梦？醒来仍然在无名山？老奶奶仍然每天上下山？观月还没有取名字，还是猫尾巴？

陆六断见陆姝神游九霄，收起笑容，说道："人人以为梦之后便是醒来，眼前便是真切。可是谁知此时是不是真的醒来？很多人无非是坠入了另一个梦中而已。那些做过的梦，不过是梦中梦。"

陆姝仔细体会她的话。

陆六断自嘲地笑了笑，说道："很多时候，你认为不可能发生的事情，它就是发生了，跟梦一样。"

雨渐渐小了。

屋檐的滴水声反而听得更清楚了。

"我梦见被刺杀的不是他，而是他。"陆姝相信陆六断能听出她的意思。

"难怪你不是很伤心。你知道他还活着。"

陆六断的回答反而让陆姝迷惑了。

"他没死？"陆姝紧张地看着她。

从屋顶漏下的雨水少了，偶尔才落一滴，打到她的脚背上。

"你知道他为什么出家，为什么对他的同类如此残忍吗？”陆六断不正面回答她的问题，转而问道。

“那晚在破庙听到了一些，仅此而已。”陆姝说道。

“我也是来了皇城之后才知道，他原本跟你刚才看到的门环上的螳螂一样，开启了灵智，却无法更进一步，无法大成。要不是遇到另一个人，他至今还只是有些不寻常的灵智的鱼。”

陆姝往大门的方向看了一眼。观月何尝不是这样？要不是老奶奶给他一条尾巴，他到现在还不能获得完整的人身。

“是谁帮了他？”陆姝迫不及待地问道。

“你且不管那个人是谁。就是那个人，他才灵智大增，从而能有今天的修为。他遇到那个人的时候，那个人看出他已经有了一些灵智，但又不够提升到更高境界，便对他说，‘鱼儿啊，我知道你想修炼成人，但是灵智有限。我可以帮你，但作为交换，你要为我承受我不能承受的痛苦。你可愿意？如果你愿意，就转一个圈。’那鱼便在水中转了一个圈。”

陆姝静静地听着。

“转圈的动作就如那螳螂开门一样，对那时的他来说不算难。他是很期望提升修为的。那人见了，又说：‘我得说清楚，免得你后悔。我要给你的灵智，是我灵智的一部分。我很爱很爱一位姑娘，可是由于太爱了，由爱生恨，我对她的恨意越来越多。我恨她常常忘记我，恨她可以轻易离开，而我不能。恨她可以过平淡的日子，而我不能。恨她可以没有我，而我不能。我的理智告诉我，我应该毫无保留地爱她，保护她。可是我的恶念告诉我，我应该恨她，冷漠她，甚至报复她。现在我得知她转世的消息，不知该去追随她，还是就此天涯陌路。我既想永生永世与她相伴，我认为她只是忘记了，但是遇见之后仍然会像以前一样离不开彼此。我又想永生永世不再相见，我认为她心中早已没有了我，即使遇见了也不会回到从前。佛魔一念之间，我左右为难，你知道吗？’那鱼又在水中转了一个圈，表示明白。”

陆姝已经明白“那个人”说的“姑娘”是谁了。

“那人见鱼儿转圈，继续说道：‘你知道就好。烦恼皆因贪嗔痴。现在，我要将我的嗔念放在你这里，保留我全部的善念去寻找她。人的嗔念可以让你灵智大增，但也会让你无比痛苦。你愿意吗？’那鱼犹豫了片刻，然后转了一个圈。

“那人便将他的嗔念放在了鱼儿那里。临走前，那人还是不太放心，蹲在水边对鱼儿说：‘将来你得了人身，若是仍然痛苦，那就去寺庙里修行，消除心中魔障。’然后，他寻找他的心上人去了。这条鱼得了那人的嗔念，体会到人世间的苦，果然灵智大增，终于突破束缚，修得大成。可是他终日痛苦不堪，于是来到皇家寺庙拜师修行。”

陆姝问道：“难道皇家寺庙让他进来吗？没有哪位师父看破他的身份？”

陆六断道：“你且听我说完。他拜的是皇家寺庙的住持。他走到皇家寺庙门前的时候，天降骤雨，人们纷纷躲到屋檐下躲避。他是鱼怪，本性喜水，但也要像其他人一样躲到屋檐下。这时候，住持撑着伞，从雨中徐徐走来，往寺庙大门走去。他想一起进去，于是大喊：‘佛家普度众生，师父可否带我一程？’住持回答说：‘我在骤雨中，你在屋檐下，屋檐下无雨，何须我来度你？’你看，这住持显然是要拒绝他。”

陆姝点头道：“莫非住持已经看出他的真实身份了？”

陆六断说道：“我也这么觉得。”

“那住持怎么后来又收了他呢？”陆姝问道。

“他见住持拒绝，居然立即从屋檐下走了出来，站在雨中，喊道：‘现在我也在雨中，师父可以度我了吧？’”

“他竟然这样……”

“是啊。照常人来看，这下住持总该让他共伞了吧？可是住持回答说：‘我在雨中，你也在雨中。我没淋雨只因为有伞。所以，你不应该求我来度你，我自己是伞在度我，你若是想要被度，自己去找把伞吧！’”

陆姝感叹道：“这住持真是会说话！住持应该是看出了他的身份，又不愿当众说破。可是……他怎么还是进了皇家寺庙？”

陆六断道：“他就站在雨中，任凭风吹雨打，在大门前站了三天三夜。最后，住持动了恻隐之心，还是让他进了门，收了他为徒，赐法号仐憙。住持说，取这个法号，是因为他虽有伞，奈何伞无骨，伞既无骨，便撑不开，撑不开，便无法度他。他要度的话，只能靠他自己。此为‘仐’字的意义。住持又说，他虽有灵，奈何有灵无喜，灵既无喜，便放不下，放不下，便无法度己。他要度的话，只能日夜修心。若能度己，必须喜从心来。此为‘憙’字的心愿。”

“原来他的法号来历是这样的。”

陆六断苦笑道：“可惜至今他未能实现住持的愿望。”

陆姝长叹了一口气，说道：“难怪他如此恨我。原来他就是我命中注定之人的一部分。也许他对你我这些同类这样残忍，是那个人放在他这里的嗔念使然。那个人恨鱼，他便同样恨鱼。”

陆六断点头。

“姐姐，你为何不早告诉我？你第一次去我那里的时候，就应该告诉我的。”陆姝说道。

陆六断道：“很多话只能在合适的时候说。如果那时候我就跟你说，而你未曾经历这些天的事情，你一定不会相信我。”

“姐姐说得也是。那我再问你一个荒谬至极的问题。你不要见笑。”

“你说。”

“教书先生有没有可能也是那个人的一部分？”然后，她将雪地上有脚印的事情说了出来，又把将军临终前说的那番话说给陆六断听。

陆六断用手接了一滴雨水，然后手指轻轻一弹，雨水化作无数点滴飞了出去。

“一滴雨可以分为二，也可以分为三，还可以分为更多。一个爱你的人，也可以恨你，念你，怨你，求你，等你。个熹可以是，他为什么不可以？”陆六断说道。

陆姝原来还纠结命中注定的人到底是将军还是教书先

生，现在才明白，他们本是一人。

可她还是有迷惑。虽然他们的前世本属于同一个人，可是今生毕竟分为了各不相同的人。前世命中注定是他，今生命中注定到底是哪个他呢？

陆姝问道：“一滴雨可以分散，可自古至今只有择一城终老，遇一人白首。到底哪个他才是那个他？”

陆六断反问道：“你知道什么叫众生轮回吗？”

“前世今生嘛。”陆姝说道。

陆六断摇摇头，说道：“众生如一片森林，有无数棵树，老树枯萎，新树发芽。绿了又黄，黄了又绿。多少年后，森林还是那片森林，树已经不是原来的树了。这片森林当然是由原来那片森林而来，可是森林里的每一棵树无法追溯源头。这便是众生，这便是轮回。你要追溯哪个人才是原来的他，恐怕也是白费心思了。”

“那我该怎么办，姐姐？”陆姝问道。

“顺其自然吧！”陆六断朝她微微一笑。

“顺其自然？那岂不是撒手不管？毫不在意？”陆姝对她的回答不满意。

“你还是太小了。”陆六断撇嘴道。

“我都好几百岁了。”

“还不是像个小女孩一样既迷茫又担心？”

“姐姐别逗我了。”

“顺其自然其实不是顺其自然。相遇的人总会相遇，要在一起的人绕过了千山万水，终究会在一起。想也没有用，急也没有用，追也没有用，躲也没有用。既然如此，你又何必想这么多？”陆六断道。

这时，外面响起了打更的声音，“啷啷啷”地响过之后，一个慵懒的声音喊道：“天干物燥……小心火烛……”

陆姝惊讶不已，小声问陆六断：“姐姐，姐姐，雨还没停呢，怎么还喊‘天干物燥，小心火烛’？这更夫不知道下雨了吗？”

“小声点儿，别让他听到了。”陆六断声音更小，“这香火坊已经没有人居住了，住着的都是他从九州各地抓来的妖怪。妖怪变成了原来居住在这里的人，过着原来那些人的生活，以便掩人耳目。这打更的也是妖怪。”

陆姝问道：“跟那些占据别人身份的皮囊师一样？”

陆六断点头道：“是。香火坊是他的大本营。皮囊师则是他扎在皇城各处的钉子。等到合适时机，皮囊师与妖怪里应外合，就能将整个皇城掌控。这打更的妖怪，修为比那只螳螂要高，但仍未大成，灵智有限。它占据了更夫的房子和地位，但因从边疆荒野来，不懂人们城中规矩习俗，加上灵智受限，因此不知‘天干物燥，小心火烛’有何意义，以为出来打更就必须喊这句话。若是聪明一些，也就不至于被安排做打更这种活儿了。”

“是这样啊！仐憙和尚不知道吗？要是别的街坊的人听到了，岂不是看出破绽了？”陆姝走到窗边往外看，看到一个浑身黑衣，脸上蒙着黑巾的人。他在雨水过后湿滑的道路上走得踉踉跄跄，越来越近了。显然，虽然有夜色遮掩，他仍然害怕被人看到他的真面目。

“他虽神通广大，可是分身乏术，哪能面面俱到？”陆六断说道。

陆姝看着那个黑巾人，小声说道：“这些妖怪的破绽，也就是他的破绽。”

陆六断点头道：“是。他自己可以不露出马脚，却无法照顾到所有的妖怪不露出马脚。”

陆姝转过身来，目光炯炯地看着陆六断，脸上有难以掩饰的兴奋。她说道：“我一直想着怎么找到他的软肋，破坏他的阴谋，可是我找不到他的软肋。原来他的软肋不在他身上！”

陆六断不太明白陆姝的意思，蹙眉道：“你的意思是……”

“人们有句话叫作‘将计就计’。我们可以利用香火坊的妖怪来打败他！”

“将计就计？怎么将计就计？”

“姐姐，借你衣服给我穿穿，我去会一会这个下雨天也‘天干物燥’的更夫。”

“妹妹，你可别给我添麻烦。你要是被发现了，我可保不了你。”陆六断急忙阻止她。

陆姝说道：“姐姐，你都说了，他之所以负责打更，就是因为灵智不高，你看他脸上还蒙着黑巾，肯定都没能修成人的面目，可见修为远不如我们俩。我穿着你的衣服出去见他，他肯定以为我就是你，不会起疑心的。”

陆六断只好答应她。

陆姝换了陆六断的衣服，也用丝巾遮脸。

陆六断道："你出去的时候也要敲门，让螳螂把门打开，铺首会随后关上门。有些不知深浅的东西贸然进来，就出不去了，等于自投罗网。"

陆姝听了她的话，去了大门后面，敲了敲门。

门果然打开了。

陆姝走了出来，门又关上了。

这时更夫已经走出一段距离了。

陆姝赶紧追了上去，拦住更夫。

更夫见了，弯腰道："陆姑娘。"

陆姝心中一惊，随即放松下来。陆六断也是陆姑娘，更夫应该是把她当作陆六断了。陆六断长期住在这里，修为高的话地位也应该不低，更夫应该认得。

果然灵智不高，见了穿着陆六断衣服的人就当作了陆六断。陆姝心想。

"嗯。你喊错了，小心被人听出来。"陆姝还是心虚地扯了扯脸上的丝巾，怕它看到她的脸。

"噗——"

虽然戴着黑巾，陆姝还是看到它眼神中掠过一丝恐惧，接着，她闻到了一股难以忍受的臭味。

原来刚才是它放屁的声音。

"哪里错了？"它的语气也很紧张。它遮掩得如此严密，可见特别害怕被人看出破绽。

陆姝捂住了鼻子。

"不好意思，陆姑娘，我一害怕就会这样……"它充满歉意地说道。

她知道了，原来它是黄鼠狼。黄鼠狼遇到危险的时候会散发这种气味，借机逃跑。所谓江山易改，本性难移，它被陆姝的话吓到，便暴露了本性。

气味实在太臭了，她差点儿晕厥过去。

我要变成一条臭鳜鱼了。陆姝心想。

待气味稍散去一些，陆姝才说道："你不能喊'天干物燥，小心火烛'。这样不对。"说完，她赶紧又掩上口鼻。

"那……那应该怎么喊？"它问道。

"你想啊，天干对应地支，你应该喊天干地支。这里是香火坊，香最多了，一旦燃着了那就不得了啦。所以你要喊小心香火。"陆姝说道。

"天干地支，小心香火？"它问道，挠挠头。

"是。你可记住了？"

"记住了。多谢陆姑娘指点。"它又弯了弯腰。

它正要走，陆姝又喊住它，说道："对了，你打更的时候再往南边多走两三里地。"

它愣了一下，然后说："好的，陆姑娘。你叫我怎么做，我就怎么做。毕竟我还欠着你的。"

陆姝又一阵慌乱。它欠陆六断什么？

她强作镇定，点头道："嗯。就这样。我先回去了。"

她刚转身，身后便响起了打更的声音，接着听到它喊了起来：

"天干地支，小心香火！"

那声音拐进了另一条街道，往南边去了。

陆姝回到了陆六断的房间，问陆六断道："姐姐，你曾有恩于那只黄鼠狼？"

陆六断讶异道："没有啊。"

"它刚才说它还欠着你的。"

"不可能。我从未跟它打过交道。"陆六断非常肯定地说。

"那它怎么说那样的话？"陆姝吸了一口清凉的空气。

"不会是欠着你的吧？"

"我穿着你的衣服，它把我当作你了，还叫我陆姑娘。"陆姝说道。

陆六断道："妹妹，你也是陆姑娘啊。"

陆姝一愣。对呀，我也是陆姑娘……

可她也想不起什么时候在什么地方曾有恩于一只黄鼠狼。

她记得隔壁的少夫人说过借落子化作担货郎的往事。借落子说，她不会因为救过一只蝉而记在心里，借落子才来救她。做了一点儿善事就念念不忘的人不值得救。

莫非黄鼠狼也是这样报恩的？

"肯定是你忘了。"陆六断说道，"我修为比那只黄鼠狼高，在世间的年数比它多，若是与它有过来往，必定记得。"

陆姝用力地揉太阳穴，想记起过往的事情。

陆六断走到她身边，将她的手从太阳穴拿下，温和地说道："你不要想了。你连命中注定的人都能忘记，又怎么会想起一只不经意遇见的黄鼠狼？"

“我总要知道我曾给过它什么恩情吧？”

陆六断将她扶到椅子前，让她坐下，然后说道：“世间所有的相见，都源于曾经相欠。你在一条街道擦过肩，在一个屋檐下避过雨，在一张桌子上喝过酒，在一段时间做过伴，在一生之中断不掉的人，都是你欠过或者被欠过的人。欠的有多有少，不论多少，欠了总要还的，多的纠缠不清，少的一面之缘。有的人就此不见，那是各不相欠了。可是谁知道是不是真的还清了呢，也许要留到下辈子还了。这呀，便是世间相遇的缘由，这便是欠缘。”

“欠缘？”陆姝隐约记得在哪里听过这个词。

“你也没必要弄清楚每个欠缘因何而起，世间你要见的人太多了，个个都要清清楚楚的话，那也太累了。今天事情太多，你也累了，早些休息吧。皇上都被当街刺杀了，皇城必定大乱，明天还不知道会发生什么事情呢。”陆六断忧心忡忡。

想起皇上，陆姝又是一阵难受。

由于记忆的丧失，她感觉自己对皇上的感情有些怪异，似痛非痛，时有时无，缥缈不定，难以捉摸。

但是她很清楚，能让她产生哪怕一丝一毫的心疼，那么那个人对她来说必定无比重要。

她有些怨恨借落子。要不是他，她就不至于去陆家酒馆。不去陆家酒馆，就不会遭遇仐亹和尚。要不是他给皇上通消息，皇上就不会前来救她，也就不会被刺杀。

“睡吧，白天我一个人回来之后把你的床铺好了。”陆六断说道。

陆姝点头。事到如今，怨恨也没有用。

也许，皇上没有死呢，总不会我们的欠缘就此了结吧？她心生侥幸。

陆六断领着她走到另一个房间。床边脚榻上有个小瓶，小瓶上插了一根香，陆六断将香点燃。

陆姝赶紧闭上眼睛，对着香祈祷皇上平安。

香气弥漫开来。

我怎么就忘记了他呢？我应该在没有忘记之前让他再痛苦一些，再寂寞一些，再恨一些，这样的话，我欠他的就更多了，他就不至于今天与我了结欠缘。就如这瓶中的香，长一些，就会燃得久一些。她看着炽红的香头胡思乱想。

“想什么呢？”陆六断见她出神，问道。

陆姝轻轻一笑，说道：“想些没用的。”

陆六断笑了笑，说道：“那我知道你在想什么了。好了，快睡吧。我都困了。”

安顿好了陆姝，陆六断才离去。

陆姝一睡下，又开始做梦。她梦见皇城白雪皑皑，如同数九寒天。她听到滴漏滴水的声音，单调而规律。她环顾四周，却看不到滴漏。

忽然，滴漏停止了。

她不自觉地说道：“你又接住滴漏了？”她记得皇上召见她的时候，偷偷用手接住滴漏的水，说要让时间停止。

可梦里的她看不到皇上。

她奋力奔跑，想要循着刚才滴漏的声音找到皇上藏身的地方，可是前面除了茫茫一片，还是茫茫一片。

第二天醒来，她双腿酸胀疲乏。她坐了起来，脚刚沾地，就差点儿跌倒，仿佛刚刚修得人身，还只会摆尾不会走路一样。旁边的高脚凳被她的脚一绊，“咚”的一声倒在地上。

陆六断闻声而入，慌忙扶着她。

“外面到处是白的。”陆六断说道。

“还真下雪了？”陆姝想起了昨夜的梦。

“皇上驾崩，到处都挂着白布。镇海王已经把皇家寺庙围起来了。”陆六断说道。

“镇海王要抓仐憙和尚？”陆姝心中一痛。皇上终究还是与她了结了欠缘。

“不是。镇海王指名要抓你。”

“抓我？”陆姝颇感意外。

陆六断犹豫片刻，说道：“外面都说你妖女祸国，是导致皇上被刺的罪魁祸首。”

陆姝早已料到传言会变成这样。仐憙和尚昨天在街头大喊她“妖孽”的时候，她就想到了这是仐憙的计谋。他要让皇城百姓认为皇上已经被妖女迷惑心智，从而顺理成章地刺杀皇上。

让她想不通的是，镇海王是何等人物，当年连权倾朝野只手遮天的宰相都被他反戈一击打败，难道不知道刺杀皇上的是仐憙和尚？他与仐憙和尚早已水火不容，为什么他不借此机会缉拿仐憙和尚，而点名要捉一个微不足道的小女子？

莫非是因为上次打了张妈妈一巴掌？

她心想，镇海王不至于如此睚眦必报吧？

“镇海王为什么认为我在皇家寺庙里？”陆姝问陆六断。

陆六断道：“这还不简单？昨日是皇家寺庙的和尚叫你妖孽，抓了你。镇海王自然到皇家寺庙来要人。镇海王还说，昨晚更夫喊的是‘天干地支，小心香火’，就是故意出错，暗地里给他通风报信，说小心香火，是暗指有香火的地方，有香火的地方便是寺庙。”

陆姝道：“我让那黄鼠狼这么喊，确实是故意让皇城的人听出一些破绽，从而对香火坊产生怀疑。可是……可是镇海王竟然说成是我通风报信？”

陆六断道：“这就是镇海王的聪明之处。”

“他都认为我在皇家寺庙里，有什么聪明的？”

“你不懂了吧，他就是知道你不在皇家寺庙，才故意找个憙和尚要人的。”

“他知道？”

陆六断点头道：“他肯定知道。他的眼线也不少，这点儿消息应该还是知道的。他找皇家寺庙要人，而皇家寺庙交不出人，那么，他会说成皇家寺庙窝藏妖孽，不肯交人。这样的话，皇城百姓就会认为皇上被刺跟皇家寺庙有关。你昨晚那个不叫‘将计就计’，这才叫作‘将计就计’！”

“原来是这样！”陆姝心头迷雾这才散开。接着，她又问道，“那他说啥就是啥吗？皇城的百姓会听他的一面之词？”

陆六断叹了一口气，说道："有件事本来不想告诉你，你都这么问了，不说也不行了。"

"还有什么事？姐姐你一并告诉我。"陆姝见她犹豫不决，心急地抓住她的手问道。

"我告诉你，你别着急。我们一起想办法。"

陆姝连连点头。

"那我说了啊。你那个叫观月的伴儿，被三苗先生抓了起来，说是与你一起修炼的妖。那只猫很多人见过，应该是给你打探消息的时候引起了人的注意。"

"他被三苗先生抓了？三苗先生不是要保护皇城所有的猫吗？"陆姝不敢相信自己的耳朵。

"你别紧张，他不是要害观月，只是告诉观月你被那和尚抓了。观月信了他的话，为了救你，他就暴露身份，承认自己是修炼的妖，被镇海王抓了起来作为佐证。"

"你怎么知道这些的？"陆姝问道。

陆六断无奈地笑道："这些镇海王知道，个意和尚知道，借落子也知道，凡是知道皇城里那些秘密的人都心知肚明。只有皇城里那些百姓不知道。真相是怎样有什么关系呢，百姓只相信自己愿意相信的东西。我想，三苗先生不吃你，是为了放长线钓大鱼，为了今天吧。放了你这条小鱼，要捉寺庙里那条大鱼。"

陆姝拖着陆六断往外走，说道："姐姐，快带我去看看外面的情况。"

陆六断拽住她，说道："他们要捉的就是你，你还送上门去？”

陆姝摇头道：“他们是要捉我这条小鱼，还是要捉什么大鱼，我都不在乎。但是他们为了自己，完全不顾皇上被刺杀的真相，让皇上就这样死了，我是不会答应的！我就是死，也要让皇城的人们知道真相！我要让皇城的人知道，皇上是被那和尚刺杀的！我要让皇城的人知道，镇海王罔顾事实一心篡夺皇位！”

“你觉得人们会相信一个魅惑皇上的妖孽的话？”陆六断淡淡道。

陆姝呆住了。

陆六断也沉默了。

良久，陆姝说道：“难道我就坐在这里什么都不做？你不是说镇海王是为了放长线钓大鱼吗？我出去，让他抓起来。那他就钓不到大鱼了。”

这时，一个人影闪了进来，说道：“抓到你，也就等于抓到了大鱼。”

陆姝一惊，朝那人看去，居然是借落子。

“你怎么来了？”陆姝惊问道。她慌忙看了陆六断一眼。陆六断并没有因为借落子的出现而惊慌。

借落子朝陆六断微微颔首。陆六断也颔首示意。

陆姝明白了。陆六断名为仐薏和尚的人，实际上是借落子的卧底。

这不难理解。陆六断要摆脱仐薏和尚，只能向其他与仐薏和尚作对的人求助。而借落子也需要这样的人来帮他获取更多秘密。

借落子朝陆姝弯腰致歉道："陆姑娘，昨日是我失误，让皇上遭遇不测。请姑娘责罚。"

"现在不是说这个的时候。你刚才说抓到我，就等于抓到了大鱼，是什么意思？"陆姝问道。她心想，对镇海王来说，仐薏和尚应该才是那条大鱼吧？

借落子来回踱步，然后问陆姝道："仐薏和尚因何修得人身？"

陆姝咬了咬嘴唇，说道："因为恨。"

"恨从何来？"借落子紧接着问道。

陆六断垂下了脑袋。

陆姝瞥了陆六断一眼，回过头来说道："我。"

借落子点点头，说道："对。他因你而来。若是你落到了镇海王手里，镇海王必定置你于死地。你若被镇海王杀了，世间便没有你了。没有你，他的恨便无着落。那么，他的嗔念便会消失。嗔念消失，他便修为尽失。"

"修为尽失？"陆姝惊讶不已。

"他的灵智都是对你的嗔念。你若不在了，他嗔谁恨谁？"借落子问道。

陆姝答不上来。

"镇海王早就可以对你下手。但是那时候皇上尚在，他不敢得罪皇上。如今皇上驾崩，他没有这方面顾虑了。"

"镇海王知道可以用我来对付那个和尚？"陆姝问道。

"何止是他知道？那和尚也早就知道了。所以，自从你进了皇城，他不断派人去骚扰你，试图让你露出破绽，然后借机将你抓起来。他抓你的本意不是要害你，而是要将你关押在皇家寺庙，不让别的人有可乘之机。”

借落子的话大大出乎她的意料。

“所以，即使你现在真的在他手里，他也不会将你交给镇海王。镇海王不去查刺杀皇上的幕后黑手是谁，而点名要你，因为镇海王知道你才是仐憙和尚的死穴。他放你是死，不放你则给了镇海王清除皇家寺庙的名义。”

陆姝跌坐在椅子上，脑子里已经乱成了一团麻。

她这才知道，爱她恨她的人都是为了保护她。

陆六断见陆姝烦恼不已，坐到她身边，劝道：“你应该听他的。皇家寺庙和镇海王府两家的势力都不可小觑，皇上都扳不倒。如今难得两虎相斗，无论谁输谁赢，最后都会两败俱伤。我们要想让皇城回归光明，只能等到他们杀敌一千自损八百之后才有可能。你要忍耐。”

借落子在旁颔首，说道：“皇城里还是有不少忠于皇上的势力，只是在皇家寺庙和镇海王面前不敢吭气。我已跟那些忍耐多年的势力沟通好了，要耐住性子坐山观虎斗，等到他们一伤一残，我们群起而灭之。”

陆姝点点头，想了一会儿，又摇摇头。

“这么说来，我更得出去看看了。”陆姝道。

“什么？”陆六断因为自己的劝说不起作用而有些意外。

“既然坐山观虎斗，那就得让两只老虎斗起来。我若是不出去，说不定他们还会僵持许久，说不定情况一变，两只老虎不斗了。对不对？”陆姝看了借落子一眼。

借落子无奈一笑，点头道：“也许和尚能给出你不在寺庙里的证据。这样的话，镇海王就师出无名了。”

陆姝也点点头，继续说道：“你们看过斗蛐蛐没有？如果把两只蛐蛐放在一起，它们很可能不会斗起来。这时候观看的人要用蛐蛐草拨弄一下，引得蛐蛐斗起来。”

在无名山的时候，她看过田间地头街上有人斗蛐蛐玩。

“我若是出去了，亮明身份，这两只老虎必定很快就斗起来。你们想想，镇海王想抓我，仐亹和尚必定不让镇海王得逞。结果会怎样？”

陆六断和借落子沉默了。

“说是这么说，可是这样对你来说太危险了。我不能让你去冒险。”陆六断说道。

借落子点头：“是啊，你这是自投罗网。你还是在这里等着比较好。”

“不，我一定要去。这次机会难得。我可以等更好的更安全的机会，但是千千万万个少夫人那样的人不能等。对那些人来说，每一天都是煎熬，每一天都是生活在地狱。只有我能救那些人脱离苦海，你早已预见了这一点，所以化作担货郎给那个可怜的女人以希望。不是吗？”陆姝对借落子说道。

她现在清楚了。借落子有着无名山的老奶奶那样的智慧，能预见许多尚未发生的事情。他让她进入皮囊店，让她去送绸布，实际上是为了让她看看那些深陷苦难中的人。他早就知道她与仐憙和尚共生共存的联系，也猜到镇海王利用这种联系来打败对手。所以他才对那个可怜的女人说，能救她脱离苦难的人是给她送布的人。

“再说了，他都因我而死了，我又怎能袖手旁观？大不了我也为他而死。”陆姝说着说着，泪水就在眼眶里团团转了。

在无名山的时候，她从来没有想过死亡，也不愿意冒着任何有死亡可能的风险去做任何事情。毕竟对于一条鱼来说，获得人身实在太难了。她是从千千万万个天劫下逃离出来的，从这一点来说，她本就是一个不愿意面对死亡的人。在这千千万万个天劫中，只要有一次失误，便是粉身碎骨，便是万劫不复。

她太珍惜自己的生命了。

每一个生而为人的人，都是有着莫大福分的。她一直这么认为。

可是很多人正是因为生而为人，不觉得这是莫大的福分。他们在得到人身之前，也曾像她一样历尽艰险，要避过无数阻拦。只是他们忘记了，所以淡漠了。

借落子犹豫了许久，然后问道：“你真的要去？”

陆六断立即阻拦道：“不能让她去！”

陆姝坚定地点头，说道：“我要去。我已经决定了。你们不要阻止我，你们也阻止不了我。”

借落子道：“你既然已经决定了，我便不会阻拦你。不过，你就这样走出去，还等不到那和尚见到你，你就被镇海王的人杀了。那么两虎相斗就看不到了。镇海王就能顺利篡夺皇位。此后，忠于皇上的人将被清洗。”

“那我怎么过去？我既不会飞，也不会遁地。”陆姝为难道。

借落子道：“不用飞，也不用遁地。只要你换一副面貌，让人认不出来就可以。”

陆姝道：“那有劳你随便帮我换个面貌。”

借落子摇头道：“这不可随意。你不但要走出去不被认出来，还得见到和尚和镇海王。现在皇家寺庙大门口已经封锁起来了，到处是镇海王的士兵，密如木桶，苍蝇都飞不进去。”

陆六断点头道：“对，我本想去大门口看看，可是到处都是凶神恶煞一样的王府兵，不让闲杂人等靠近。”

借落子道：“镇海王这么做是对的。他知道和尚手下有许多皮囊师，平时生活在皇城各个角落，上至官员，下至乞丐，都可能是被皮囊师占据了身份的人。他更知道，刺杀皇上的暴民基本都是皮囊师。你说，他可能让闲杂人等混进去吗？”

陆六断和陆姝都摇摇头。

“这么说来，无论我怎么做，都没有作用了？”陆姝泄气道。

“那倒不是。你若是要去，必须换成陆六断的面貌。”借落子说道。

“变成她的样子？”陆姝看了看陆六断，“那不是一样会被抓起来吗？镇海王的人不会不知道她是皇家寺庙的人吧？就算下面的将士不认识，也不会让她进去吧？”

在皇城里，陆六断也应属于闲杂人等之列。

陆六断想了想，说道："我早上出去的时候，镇海王的将士们已经围住寺庙了。可能那些将士确实不认识我，也可能他们没有看到我，所以没有抓我。但是他们肯定不会让我进去的。"

借落子道："若是你跟那些将士说，你知道陆姝藏在哪里，那些将士就会让你进去了。"

陆六断道："那当然。"

借落子对陆姝说道："所以，我将你变成陆六断的样子之后，你要宣称自己知道陆姝的下落，要亲自告诉镇海王。镇海王必定让你见他。与此同时，仐悥和尚必定会阻止。这时候，你亮明身份。他们必定争抢你，交锋不可避免。"

"但是你也命在旦夕。"陆六断急忙补充道，生怕借落子忘了提这一点。

陆姝淡淡道："姐姐，我们先换一下衣服吧。"

"换衣服？"陆六断愣了一下。

"只换了面容，不换衣服，还不是会被人看出来？"陆姝说道。

陆六断见她心意已决，叹了一口气，说道："不用换，我跟你一样喜欢衣裳，觉得好看的衣裳，一做就会做两三件一模一样的。我去柜子里拿一身和我身上一模一样的衣裳给你穿上就可以了。"说完，她又瞥了借落子一眼。

借落子点点头。

陆姝觉得怪异。难道陆六断借一身衣裳给她也要得到借落子的许可吗？

心中虽有疑虑，但她来不及细想了。她去里屋换上了陆六断的衣裳，然后走了出来。

借落子道："闭上眼睛。我给你换一下面容。"

陆姝闭上了眼睛，很快感觉到一双手触到了她的脸。那双手在她的脸上游走，让她有些痒，然后有些痛。但好在痛痒都在她能忍受的范围之内。

不过十来个呼吸的时间，那双手就离开了她的脸。她听到借落子说："好了，睁开眼吧。"

她睁开眼来，眼前有一面铜镜，是陆六断拿着铜镜的。

铜镜里面是陆六断的脸。

她抬起手来在脸上摸索，手指微颤。铜镜中的陆六断也抬起手来在脸上摸索，手指微颤。

"太像了！简直一模一样！"陆姝惊叹道。

"不是像，这就是你。"借落子在旁冷冷说道。

"这就是我？"陆姝侧头看着借落子，茫然问道。

"对。给你拿着镜子的，才是陆姝。"借落子的语气依旧冷冷的。

陆姝看着陆六断，就像看着铜镜一样。

"我是你？"陆姝喃喃道。

陆六断放下铜镜，双手扶住她，轻声道："刚换脸时都会这样，身份一时半会儿换不过来。从现在起，你就是陆六断。就像那些占据别人身份的皮囊师一样，把自己当作那个人。"

陆姝松了一口气。原来是这个意思。

她将铜镜拿了起来，对着镜子里看，恍惚之间居然有种镜子中的那个人就是自己的感觉，而陆姝那张脸竟然有些陌生了。

这种感觉让她既感到意外，又觉得在情理之中。那晚在破庙里，老和尚说过，人的前世是鸟，是鱼，是虫，是兽，到了这一世，就全忘记了。灵魂装在什么样的皮里，就是什么东西。是鸟就会飞，是鱼就会游，是虫就会爬，是兽就能跑。

自己到了陆六断的“皮囊”里，自己便是陆六断了？她不知道这样理解是不是正确。可是那种感觉是如此强烈。

“皮囊术果然厉害！”陆姝赞叹道。

“几乎就是我了。这样走出去，肯定没有人认得出来。”陆六断盯着她的脸上看。

“我恍惚感觉我就是你。”陆姝对陆六断说道。

陆六断嘴角一弯，喜上眉梢，正要说什么，却被借落子拦下。

借落子嘘了一口气，像是终于放下了心里的什么事情，然后说道：“每个人生下来都有自己的皮囊，并不是想要自己是什么样子就是什么样子的，而是看到自己是什么样子就接受是什么样子。你在陆姝那样的皮囊里，便接受那样的样子。你在现在这样的皮囊里，就接受现在的样子。这没什么大不了的。你不要多想。”

陆姝看到陆六断欲言又止，本想问问她有什么话要说。可是陆六断听借落子这么说，便催促陆姝道：“去吧，做你想做的事。但愿你能有劫后鱼生。但愿我们还能见面。”

陆姝点点头。

借落子和陆六断送她到门口便停下了。

如果她们俩一起出去，很快就会被人发现破绽。

“你先去皇家寺庙那边，我待会儿过去，暗地里给你照应。”借落子安慰道。

陆姝此时心情有些复杂。她本来是对借落子充满感激的，皇上被刺也不能全怪他。但是刚才他的行为有些诡异，似乎隐瞒了她什么。陆姝能看出来，他还担心陆六断说漏嘴。自己这一去不知还能不能再见面，他却如此，怎能让人舒坦？

她没有答他的话，转身往皇家寺庙的方向走去。

外面街道上到处悬挂着白布条，人们身上穿着白布衣，额头上戴着白布巾，如大雪忽然降临人间。

走到皇家寺庙大门前面那条街的时候，果然成千上万的将士将寺庙包围，官服外面都加了一身雪白的布衣，让陆姝感觉到一阵阵扑面而来的肃杀之气。

将士们如同一道河堤，将看热闹的百姓拦在外面。若是有一个决口，这些百姓就会如洪水一般涌入。

这时，有一个人瞥了她一眼，然后对他身边的人说：“哎，那个人好像是陆姑娘啊。我买香的时候看到过她。”

他身边的人一心要赶到前面去看热闹，漫不经心道：“好看的姑娘什么时候不能看？和尚藏妖怪才少见呢！快点儿走！”

那两人快步离去了。

陆姝心里却“咯噔”一下。

她记起皇上让四位挑选出来的宫女变成她的模样时，找的人就是仐𢡺和尚。而仐𢡺和尚花了近一年时间才将她们变成皇上想要的模样。她还记得破庙的老和尚说过，之所以花这么长时间，是因为改变并不难，难的是改变成特定的样子。

仐𢡺和尚改变四位宫女花了近一年时间，那么改变一位宫女也至少需要三个月。

而在刚才，借落子将我改变成陆六断的模样仅仅几个呼吸之间就完成了？陆姝感到一阵恐惧。

若是借落子的皮囊术远在仐𢡺和尚之上，又何须我来帮他？陆姝想不明白。

她脑海里回想刚才的一幕幕，越想越不对劲。

此时，有一位在人群里巡视的将士看到了她，见她犹豫不决的样子，顿时起了疑心，提刀往她这边走了过来。

毕竟这一去是赴死，陆姝不想这样不明不白地死去。于是，她慌忙转身，想要回到陆六断那里去，将心中的疑惑说出来，要从陆六断或者借落子那里获得答案。虽然人间“死不瞑目”完全可以用来形容鱼，因为鱼死后是不会闭上眼睛的，可她不想做这样的鱼。

可是她一慌张，那位巡视的将士就更加怀疑她了。

那将士疾步跑了过来，将大刀架在陆姝的脖子上，凶狠狠地呵斥道：“你是什么人？鬼鬼祟祟的，以为换了张皮子就能骗得了我？”

他把陆姝当作前来打探消息的皮囊师了。皮囊师是仐𢡺和尚的人，他在这里巡视就是为了找出混在平民之中的皮囊师。

镇海王必定知道皇城中的皮囊师会混在人群之中打探消息或者施以援手，所以派了一些将士在周围巡视，免得皮囊师有机可乘。

那位将士一呵斥，在别处巡视的几位将士立即赶了过来，将陆姝团团围住。

“我来看看热闹不行吗？”陆姝心虚地说道。

那位将士厉声道：“看热闹的都往前面去了，你怎么看到我就慌慌张张转身？不是心虚吗？带走！”然后他朝其他几位将士示意将她抓起来。

陆姝眼看无法走脱了，干脆心一横，声音比将士的还大：“你们敢！我可是来给你们王爷送大礼的！”

“送大礼？”将士疑惑道。

“你们王爷围住皇家寺庙，不就是为了抓住那个妖女吗？我是来给你们王爷报信的！我知道那妖女藏在哪里！”陆姝大喊道。

各位将士顿时傻了眼。

其中一人狐疑道：“你是谁？你怎么知道那妖女藏在哪里？”

陆姝指着自己的脸，反问道：“你说我是谁？你仔细看看！”

将士见她这样，互相看来看去，希望别人能认出面前这个嚣张的女子是什么来头。

陆姝心里打着算盘。此时说自己是陆六断，是仐憙和尚这边的人，如果这些将士不认识陆六断，甚至没有听说过陆六断的名字，那么他们不一定会相信。如果这些将士里有人认识陆六断，或者有些熟悉陆六断，那就会把她认作陆六断。

镇海王府与皇家寺庙对峙不是一天两天了。镇海王必定对仒悥和尚以及他身边的人了如指掌。镇海王包围皇家寺庙之前，必然提醒过他的将士要注意哪些人。

果然，其中一位将士将信将疑地问道：“你不会是……陆六断吧？”

另一位将士似乎想起了什么，指着陆姝激动道：“对对对，我看过那些人的画像。她就在里面！”

陆姝心想，“那些人”应该是镇海王关注的与仒悥和尚有关联的人。

“没错。我就是陆六断！”陆姝道。

“你是和尚那边的人，怎么会帮我们王爷？”一位将士质问道。

陆姝“哼”了一声，说道：“你们没问过你们王爷，我是怎么来皇城的吗？我是被他从洞庭湖抓过来的！多年来，我一直想回去，可是回不去，不得已屈服于他的淫威之下。如今镇海王来了，我怎能不主动请功？等王爷镇压了这些和尚，而我立了头功，那就是我的出头之日，重归自由之时。不是吗？”

将士们被她说动了。

陆姝趁热打铁道：“要是你们不让我见王爷，让王爷错失良机，我看你们谁担得起这个责！”

将士们你看我，我看你，都不敢抓她，更不敢放她。

其中一位将士说道："既然她就是画像上的人，又说要告知妖女的藏身之处，我们万万没有阻拦的道理。但王爷说了，闲杂人等一概不能放进去。你们说怎么办？"

另一位将士答道："不如你们在这里看着她，我去里面禀报一下。若是王爷让我们带她进去，我们便带她进去。若是王爷说抓了或者杀了，我们再照办不迟。"

将士们纷纷首肯。

于是，一位将士快步离开。其他将士仍然将她围住。

等了一会儿，那位将士回来了，将手一挥，大声道："带走！王爷要见她！"

将士押着她往铜墙铁壁一样的包围阵营走去，路上引起了不少人好奇的目光。

在她被将士们拦住询问的时候，周围就已经有人远远围观了。此时围观的人越来越多，走得也越来越近。仿佛他们几个是一个雪球，在这雪地上越滚越大，越往前也走得越艰难。两位将士不得不将手中的武器晃来晃去，让堵在前面的人们让出一条路来。

陆姝朝人群里看，希望看到一双对她示意的目光。

因为借落子说过，待会儿他会跟来，混在人群里，以便有个照应。可是她没看到疑似借落子的身影。倒是有几个人的眼神凶狠，尤其是看到她的时候。不用说，那些人是潜伏在人群之中的皮囊师。

那些皮囊师对叛变的"陆六断"恨之入骨，恨不能上前将她撕碎，却不敢在身穿铠甲、手持武器的将士面前暴露。人的皮肉骨在皮囊师的手里如泥巴一般，可是他们的血肉之躯在精钢打造的武器前也与泥巴没有什么区别。

据说被皮囊师始祖打入无生无死之境的徒弟能将钢铁揉成任意形状，但那毕竟是少见的天才。一般的皮囊师穷其一生也无法达到那种境界。

他们终于在一路呵斥路人的情况下一步一步接近皇家寺庙。

陆姝看到那些铠甲外罩着过大的白衣的将士密密麻麻，如同她在无名山时看到的将树吃空的白蚁窝一般。

她以为她可以就这样穿过铜墙铁壁一样的阵营。

不料押着她的几个将士停了下来。

有位将士从里面弄了一个木桶来，木桶里是满满一桶水。他将木桶“咚”的一下扔在陆姝跟前。桶里的水激荡，有水溅了出来，将陆姝的衣服打湿了一片。

陆姝不明白他们要做什么，大声道：“我要见镇海王！”

提来木桶的将士邪笑道：“王爷是你这种人想见就能见到的吗？”

陆姝一愣。

那将士转头吩咐身边的将士道：“给我把她的脑袋摁进桶里，直到闷死她为止！”

陆姝大吃一惊。

人群里先前露出凶狠目光的人此时露出得意的神色。

“我是来告诉王爷妖女藏在哪里的！”陆姝喊道。

几位将士走了上来，不由分说，将陆姝的脑袋抓住，往桶里摁。

她抗争不过，脑袋整个儿浸入水中。水非常凉，脸碰到水面的时候，她打了一个寒战，随即拼命挣扎。

她是鱼，本性不怕水。可她不能任由这些将士欺负。

另外，她用的是陆六断的身份。或许镇海王等人知道陆六断的真实身份，但是这些将士和皇城的人们并不知道。别说陆六断了，香火坊这么多妖怪都隐藏着真实身份。她不能在大庭广众之下暴露陆六断的身份。

所以她必须挣扎。

将士死死摁住她的脑袋，不让她挣脱。

本性使然，她不由自主在水中睁开了眼睛，吐出了一个泡泡。

桶里的水还算清澈。她能看到桶底，能看到木桶板上的纹路，歪歪扭扭的，仿佛藏着什么玄机。

这时，她听到桶外传来一个声音："这条鱼可以卖给我吗？"

她一惊。莫非自己已经现出原形，变成一条鱼了？

她慌忙抬头，这次轻易抬了起来，却只看到一个圆圈。那个圆圈是桶口。她已经在水桶里了。

她已经是鱼身了，浑身鳞片。

这个木桶难道是什么法器？能让妖怪现出原形？她很恐惧。

"这鱼这么小你也要买？"一个苍老的声音响起。

她觉得不对劲。怎么会有老人的声音？

“只要桶里的鱼同意，我就买。”先前那个声音响起。

陆姝觉得那声音似曾相识。

“姑娘你真是奇怪，买鱼还要经过鱼的同意？”又是那个苍老的声音。

“是啊。”

“好吧。今天就捉了这一条小鱼，做碗汤都不够。”

陆姝望着那个圆圈，听着外面的人说话。圆圈里是蓝色的天，天上有被风吹得散乱的云，仿佛是谁随意扔在那里的棉花残絮。

看久了，陆姝忽然恐惧起来。她感觉圆圈的那一边也是一个木桶，那蓝色是水的颜色。她有种要从水里掉到天上去的感觉。

“那我问它了？”

“问吧问吧。要是它能说话回答你，那就见了鬼了。”

这时，那个圆圈里出现了一张脸。那张脸长得可真好看，到底有多好看，她又说不上来。

她心生羡慕。要是我能变成这个好看的女人，那该多好！

随即她一惊。

那不是我的脸吗？

第十章
我与你

圆圈外的女人伸手在水面上点了一下，水面起了一层波纹。水桶里的她看着外面的世界被波纹弄碎了，不过很快又恢复原样。

“小鱼啊小鱼，你若是答应帮我做一件事，我就把你从渔翁的手里买下来，然后将你放生。你可愿意？如果你愿意，就吐一个泡泡。”那女人笑眯眯地说道。

她听了，赶紧吐了一个泡泡。她当然害怕捉她的人把她炖成一碗鱼汤。

泡泡从水中往上浮，到达水面之后破了，又激起一层轻微的波纹。

“看来你是有一些灵智了。真好！我告诉你，我要把关于一个人的记忆都放在你这里。那些记忆曾经让我很快乐，可是也让我陷入痛苦。痛苦之源，是因为我跟他不同。虽然他会一生陪我，可是他的一生太短，而我的一生太长。短暂的快乐之后，是漫无边际的等待和煎熬。我不想这样永无止境地等待，又不想将以前的记忆抹去，所以，我要将那些记忆放在你这里，然后平平淡淡地生活。”

桶里的她默默地听着外面的女人说话。

“可是他是我命中注定的人，我与他相欠的，生生世世都还不完。所以，我仍然会遇见他，认识他，与他相爱。但是每过七年，我就会将所有的记忆转移到你这里。这样的话，时间尚短，我不至于陷入太深，而后忘却，又不至于陷入痛苦。”

桶里的她恍然大悟！原来每过七年就会忘记命中注定的人，是她自己的选择！

“我的记忆放在你这里，让你体会到人世间的情爱，会让你灵智大增，极有可能修得大成，获得人身。如果你愿意，就再吐个泡泡。”

“啊！”桶里的她惊叫一声。嘴巴刚刚张开，一串气泡就从嘴里冒出，咕嘟咕嘟往水面上浮了去。

“既然你同意，那就不能反悔哦。”外面的声音传来。

她奋力往上一跃，想跳到桶外去。

这一跃，她的脑袋果然从水中探了出来。

“陆姝！陆姝！”她大喊道，想将陆姝留下并告诉她，很多年后她遇见的陆六断就是她曾经放生的鱼。

可是回应她的不是陆姝，而是一位穿着白衣的将士。

“陆姝是谁？”将士喝问道。

陆姝发现她并没有跃出水面，而是自己的脑袋从水中挣扎了出来。

原来刚才的幻象是由于自己被浸在水中而产生的。

她曾听说过，有些人到了一个新的地方，或者见到一个陌生人，会有种似曾相识的感觉，甚至想起一些以前没有经历过的画面。那是因为这个人前世或者更远的前世曾经来过这里，或者见过这个人。

熟悉的感受会让人想起一些已经忘却的事情。

刚才的幻象，应该就是她曾经忘却的事情。

她终于知道，他们两人，一个是怕恨，一个是怕爱。

他将嗔恨放在了和尚那里，而她将记忆放在了陆六断这里。

她记起皇上给她展示那幅画的时候说过“择一人而白头，择一城而终老”的话，而她毫不犹豫地说“一生也没有多长”。此时她才明白，原来她不是随便说说，而是有感而发。

她终于知道，原以为随意遇见的人，随意说过的话，都是早有预备的。生活中发生的一切看似自然的事，并不是随机发生，而是有备而来。

她终于知道，借落子说“这就是你”，并在瞬息间完成她与陆六断的变换以及陆六断的欲言又止，都是因为她确实就是陆六断，陆六断就是她。

或许，这也是仐悥和尚要去洞庭湖将陆六断捉来的原因？陆姝心想。

“陆姝是谁？”那位将士又高声质问。

陆姝回答不上来了。

陆姝是谁？是桶外的那个女人？是寄托了记忆的女人？

还是眼下有着别人面容的自己？陆姝到底是有着陆姝面容的人，还是有着陆姝记忆的人？

来到皇城后，她无数次想过皮囊与灵魂的关系。一个人到底是不是那个人，似乎与皮囊的关系不大，而与灵魂的关系紧密。而灵魂又与记忆关系紧密。她的记忆放在了陆六断那里，那么她似乎不再是最初的陆姝了。

可是，她不是陆姝，谁是陆姝？

她茫然地看着那位质问的将士。

“我是谁？”她小声地问道。

将士皱眉，上下打量了她一番，说道：“难道吓傻了？”

这时，一直在旁观看的一位将士走了过来，凑到那位将士耳边，悄悄说了些什么。

那位将士点头，然后朗声道：“浸而不溺，是鱼妖破绽。王爷早知陆六断是被和尚从洞庭湖捉来的鱼妖，所以吩咐小的加以验证。刚才已然证明你是陆六断。现在你可以面见王爷了。里面请！”

守卫森严的阵营果然让开了一条道。

陆姝几乎是被推着进去的。

到了里面，陆姝这才知道，皇家寺庙的和尚已经与镇海王府的将士剑拔弩张，一触即发。

陆姝看到寺庙大门前有二三百手持长棍的武僧。一卷草席铺在中间，仐憙和尚坐在上面，双目微闭，脸色安详，如同庙里的菩萨。

与之对立的是坐在敞篷大轿上的镇海王。镇海王显得更加悠闲，手里端了一盏茶，一边品茶一边点头，似乎沉浸在茶香里。在他这边，将士数千，长枪短刀，兵强马壮。

从明面上看，镇海王府的势力要远强于皇家寺庙。皇家寺庙要抵挡镇海王府，就如螳臂当车。

可是陆姝知道，一旦兵戎相见，镇海王必定腹背受敌。在附近街道上晃悠的人群中，不知有多少隐藏的皮囊师。虽然他们不是正规军，但隐蔽性极强，难以分辨。除非镇海王下令将皇城里所有百姓屠杀干净，不然他们时时刻刻都会有危险。

这时，陆姝觉得自己进来是值得的。毕竟保护仐憙和尚的人太多，镇海王必定也考虑到要杀掉皇城里所有百姓才能清除仐憙和尚的残余势力。她来了，镇海王便只要下令无论如何都要杀了她，便可让仐憙和尚灰飞烟灭。这样的话，或许能让皇城百姓免遭无妄之灾。

镇海王见她走近了，得意地瞥了闭目养神的仐憙和尚一眼，然后有意提高声调说道："陆姑娘来了？"

"陆姑娘"三个字从镇海王口中一出，仐憙和尚的草席上便如突然长了一根针一样，刺得仐憙和尚猛地睁开眼。

"你是来告诉我妖女藏身之地的？"镇海王说完，揭开茶杯盖，吹了吹茶水，缓缓喝了一口。

"是。"陆姝轻声答道。虽然她知道自己与陆六断已经几乎一模一样，但她还是担心被仐憙和尚看穿。因此，她不敢朝寺庙大门那边多看一眼，说话也不敢大声。

仐憙和尚与他们相隔不过几丈远。由于气氛紧张，这里比街道上要安静许多，除了战马偶尔打个响鼻，没有太多其他的声音，镇海王又故意高声说话，因此仐憙和尚都能听见。

“那你告诉我，祸害皇上的妖女在哪里？”镇海王高高在上地问道。

仐憙和尚终于无法保持刚才的从容淡定了，对着镇海王大声喊道：“王爷！我都不知道妖女藏在哪里，她怎么可能知道？！”

镇海王仰天大笑，然后说道：“难得高僧为我甄别真假！感激不尽！如果她骗我，我杀了她便是。如果她没骗我，我杀了妖女便是！”

镇海王将手中的茶杯扔了下来，茶杯摔得粉碎。

“陆姑娘，我若是没找到妖女，便让你跟这茶杯没有分别！”镇海王杀气腾腾。

陆姝大声道：“王爷，何须您找？妖女就在你眼前。”

仐憙和尚大笑道：“你当王爷认不出你吗？竟敢睁眼说瞎话！”

镇海王大怒，呵斥道：“大胆妖女！我知道你是鱼妖，是这和尚将你从洞庭湖捉来的！你竟然敢骗我说你就是我要找的妖女？来人！给我将这条鱼切成片儿！”

周围将士一拥而上。

陆姝大喊道：“王爷！为了我给了张妈妈一耳光的事情，您就要我的命？”

陆姝之所以这样喊，是为了证明自己就是陆姝。因为当初扇耳光的人就是她。

镇海王俯下身眯起眼看了看她，嘴角一斜，说道："当时打张妈妈耳光的是那妖女，不是你。再说了，我会是睚眦必报的小气人吗？"

陆姝知道镇海王不会相信她是陆姝，但是只要他回答了她的话，周围的将士就不会立即将她切成碎片。她就有时间说服镇海王。

"虽然以前没有见过您，但我知道王爷宽宏大量。我现在是王爷砧板上的鱼肉，想跑也跑不掉了，王爷何必急着杀了我，而不听我三两句解释？"

镇海王将手一挥，将士收起刀枪。

"你说得对。我在这里耗着也是无聊，不如听你说说道理，解解闷。你说吧。"镇海王躺在了靠背上，摆出一副恭候聆听的姿态。

陆姝往镇海王的方向迈了一步，对面的将士们立即刀枪出鞘，挡住她。

"王爷不想想，如果我以我的本来面目来这里，岂不是未见王爷，就已被您的人或者皇家寺庙的人或杀或捉了？"陆姝说道。

王爷仰躺在座椅上，像是睡着了。

仐憙和尚见王爷不为所动，便也不敢有所动作。

"因为知道我自己无法见到王爷，所以央人将我换成陆六断的面容，以进功为由来面见王爷。"陆姝说道。

王爷依旧一动不动，像是没听到陆姝说话一般。

仐憙和尚看看王爷，又看看陆姝。

“且不说我是不是您要找的妖女，假设我就是陆六断。王爷也不想想，陆六断为何要来给您进功，然后又说自己是您要找的妖女？若是她为了换取自由而来给王爷进功，又为何要骗您，给自己引来杀身之祸？”

“嗯……你说得很有道理。那陆姝为什么要自投罗网呢？”王爷坐了起来，问道。

陆姝沉默了许久。

四周一片寂静，就连战马都不再打响鼻。

对呀，我为什么要自投罗网？若是说为了报复仐憙和尚，仐憙和尚虽然使了许多手段，可她暂且未被坑害过，说不上有什么深仇大恨；若是说为了皇城百姓，皇城百姓的平安并未让她如此在意；若是说为了帮隔壁的少夫人脱离苦海，实际上她与少夫人未曾有过多少交情。

如果非得说为了什么，她想，或许是为了皇上。

可是她已然忘却自己与皇上的过往，将记忆寄存在陆六断那里。她除了莫名其妙的舍不得和痛苦，并未对皇上有多少用情。

她连自己都说服不了，又如何能说服镇海王？

忽然之间，她似乎拨开了重重迷雾，见到了真实的自己。

“自投罗网？不？这是冥冥之中的自我救赎。我曾经逃避过去爱一个人，爱我的人曾经逃避过去恨一个人。我与他都在不停地逃避。逃避来，逃避去，最后发现，有些事情是逃避不了的。相遇的人还是会相遇，相爱的人还是会相爱。有爱就有恨，有恨就有悔。曾经有一个稻草人跟我说，人生在世，如身处荆棘中，不动则不刺，不刺则不伤，不伤则不苦。可是俗世中有谁能做到永远不动不刺？我们不是稻草人，不是石头，不是树木，常常忍不住动了心，常常因此受了伤，常常因此尝了人世间的苦。”

这一次，镇海王听得入了神，端坐在敞篷轿子上，若有所思。

仐意和尚低了头，脸色苦闷。

“动了心，受了伤，尝了苦。我们就退缩，或者放弃，或者逃避，再也不愿付与真心。可是这样无济于事。无论我们怎样逃避，该来的还是会来，该走的还是会走。你无法拒绝，也无法挽留。所以，我决定不再忘却，不再逃避，不再袖手旁观。我决定面对。面对那些爱，面对由爱而生的恨，面对那些乐，面对由乐而生的寂寞。”

镇海王似有触动，脸上居然露出一丝悲戚之色。

仐意和尚面无表情，如同僵化的死鱼一般。

陆姝深吸一口气，缓缓吐出，说道：“所以，今天我决定站出来面对这一切。虽然这一切是如此难，如此复杂。有一位长辈朋友跟我说过，世事如网。而我是一条鱼，我最怕的东西就是网。以前我一直逃避，今天我决定鱼死网破。王爷，这就是我来到这里的缘由。”

陆姝说完后，镇海王没有任何回应，半晌才似乎回过神来，愣了一下，低头看了看陆姝，问道：“你说完了？”

陆姝点头道：“说完了。”

“我相信你就是陆姝，那个曾经让皇上魂牵梦绕的女人。

虽然你的话让我触动，但如今箭已在弦上，不得不发。我曾像你一样心软善良，但是柔软的地方被坚硬如石的世事磨砺无数次之后，会生出坚硬的茧。陆姑娘，我现在浑身是茧。我必须杀了你。别说是你了，在这险恶的官场，无情的世间，我无数次杀死过自己。”王爷自嘲地笑了笑。

王爷改口称她为“陆姝”，而不是“妖女”。

陆姝从未想过王爷会饶过她，但是王爷能说出这番话来，让她颇为意外。

然后，王爷看了看左右手持刀斧的狼虎一般的将士，眼睛一闭，叹息道：“杀了她！不过让她死得体面一些，别剁得乱七八糟的！”

将士们你看我，我看你，不知道如何下手才算“体面”。

其中一位将士抽出长刀，刀影一闪，陆姝不由自主地往旁边躲了一下。刀刃划破了陆姝的袖子，划破了她的手臂。

陆姝痛得倒吸一口冷气。

她倒是忍得住疼痛，不料不远处的仐悥和尚却尖叫了一声，仿佛这一刀落在了他的身上。

陆姝朝寺庙大门口看去，仐悥和尚浑身哆嗦，面色煞白。

镇海王精神为之一抖，露出讶异之色，看着哆嗦的仐悥和尚，忽然一笑，说道：“我早听说过你与陆姝姑娘的联系。没想到你竟然比她还痛。这也好，恰好证明她就是你的缘起之人。”

仐悥和尚厉声道：“我是恨她！但也只有我能恨她！别人不能伤她一丝一毫！”

陆姝一怔。

亇憙和尚朝王爷大吼一声，如同虎啸。与此同时，他的嘴瞬间变得又瘪又长，是一张巨大的鱼嘴。

一团黑气从血盆大口中喷出，直逼围绕陆姝的将士。

将士猝不及防，不小心吸到黑气，顿时脸色青紫，如被人扼住了喉咙，丢了武器，双手护住脖子，跪倒在地。

“先杀了她！”王爷指着陆姝大喊。他的敞篷大轿迅速往后退，躲开黑气。

敞篷大轿后面的将士用白衣掩住口鼻，冲上前来，挥舞着刀枪刺向陆姝。

“杀！”亇憙和尚张开血盆大嘴吼道。

他身后的人还未冲出来，就先将长枪长棍往王爷那边投了过去。

数位将士或被长枪贯穿，或被长棍击倒。落地的长枪长棍插进了泥土里，在将士阵营前形成了如篱笆一样的简易屏障，由此给他们赢得了一定的时间。随后，他们如同一群洄游的鱼般冲了出来。

等王爷的将士突破了长枪长棍的障碍，和尚这边的人也已经到了陆姝身后。

佛门清净之地瞬间变成了血流成河的修罗场。

“蛐蛐斗起来了。我们快走！”

陆姝耳边响起了借落子的声音。

她往声音传来的方向看去，见到一位将士虚晃长枪，想要拉她走。

那位将士正是借落子所化而来。

陆姝摇摇头，说道："我刚才说的是真心话。我没想过要逃生。"

"你是不是吓傻了？"借落子一面挡开周围人的进攻，一面气急败坏地喊道。

听了这句话，陆姝顿时想起了曾经在相似的场景下，有人对她说过相似的话。

"你是不是被吓傻了？"那个人呼吸急促地说道。

那个人是李将军。

曾经蛮夷犯边，皇上想要御驾亲征，但受到众多大臣反对。

他偷偷告诉她，他要以将军的身份去边疆，亲自抵御外敌。他会带着那幅画，便也是带着她。

他果然这么做了，却不料遭到敌人偷袭。

他浴血奋战，拼死抵抗。而她站在厮杀的战场，呆若木鸡。

她还是鱼的时候，羡慕人世间桃花梨花盛开，羡慕人世间日出而作日落而息，羡慕人世间有礼义廉耻信。而作为一条鱼，不但害怕渔翁的网，还要时时刻刻避免自己被更大的鱼吃掉。

她从来没有听说过人会吃人。

但是身在沙场的那一刻，她才明白，人跟鱼其实没有什么区别。人在以另外一种方式吃掉相对较弱的人。

她是因为想到这个而愣住的。

将军以为她是被眼前的血腥吓坏了。

由于将军身先士卒，将士们士气大振，一鼓作气击退了蛮夷。

到处都是火焰，都是血，都是忍受刀伤的哀号。

她忍不住问将军：“这里到底是人间，还是地狱？”

将军搂着她的肩，看着夜空，说道：“人间，地狱，天，都在这里。人，鬼，神，也都在这里。我们有时候是人，有时候是鬼，有时候是神。”

他的回答，就像夜空一样深邃。

“那你到底是人，还是鬼，抑或是神？”她以为这样可以难住他。

他回答道：“只要有你在身边，我是什么都没有关系。”

她很开心，却又犯起愁来。

“如果有一天我不在你身边了呢？”

将军低头看着她，说道：“我会去找你。”

“如果那时候我已经忘记了你呢？”

“你的记性是有多不好？”

“那……假设我忘记了你……”她想了想，说道。

“如果真这样的话，我还是会去找你啊。”

“可是我都不记得你了，找我有什么用？”她问道。

“什么都不记得了吗？”

“什么都不记得了。”

“那我也会去找你，然后告诉你，曾经发生的事情。”

“忘都忘记了，说了也不会相信，肯定以为你是骗人的。”

“那我就不告诉你，但我会带你来到皇城，让你慢慢想起你忘记的事情。”

“如果我记起之后还是会忘记呢？”

“还会忘记？”

“对呀。还是会忘记。”

“那也没有关系。你我若是真有缘，即使一切重来，我们回到最初相逢对面不相识的时候，我们还是会彼此相爱相依。有的人，即使走遍千山万水，转头还是会遇见；有的人，即使相伴一路，最后难免分道扬镳。我不怕费尽周折，我只怕与你错过。”

她将头靠在将军的肩膀，心里算着剩下的日子还有多少。

这时，仐悥和尚也来到了她的身边。一位将士冲了过来，举刀便砍。

和尚不躲避，反而迅速接近那位将士。他抓住那位将士的手肘，手肘便软了。他低身滑到将士身后，将两只手反在将士身后，像结绳一般打了一个结。

和尚一推那将士，那将士便扑倒在地上，像软体虫一样扭动，无法站起来。

“跟我走！他们要杀你，我才是不会杀你的那个人！”和尚将手伸向陆姝。

忽然，一声凌厉的猫叫传来。

陆姝循着声音看去，只见一只拖着扫帚一般大的狐狸尾巴的黑猫在混乱的人群的脚下左蹿右跳，然后一跃而起，跳到了和尚的肩膀。

和尚毫无防备，痛叫一声。

黑猫敏捷地跳了下来，来到陆姝身边。

陆姝看到和尚的脸上多了几道血淋淋的抓痕。

“观月！”陆姝大喜。

“事到如今，你竟然还想让陆姑娘跟你走？”观月大声道。

正在此时，冷不丁一支羽毛箭“嗖”地朝陆姝的面门飞了过来。

和尚和借落子不约而同惊叫一声。

观月再次跃身而起。

陆姝以为他会将那支箭打下来，却听到沉闷的“笃”的一声，接着听到一声凄厉的猫叫。

观月像从屋檐落下的瓦片一般摔了下来。

原来他是用身体挡住了箭。箭来得太突然，且速度太快，他来不及在挡掉冷箭的同时全身而退。

陆姝惊慌地朝箭射来的方向看去，看到镇海王早已在敞篷大轿上站了起来。他手中握着一把与常人一般高大的牛角弓，正因没有射中陆姝而气得咬牙切齿。

陆姝想起了那把牛角弓，那是镇海王随同皇上征讨蛮夷时常用的趁手武器，弓拉满时，能一箭将戴着防护甲的战马射穿。与此弓相配的箭叫作飞鸟箭，箭尾的羽毛是用一种海上极其难见的海鸟的羽毛做的。这种海鸟一旦起飞就不再降落，要一直飞翔，一生唯一的降落便是死亡之时。这种海鸟羽毛做的箭，有类似这种海鸟的执着，一旦离开弓弦，就必须命中，或者被其他人挡住，不然就会一直追随下去。

因为这种海鸟极其难得，镇海王每十年才能使用三支这样的箭。

据说，当年的蛮夷之王脚步飞快，有攀天猴之称，没人能捉住他。因此，蛮夷犯边从未断绝。后来皇上领兵杀尽蛮夷之王的部下，镇海王以飞鸟箭射之，蛮夷之王虽能躲避，却无法甩开，也没有人能给他挡住箭，只好日夜不停地奔跑，保持与飞鸟箭之间有一段距离。

从此之后，蛮夷之王一直在奔跑，飞鸟箭在他身后不到一尺的地方紧追不舍。他只要停下来，就会被一箭穿心。

蛮夷之患终于平息。

陆姝以前的记忆中并没有飞鸟箭，记起皇上之后，也就记起了这些只有边疆上才有的传说。

“她需要的不是不杀她的人，而是为她挡住明刀暗箭的人。”观月挣扎着站起来，冷冷地对那和尚说道。

这时，陆姝看见镇海王又一次弯弓搭箭，将箭头再一次对准了她。这是他的第二支箭。他身后的箭筒里，还有一支飞鸟箭。

仐憙和尚看着观月，说道：“你的勇气我很佩服，但是我们都是精怪，修炼数百年才能得到人身，自然要倍加珍惜。她虽然是我获得灵智修得大成的原因，但是我不能因此舍弃这么多年的积累。”

仐憙和尚发令道：“给我杀了那个射箭的人！”

武僧们努力往镇海王的方向进攻，可是镇海王的人不是省油的灯，武僧们即使拼尽全力往前进攻，也无法往前多迈出一步。

“嗖”的一声，镇海王手中的箭朝陆姝飞来。

已经被箭穿过的观月再次奋力一跃，挡住了第二支箭。

“给我射杀这只猫妖！”镇海王怒喝道。

镇海王身后无数弓箭手弯弓搭箭，弓箭像被捅了马蜂窝的马蜂一般，嗡嗡地朝观月飞来。

观月被第二支箭射中后，已经无力动弹，瞬间被无数支箭射成了刺猬。

他已无法动弹。

这时，镇海王搭上了第三支飞鸟箭。

观月已不可能为她挡住第三支箭。

这时，一阵钟乐响起，震撼人心。

镇海王和仐憙和尚都大吃一惊。这是皇上出宫时才奏的钟乐。

接着，一个尖细却不失威严的声音响起：

“皇上驾到！尔等还不跪迎圣驾？”

镇海王持弓道：“皇上？皇上不是驾崩了吗？”说完，他以询问的目光看着同样迷惑的仐憙和尚。

仐憙和尚瞪眼道：“不可能！绝不可能！”

和尚和将士停止了打斗，纷纷朝钟乐传来的方向看去。

陆姝更是迷惑。皇上是在她怀里倒下的。难道皇城里有两个皇上不成？

皇上才能用的黄罗盖伞如清晨蛋黄一般的朝阳冉冉升起。兵仗如雨后春笋，纷纷立了起来。这是皇上出行才用的仪仗。

将士们见状，纷纷跪地。

他们虽说是镇海王带来的兵，可是忤逆皇上是要株连九族的，他们既没有镇海王那样的权势，也没有仐憙和尚那样的本领。

更重要的是，镇海王本就是以勤王的名义来清理皇家寺庙的，而不是以反叛的名义出师，将士们自然一见到黄罗盖伞就跪下了。

皇家寺庙的和尚见了，也犹犹豫豫地跪下了。

镇海王手持弓箭，站在敞篷大轿上，犹豫不决。刺杀皇上的时候，他并不在现场，所以此时看到黄罗盖伞，他不知道该不该相信。

唯有仐憙和尚厉声道："皇上已驾崩！谁敢假扮皇上？"

陆姝趁机冲到观月旁边，将他抱起。她也心中疑惑。是谁如此大胆，竟然敢使用皇上的仪仗?

黄罗盖伞越来越近。人群纷纷跪行让道。

钟乐停止，黄罗盖伞来到了陆姝前面。

陆姝看到李将军身穿黑色龙袍，端坐在黄罗盖伞下。他身后是长长一串兵仗，一眼望不到头，仿佛游龙。

镇海王看到皇上面容的那一刻就为之一惊。他追随皇上南征北战多年，是知道皇上最多秘密的人，对皇上十分熟悉。他只看一眼就知道黄罗盖伞下的人是不是真皇上。

皇上先看了陆姝一眼，目光在她怀里的猫身上稍作逗留，然后转移到仐憙和尚身上，问道："高僧是如何知道皇上驾崩的？莫非是你亲手所为？”

和尚一愣，随即高声道：“皇上被妖女迷惑，引发百姓暴动，手刃皇上于大街上。见证者不说一千，也有几百！”

皇上微微一笑，问道：“若你所说属实，那我是谁？”

和尚道：“你必定是皮囊师借机化作皇上模样，想要以假乱真！”

皇上龙颜大怒，拂袖道：“以假乱真？说得好！要不是借落子以假乱真，事先将刺我的人捉拿，令心腹之人换皮削骨，变作刺客模样，在当街刺杀我的时候避开关键部位，留我一命，我恐怕真要命归西天了！”

镇海王脸色煞白。

和尚惊得连连退步，踉踉跄跄，如同大风撼树。

“你指使众多皮囊师暗害皇城中人，换作他人模样，占据他人身份、家财、地位，令无数人身处地狱，无法解脱，却没想过占据他人身份的皮囊师也能被人替换？”皇上道。

陆姝又悲又喜。悲的是怀里的观月，喜的是他没有死。

她这才明白，借落子早有安排，但没有跟她说起。借落子这么做是为了不让她在镇海王和仐悥和尚面前露馅。皇上配合借落子这么做，是为了让镇海王和仐悥和尚暴露野心，只有这样，他才能名正言顺地清理镇海王府和皇家寺庙的势力。

镇海王突然对着仐悥和尚弯弓搭箭，大声喝道：“原来刺杀皇上的是你！害我差点儿错杀了陆姝姑娘！看箭！”

镇海王将弓箭指向仐悥和尚，无非是因为看到皇上未死，自知夺位无名亦无望，转而将所有罪行归于仐憙和尚，装作此行是为报仇而来，不是为夺位而来。

陆姝飞步挡在仐憙和尚身前。

仐憙和尚怔住了。

皇上和镇海王也颇为意外。

奄奄一息的观月有气无力地说道：“陆姑娘，他恨你这么多年，害你这么多回，你为什么还要这样做？”

陆姝道：“他是因我而起，因我而恨，应由我自己来消除他的嗔念。我来这里之前就决定了，要自己面对贪嗔痴念，解决以前不敢面对的种种。若是一味逃避，贪嗔痴念就如镇海王手里的飞鸟箭，会一直紧追不舍。长期如此，不仅会让我无所适从，也会伤及我身边的人。若是早早面对，就不至于今天让你给我挡箭。”

观月流泪道：“陆姑娘有这心思，我就死而无憾了。”

陆姝轻抚观月，泪眼婆娑道：“我记起来了，你以前为我挡了八次夺命之险。每次保我平安，自己却死一次，变回猫身一次，要从头再来。我却笑话你修炼多年得不到人身。猫有九条命，今天是你用最后一条命为我挡住凶险。老奶奶跟我说过，猫的命有九条，九条之后，便是死亡。鱼的记忆有七年，七年之后，便是重生。你为我做了这么多，可惜我在七年之后会忘得干干净净。”

说着，她的泪水滴落在观月的身上。

观月猫嘴一咧，说道：“很多很多年以前，久到我忘了有多少年，我还是一只野猫的时候，恰逢姑娘伤心落泪，泪水恰好滴落在我头上。我抬头一看，便看到了你。那是我第一次体会到人的悲伤。那是我第一次有了保护一个人的念想。我的修炼之道便是那时开启的。如今我九条命耗尽，也算是还了你点化我的恩情。”

说完，观月长叹一口气，似乎那口气蕴含了他所有的精元，叹完便不再动弹。

借落子感慨不已：“没想到世上有如此重情重义的猫！”

镇海王咬牙道：“无论怎样，终是妖孽！得而杀之，是替天行道！”

借落子不屑道:“那为你办事的三苗先生,你为何不杀？”

陆姝听到“三苗先生”四个字，立即环视四周，撕心裂肺地大声喊道：“三苗先生！三苗先生！你不是说皇城里所有的猫你都罩着吗？现在我的猫你为什么见死不救？你说话还算话吗？”

四下里无人应答。

皇上走出黄罗盖伞，喝道：“三苗先生起来回话！”

跪下的一片人中,有一人缓缓站了起来,表情落寞,说道:“回皇上，猫虽有九条命，但它已用完最后一条，草民亦无可奈何。”

“你若救回它的命，便赦免你随同镇海王叛乱之死罪！你若救不回，便也保不住自己的命！”皇上怒道。

三苗先生淡然一笑，说道：“皇上贵为真龙天子，尚且只能要人的命，不能救人的命。我区区一只猫，救不了不是情理之中吗？皇上要取我的命，只管取去便是。”

皇上哑然。

拉弓久久未射的镇海王忽然发声："大胆妖猫！竟敢这样跟皇上说话！皇上赦免你，我手中的箭不会赦免你！"

他一边说着，一边转动身体，似乎要将箭头瞄到三苗先生身上。

当箭头即将从皇上所在的方向掠过时，镇海王突然松手。飞鸟箭离弦而出，直奔皇上的要害。

他原本不想自己戴上谋反弑君之臣的罪名，可是刚才听到皇上说三苗先生随同他叛乱便是死罪，自知阴谋败露，皇上再无容他的道理，干脆假戏真做，弑君夺位。

皇上身边的大太监大惊失色，大喊道："救驾！"

可是镇海王这一箭太出乎意料，没人能为皇上挡住这一箭。

陆姝的心都提到了嗓子眼。

只见皇上伸出手，在飞鸟箭即将接触他额头的时候抓住了箭柄。可是那飞鸟箭并没有因此而停止前进，它继续努力往前，一定要扎入皇上的面门。皇上死死抓住它，脚步连连后退，避免它扎入。

镇海王大笑道："你就要步那攀天猴的后尘了！等我收拾了这些秃驴，我看谁还能阻止我登上皇位！"

皇上迅速抬起另一只手，抓住了靠箭头的那一端，然后用力一折。"咔"的一声，箭头被折断。

然后，皇上松开了手。

没有箭头的箭撞向皇上，可是无法伤害到他。那支执着的箭频频撞向皇上，如一只令人讨厌的苍蝇。“苍蝇”的力气越来越小。

皇上再次将它抓在手里，它已不像刚才那样刚劲威猛。

皇上看着它，说道：“它与我有着相似之处。我一心追随的执念，便是这箭上的羽毛，永不放弃。我由爱而生的嗔念，便是这箭上的箭头，锋利无比。摘了箭头，这箭便无法伤人了。”

这话似乎是说给镇海王听的，但皇上说完之后微笑地看着陆姝。

皇上再次放开飞鸟箭，飞鸟箭不再撞向他，而是如一只重获自由的鸟，在他肩头飞来飞去。

大太监不敢相信这一幕，擦了擦眼睛，然后回过神来，扯破嗓子大喊道：“竟敢刺杀皇上！还不给我快快拿下！”

一群虎狼一般的将士扑向镇海王，将镇海王五花大绑捆了起来。

“还有这些和尚！”大太监破声喊道。

和尚也被捆了起来。

镇海王府的人和皇家寺庙的人都以为皇上驾崩，才胆大妄为，为虎作伥。此时皇上亲临，个个胆战心惊，哆嗦如鼠。

镇海王和仐悳和尚自知大势已去，再抗争也是白费力气，只能束手就擒。

借落子问道：“请问皇上接下来如何处置他们？”

皇上道：“镇海王借机试图篡夺皇位，实为谋逆之臣，罪该万死！”

镇海王哀号一声，哆嗦不已。

“仐憙和尚本是皇家寺庙住持，却六根不清不净，既辜负如来，又辜负皇恩。不仅如此，皇城皮囊术之患，让百姓痛不欲生，乱人之纲常，实为可恶，死不足惜！”

仐憙和尚漠然，良久，凄然一笑。

大太监轻声问道：“皇上，那是斩立决？还是暂且收监，秋后问斩？”

皇上没有回答。

大太监又道：“皇上，此二人非同一般罪犯，留得太久，恐怕夜长梦多。不如趁此机会斩于万目睽睽之下，威慑人心，以儆效尤？”

说完，大太监转身朝手执兵仗的禁军将士招了招手。

“杀！”

“杀！”

“杀！”

将士们举起兵仗，齐声呐喊，震耳欲聋。

喊声过后，皇上说道：“他们是犯下了不可饶恕的罪行。但，这也都是我的罪过。我身为应当心怀天下苍生的皇上，却醉心于画，沉迷于情，让原本忠诚可靠的臣子生了异心。宰相如此，镇海王也是如此。所以，镇海王的罪罚，我应承担一半，与之同罪。尔等若是认为镇海王当斩，就是认为我也当斩！”

“小的不是这个意思！请皇上恕罪！”大太监吓得赶紧磕头如捣蒜一般。

皇上不理他，又道：“仐憙和尚在此修行，本是为了洗去因我而起的嗔念。他是在替我受罪。所以，仐憙和尚的罪罚，我也应承担一半。尔等若是认为他当斩，那我得长两个脑袋才够斩的！”

大太监的脑门磕破了，血流满面。

“小的们纵使有一百个胆子，也不敢这样认为。”大太监哭道。

“你熟知本朝王法，那你说说，镇海王和仐憙和尚该如何处置？”皇上问大太监道。

大太监道：“皇上便是王法。皇上想怎么处置，吩咐小的们去做就是。”

皇上意味深长地看了大太监一眼，说道：“人心的贪欲是抑制不住的，以前有宰相，现在有镇海王，以后不知道还有谁呢。”

大太监的头磕得更快了，说道：“皇上圣言，小的谨记在心。”

皇上点点头，清了清嗓子，对着万千兵马与百姓，威严道：“镇海王随我征战多年，军功赫赫。今被权势诱惑，迷失本心，但念其昔日之功，功过相抵。即日起，削其爵位，收其兵符。五日内，回其封地，颐养天年。镇海王之眷属，悉数解散，归其故地。”

镇海王哭号道：“皇恩浩荡！”

皇上长叹，又道：“仐憙和尚背我心魔，佛门修行，本是为了消除心魔，可是心魔顽固，无法抗拒，妄念日增。此亦我之过错。念其受难受苦多年，爱恨皆难消。我曾听说，仐意和尚一直希望与皮囊师始祖之徒见面，学习其法。法本无罪，人心善恶使之而已。因此，令借落子封其七窍，使其进入无生无死无善无恶之境。若是得与皮囊师始祖之徒见面，当学其法，如你所愿。”

仐意和尚俯身不起，长哭流涕。

皇上深吸一口气，接着说道：“待我解去龙袍，寄居无名山，假以时日，消除嗔念，打破魔障，使得你不再身受其苦，恶意消散。那时，我再想方设法将你从无生无死无善无恶之境解救出来，还你自由。”

大太监喊道：“国不可一日无君！皇上三思啊！”

皇上铿锵有力道：“国不可一日无君，君不可一日无鱼。我意已决！”

借落子起身，走到仐意和尚面前，将手放在他的脸上，问道：“你准备好了吗？”

仐意和尚浑身战栗，大汗淋漓，却咬紧牙关，不说一句话。

借落子的手指掠过他的眼睛。他的眼皮便合上了，连一条缝都没有留下，仿佛他天生就是如此。

借落子的手指掠过他的嘴唇。他的嘴巴便合上了，连一点儿红色都没有了，仿佛别人的嘴巴都是割裂后产生的伤口。

当借落子将仐意和尚的七窍全部封闭之后，众人听得轻微的“噗”的一声，仐意和尚便在众目睽睽之下消失得无影无踪，只有衣服飘然落地。

终章
识与忘

六年后。无名山下。

陆姝喝了一杯温酒，看着外面，说道："可惜又要等一年才能看到雪了。"

对面是一身素衣的他。

他也喝了一杯，说道："那时你又将忘记我。"

两人正说着，一位美女抱着黑猫走了进来。

"司帐，你又带观月出去玩耍了？"他说道。

美女笑道："我带它去看老奶奶了。"

"又去看老奶奶？"他问道。

"多亏三苗先生借了一条命给观月，不然你们俩天天喝酒，我一个人连个伴儿都没有，还不允许我去看老奶奶！"美女抚弄怀中的猫，说道。

"老奶奶的尾巴好些没有？"陆姝问道。

他说道："恐怕不会好得那么快吧？自从观月把尾巴还给了她，她就常常说尾巴痛。司帐，我让你少去看她，是怕你打扰她养病。”

美女挤眉弄眼道：“老奶奶是骗你们的。她的尾巴好着呢，她说痛，其实是想我们多去看望看望她。”

陆姝故作叹息，说道：“他哪里懂得别人的心思？他那些已经放在无生无死境地的嗔恨，都是因为不理解我而产生的。”

美女问道：“陆姑娘，我刚听说你又要忘记了。你为何不从陆六断那里取回记忆？这样的话，你就不会忘记了。”

“人间有言，人生若只如初见，何事秋风悲画扇。我这样忘却，便可与他一直都如初见。”她说道。

他抓住陆姝的手，微笑道：“你若早说这样是为了与我初见，而不是离别，我就不会有那些嗔念，不会徒生如此多变故了。”

陆姝道：“人世间正是因为有爱有恨，有七情六欲，才斑斓多彩，才值得留恋。若是没有这些，与鱼的世界又有何区别？”

他说道：“说得也是。以前我一生太短，总让你等我。从今往后，我在这里等你来与我初见。”

陆姝点头，给自己和他倒满酒，举杯道：“相逢何必曾相识。”

他也举杯：“落雪时节又逢君。”

饮尽杯中酒，陆姝眼睛开始模糊，看了看对面的人，想了片刻，然后恭恭敬敬道：“章先生，小女子去镇上买衣服时路过学堂，偶然听到先生说了一句：‘活在人间，最好的状态，大概就是半醉半醒。太清醒会凄凉，太沉醉会迷惘。’小女子深以为然，钦佩不已！来，为了这句话，我敬先生一杯！”